快乐读书吧系列丛书　肖维玲　主编

爱的教育

[意大利] 埃德蒙多·德·亚米契斯 著　夏丏尊 译

山东大学出版社
SHANDONG UNIVERSITY PRESS
·济南·

图书在版编目（CIP）数据

爱的教育 / （意）埃德蒙多·德·亚米契斯著 ; 夏丏尊译. -- 济南 : 山东大学出版社, 2025. 6. --（快乐读书吧系列丛书 / 肖维玲主编）. -- ISBN 978-7-5607-8854-8

Ⅰ. I546.84

中国国家版本馆 CIP 数据核字第 2025KT9217 号

责任编辑　孙艳凤

文案编辑　孙婷婷

封面设计　李文静

爱的教育

AI DE JIAOYU

出版发行　山东大学出版社

社　　址　山东省济南市山大南路 20 号

邮政编码　250100

发行热线　(0531)88363008

经　　销　新华书店

印　　刷　天津联城印刷有限公司

规　　格　710 毫米 ×1000 毫米　1/16

　　　　　16.75 印张　335 千字

版　　次　2025 年 6 月第 1 版

印　　次　2025 年 6 月第 1 次印刷

定　　价　45.00 元

《爱的教育》导读

《爱的教育》原名*Curoe*，在意大利语中是“心”的意思。它还有一个副标题：一名意大利小学生的日记。

这是一本四年级学生安利柯的日记体小说，它记录了四年级学生安利柯十个月的生活与感悟，中间穿插着家人写给他的告诫性文章。其间每月还有一篇老师交给学生们誊抄的“每月例话”，其内容是令人感动的少年英雄故事，总共九篇。

作者简介

埃德蒙多·德·亚米契斯

埃德蒙多·德·亚米契斯，1846年生于意大利的一个海港城市奥内利亚。他受父亲影响，16岁便进入了摩德纳军事学院，毕业后参军。

意大利独立战争期间，他在

《战斗的意大利》杂志任记者、编辑，写了很多通讯报道。在军营中，他撰写以意大利独立战争为背景的小说，并在 22 岁那年发表了他的处女作《军营生活》。1870 年罗马城并入意大利，意大利宣告完成独立统一，亚米契斯退役，专心从事文学和新闻事业。

1878 年，亚米契斯在写给出版商的信中提及关于撰写《爱的教育》的总体构思，八年之后（1886 年）《爱的教育》正式出版。1891 年，亚米契斯成为一名社会主义者，积极参与社会主义的宣传活动，发表了许多相关的演讲。

1897 年，亚米契斯的母亲去世，他的家庭接连发生变故，这些给他带来了巨大的情感冲击。但他仍然坚持创作，在杂志上发表作品，发表各种主题的演讲。1908 年，亚米契斯病逝，享年 62 岁。

译者简介

夏丏尊

夏丏(miǎn)尊（1886—1946），中国现代文学家、教育家、编辑出版家。他是我国新文学运动的先驱，还与好友叶圣陶、丰子恺等人，一起为民国时期的中国教育和出版事业作出了卓越的贡献，代表作有《爱的教育》《文心》《平屋杂文》等。新文化运动前后，夏丏尊积极推行国文教育革新，大力倡导白话文。后因积极参与抗日救亡运动，于 1943 年被日本宪兵抓捕，虽获救但身体受创，1946 年因贫病交迫于上海逝世。

写作背景

意大利最开始并不是一个统一的国家，它经历过内部的分裂与外部的入侵。在意大利人的持续奋斗下，1861 年成立了统一的意大利王国。完成统一后，意大利又经历了一段与侵略者抗争的岁月。作者亚米契斯正是生活在意大利为统一奋斗、为抵御外敌抗争的时代，他当过军人，上过战场，曾为意大利的统一而战斗过。他爱自己的国家、自己的民族，同时也希望通过写作将自己对国家、对民族的热爱传递给每一位少年。

尽管意大利实现了国家统一，社会主义思想也得以传播，可是那一时期人民的生活处境、思想境界并没有得到很大的改善。等级观念深入人心，人与人之间的相处尚未达到理想的状态。因此亚米契斯希望大力开展爱国主义教育、人道主义教育和社会公德教育。

思想内涵

《爱的教育》中，亚米契斯构建了一个以爱济世、没有阶级差别、众人平等的理想主义世界。

① 对爱的深刻理解与赞美

爱是教育的内容，也是教育的方式。爱包括爱国家、爱家庭、爱朋友、爱学校、爱社会等，教育涵盖了学校教育、家庭教育以及社会教育。

书中安利柯的父母、学校里的教师们以及“每月例话”中的少年主人公都是有着高度自觉与感悟力的呼唤者。他们用语言、行为唤醒人们心底的爱意。

书中叙述亲子之爱，师生之情，朋友之谊，乡国之感，社会之同情，都已近于理想的世界，虽是幻影，使人读了觉到理想世界的情味，以为世间要如此才好。

——夏丏尊

② 对青少年成长的关注与引导

《爱的教育》通过安利柯对生活的记录、对情感的思考以及父母和老师对他的教育和引导，传递了积极向上的价值观和人生态度。这些价值观包括尊重他人、关爱他人、勇于担当、积极进取等，对青少年的成长具有重要的指导意义。

③ 对社会的深刻反思与期待

书中不仅描绘了人与人之间的美好情感，也反映了当时社会的一些现实问题。这些问题引发人们思考，促使人们更加关注社会现实和民生问题。书中还刻画了许多社会平等的美好画面，表达了作者对未来社会的期望和愿景。

艺术特征

1 日记体小说

日记体小说是一种独特的文学形式。它在叙述上多采用第一人称，以主人公的视角叙述所见所感。小说情节依据时间顺序发展，内容具有真实性与虚拟性相结合的特点。《奇风岁月》的作者序中有一句很有意思的话：“第一人称叙事的特别之处在于，读者从一开始就能知道，不管主人公经历了什么，他都熬过来了。”

2 情节紧密联系

书中内容都与安利柯的生活有关，因此在情节上往往相互联系，上一篇日记中提到的内容，在下一篇或者之后的日记中也会有提及。书中在介绍人物时不一定会一口气将角色的故事讲尽，而是会随着时间的推移，一点点将这个人物刻画饱满。一节节读下去，你不仅可以看到这些人物的种种活动，还可以感受到越发鲜明与立体的人物形象。

3 情感融于故事

本书以人物的感觉、情绪为立足点，将每个人物的性格与思想通过语言描写的方式展现。正是这样饱满的情绪，最能打动读者、触动读者。书中的叙述，多从感觉和情绪出发，在情节与对话中阐述关于人生、社会的问题，用具体的事例让我们感受爱、学会爱。

后世影响

此书被誉为现代意大利人必读的十本小说之一，被意大利的学校纳入学生必读书籍，影响了意大利所有青少年的成长。目前已有 100 多种文字的译本，并且多次被改编成动画片、电影，成为后来许多优秀作品的灵感来源。

1986 年

被联合国教科文组织列入“最具代表性的欧洲系列丛书”

1994 年

被列入世界儿童文学最高奖——国际安徒生奖“青少年必读书目”

如何阅读《爱的教育》

版本介绍

二十世纪初，受新文化运动的影响，许多杂志开始使用白话文，夏丏尊翻译的《爱的教育》于 1924 年开始在《东方杂志》上连载，后由商务印书馆、开明书店出版单行本，是新文学诞生以来儿童文学译著中最畅销的作品之一。

这本书诞生于新文化运动背景下，是翻译家对于白话文的探索实验。当时处在文言文与白话文混用的时期，不同作家的行文、翻译各有不同的特点。这一时期的白话文并不完全排斥文言文，很多作家的创作甚至文白互相渗透，而夏丏尊学养深厚，恰好是较为注重传统文言文表达的一类作家。

因此在这本书中，我们会看见一些既陌生又熟悉的用语用词，不必去细究它们的具体含义和用法，懂得大意和背后所代表的意象就好。

阅读方法

◎略读：阅读时可先采用略读的方式大致了解安利柯四年级的生活，留心“每月例话”的所在篇幅，分辨清楚所读内容属于安利柯的日记、家人的劝诫还是“每月例话”的故事。

◎精读：首先，明白这个译版的特殊性，体会特殊的行文；其次，读懂文章后再去感受其中的情感；最后，有意识地对整本书中的人物与情节进行归纳总结。不必害怕不能明白文章中的很多情感，或是觉得某些情感表达太过夸张，重要的是明白什么样的情感是真挚且珍贵的。

◎内化反思：安利柯的生活与我们的生活有许多共同之处，相似的事件或情感出现在安利柯的身边，也会出现在我们身边。所以，在阅读时不仅要关注书中的人物，也要关注我们自己，从安利柯的故事中学习他不断提高自己、知错就改、见贤思齐的品质。

◎整理归纳：关于本书的阅读，叶圣陶先生曾提出过一个特殊方法：

- 将全书进行细致标注，为每篇日记分配序号。

在阅读过程中，特别留意每个人物出场的篇数，并记录下来。这样，在第二次阅读时，便可集中关注某个人物相关的篇章，进行深入研读。例如，可将卡隆出现的各篇序号都记录下来，等总结梳理卡隆这一人物时，重点精读相关的篇章。

● 同时，可以以主题为中心，记录相关的篇章序号。

例如，可将关于舍己助人情节的篇数序号记录下来，总结梳理时再仔细精读分析相关的篇章。

这个方法不光适用于这本书，其他需要深入阅读、分析作者情感和人物描写的小说，也可以使用。

我们身处的世界是一个需要爱去滋养的地方，家人之间、朋友之间、师生之间在相处中都需要爱，同时我们生活在自己的祖国之中，生活在大家共建的社会之中，也需要对祖国、对社会、对民族报以深切的爱。十个月的生活并不能穷尽世上所有的爱，但能给我们以启示，明白何为爱，明白如何去发现爱、创造爱。希望这本书中的爱能温暖你，给予你在生活中快乐成长的力量。

译者序言

这书给我以卢梭《爱弥儿》、裴斯泰洛齐《醉人之妻》以上的感动。我在四年前始得此书的日译本，记得曾流了泪三日夜读毕，就是后来在翻译或随便阅读时，还深深地感到刺激，不觉眼睛润湿。这不是悲哀的眼泪，乃是惭愧和感激的眼泪。除了人的资格以外，我在家中早已是二子二女的父亲，在教育界是执过十余年的教鞭的教师。平日为人为父为师的态度，读了这书好像丑女见了美人，自己难堪起来，不觉惭愧得流泪。书中叙述亲子之爱，师生之情，朋友之谊，乡国之感，社会之同情，都已近于理想的世界，虽是幻影，使人读了觉到理想世界的情味，以为世间要如此才好。于是不觉就感激了流泪。

这书一般被认为是有名的儿童读物，但我以为不但儿童应读，实可作为普通的读物。特别地应介绍给与儿童有直接关系的父母、教师们，叫大家流些惭愧或感激之泪。

学校教育到了现在，真空虚极了。单从外形的制度上、方法上，走马灯似的更变迎合，而于教育的生命的某物，从未闻有人培养顾及。好像掘池，有人说四方形好，有人又说圆形好，朝三暮四地改个不休，而于池的所以为池的要素的水，反无人注意。教育上的水是什么？就是情，就是爱。教育没有了情爱，就成了无水的池，任你四方形也罢，圆形也罢，总逃不了一个空虚。

因了这种种，早想把这书翻译。多忙的结果，延至去年夏季，正想鼓兴开译，不幸我唯一的妹因难产亡了。于是心灰意懒地就仍然延搁起来。既而，心念一转，发了为纪念亡妹而译这书的决心，这才偷闲执笔，在《东方杂志》连载。中途因忙和病，又中断了几次，等全稿告成，已在亡妹周年忌后了。

这书原名《考莱》，在意大利语是“心”的意思。原书在一九〇四年已出三百版，各国大概都有译本，书名却不一致。我所有的是日译本和英译本，英译本虽仍作《考莱》，下又标《一个意大利小学生的日记》几字，日译本改称《爱的学校》(日译本曾见两种，一种名《真心》，忘其译者，我所有的是三浦修吾氏译，名《爱的学校》的)。如用《考莱》原名，在我国不能表出内容，《一个意大利小学生的日记》，似不及《爱的学校》来得简单。但因书中所叙述的不但是学校，连社会及家庭的情形都有，所以又以己意改名《爱的教育》。这书原是描写情育的，原想用《感情教育》作书名，后来恐与法国佛罗贝尔的小说《感情教育》混同，就弃置了。

译文虽曾对照日英二种译本，勉求忠实，但以儿童读物而论，殊愧未能流利生动，很有须加以推敲的地方。可是遗憾得很，在我现在实已无此工夫和能力。此次重排为单行本时，除草草重读一过，把初刷误植处改正外，只好静待读者批评了。

《东方杂志》记者胡愈之君，关于本书的出版，曾给予不少的助力，邻人刘薰宇君、朱佩弦君，是本书最初的爱读者，每期稿成即来阅读，为尽校正之劳；封面及插画，是邻人丰子恺君的手笔。都足使我不忘。

刊开明书店版《爱的教育》

一九二四年十月一日

目录

十月

十一月

十二月

一月

二月

• 三月

• 四月

• 五月

• 六月

• 七月

十月

开学日

（十七日）

今天开学了，乡间的三个月，梦也似的过去，我又回到了这个叫都灵的学校里来了。早晨母亲送我去学校的时候，心里还一直惦念着在乡下的美好光景。街上到处都是上学的学生。书店门口，学生和家长们都拥挤着在购买笔记本、书袋一类的文具；保安和警察都在拼命地维持秩序。到了校门口，突然觉得有人拍了下我的肩膀，原来是我三年级时候的先生！先生面带微笑、头发卷曲，看上去很是精神。他望着我说：

“安利柯！我们不在一起了！”

这事儿我早已知道，可今天被先生这么一说，又不觉难过起来。我们好不容易挤进学校里，就看到许多夫人、绅士、家庭主妇、白领、公务员、男仆、女仆，都一手拉着小孩，一手抱了成绩单，挤满在接待室的楼梯旁，嘈杂得如同在戏院里一样。我看着这大大的接待室非常欢喜，因为这三年里，我每天都会穿过它到教室去。这时，我二年级时候的女先生看见我跟我打招呼：

背景延伸

安利柯生活在19世纪末期的意大利，此时意大利刚刚经历统一并开始现代化进程，平民和贵族之间仍有等级差异。而安利柯就读的这所学校欢迎所有适龄儿童，这里不存在等级制。

“安利柯！你要到楼上上课了！以后就不会再经过我的教室了！”

说着，女先生恋恋地看着我。校长先生被家长们围着，他的头发好像比以前白了许多。同学们也比暑假的时候健壮了不少。才升一年级的小孩们不愿到教室里去，像驴似的倔强，勉强拉了进去的仍想着逃走，有的因为找不着父母，哭了起来。做父母的看不得孩子这样，就不得不又返回去，连说带哄地对付，就连先生们都快被弄得没法子了。

我的弟弟被编入代尔卡谛先生的班里，而我到了佩波尼先生这个班上。十点，大家都进了教室，我们班一共五十五人。跟我一起从三年级升上来的不过十五六人，常拿一等奖的代洛西也在里面。一想起暑假里游玩过的山水，就觉得学校里暗闷得讨厌。又忆起三年级时候的先生，那是常常对着我们笑的好先生，个子跟我们差不多高。想到很难再见到他那又红又卷的头发了，就有点难过。而面前的这位先生，身材高大，没有胡须，留着花白的长发，额头上布满皱纹，说话还大声，他盯着每个人看的时候，就仿佛要看穿我们的心似的，而且还不苟言笑。我就心想：

“唉！这才第一天，还有九个月[1]呢！什么上课，什么月考，多讨厌啊！”

一出教室，看见母亲，我就飞跑到母亲面前去吻她的手。母亲说：

“安利柯啊！要用心啊！要像他们一样用功才是！”

---

①九个月：十九世纪意大利初等教育中，一个学年有九个月，其余三个月为假期。

我高高兴兴地回家了。可是因为那位亲爱的、快活的先生不再教我们，学校也不如以前那么美好了。

灾　难

（二十一日）

学年一开始就发生了意外的事情。今天早晨在去学校的路上，我和父亲正谈论着先生昨天课上所说的话，忽然见路上挤满了人，正朝着校门奔去。父亲说：

“出了什么意外的事了？学年才刚开始啊，真不凑巧！”

我们好不容易挤进了学校，学校里全都是人，屋子里挤满了学生和家长。只听见他们说：“洛佩谛！真是可怜啊！”这时，在人群中，我看到了警察的帽子和校长先生那光秃秃的头。接着又走过来一个戴着高帽的绅士。大家喊着：“医生来了！”父亲问一位先生：“究竟怎么了？”先生回答说：“被车子轧伤了！”旁边又一先生说：“脚骨碎了！”原来受伤的是洛佩谛，是一名二年级的学生。上学来的时候，有一个一年级的小学生忽然撒开妈妈的手，倒在街上了。这时，车正在往他倒下的地方驶来，洛佩谛眼见这小孩将被车子轧伤，赶忙跑了过去，把小学生拖救出来。不料他来不及拖出自己的脚，结果被车子轧伤了。据说，洛佩谛是个炮兵大尉的儿子，人们正在议论的时候，突然有一位妇人发狂似的奔了过来，她从人堆里挣扎着挤进来，这就是洛佩谛的母亲。另一位妇人赶忙跑过去，抱住洛佩谛母亲就是一顿痛哭，原来这就是被救出小孩的母亲。两个妇人跑向屋里，我们在外边还可以听到她们“啊！洛佩谛呀！我的孩子呀！”的哭叫声。

不一会儿就有一辆马车停在了校门口。校长先生抱着洛佩谛走了出来。只见洛佩谛的头伏在校长的肩上，脸色苍白，紧闭双眼。大家都沉默了，只能听见洛佩谛母亲的哭声。这时，校长先生将抱在手里受伤的洛佩谛给大家看，在场的所有人都齐声喊道：“洛佩谛！好勇敢！可怜的孩子！”靠近一点的先生和学生都去吻洛佩谛的手。这时洛佩谛睁开他的眼说：“我的书包呢？”被救孩子的母亲拿书包给他看，流着眼泪说：“小天使，让我替你拿吧。”大家一起出了校门，小心地将洛佩谛送上马车。马车驶开，我们才默默地回到教室。

格拉勃利亚的小孩

（二十二日）

洛佩谛到底成了没有拐杖不能行走的人了。昨日下午，先生正跟我们说这则消息的时候，校长先生领了一个陌生小孩来到教室。那是一个黑皮肤、浓眉大眼的小孩，校长先生将这个小孩交给先生，低声地说了一两句什么话就出去了。小孩用他那黑而大的眼睛观察着教室里的一切，先生拉了他的手面向我们：

“你们大家应该开心。今天有一个从五百英里以外的格拉勃利亚的一个叫莱奇阿的地方来的意大利小孩来到我们学校。

因为是远道而来，请你们务必要特别爱护这位同胞。他的故乡很有名，是许多意大利名人的诞(dàn)生地，那里还诞生过许多能工巧匠和无畏的勇士，同时也是我国的风景区之一，那里有大森林、大峡谷，当地人既富有才华又勇敢！请大家友爱对待这位同学，这样就会让他忘记自己是离了故乡的人，我们要让他知道，在意大利，无论到何处的学校，那里都是自己的同胞兄弟！”

先生说着，就在地图上指格拉勃利亚的莱奇阿的位置给我们看，然后大声叫道：“埃内斯托·代洛西！”代洛西是每次都得一等奖的学生，他应声起立。

“到这里来！”先生说完，代洛西就离开座位走到这位来自格拉勃利亚的同学面前。

“你是班长，就请你来为我们的新同学致欢迎辞吧！请代表皮埃蒙特的朋友，对来自格拉勃利亚的朋友表示欢迎！”

代洛西听见先生这样说，先拥抱了这位同学，然后用响亮的声音说：“欢迎你！”格拉勃利亚小朋友也热烈地吻着代洛西的脸颊。我们都拍手喝彩。先生这时虽然说：“肃静，肃静！在教室内不可以鼓掌！”但他自己看起来很开心，格拉勃利亚小孩也开

心。等到先生指定了座位,待他落座,先生又说:

"请你们好好记着我刚刚说的话!格拉勃利亚的小孩到了都灵,要同住在自己家里一样。都灵的小孩到了格拉勃利亚也应该感到毫不寂寞!为了实现如今的目标,实话对你们说,国家为此曾打了五十年的仗,有三万同胞因此战死!所以你们大家要互相敬爱。如果有谁因为新同学不是本地人,就对他无礼,那就没有资格来见我们的三色旗①!"

格拉勃利亚小孩坐下来。邻桌的同学有送他钢笔的,有送他画片的,还有送他瑞士邮票的。

同窗朋友

(二十五日)

送邮票给格拉勃利亚小孩的,就是我最好的朋友卡隆。他今年十四岁,在同年级中身材最高,是个大头宽肩、笑起来很可爱的小孩,但也有人人气。渐渐地,我认识了许多同窗的友人。有一位名叫可莱谛的,我挺喜欢他,他经常穿一件咖色的裤子,戴个猫皮帽,说起话来非常有趣,他的父亲是开木柴店的,一八六六年曾在温培尔脱亲王②麾下打过仗,据说还拿到过三枚勋(xūn)章!

①三色旗:是意大利国旗,由绿、白、红三个颜色的、大小相同的长方形构成。
②温培尔脱亲王:现在多译为翁贝托一世,是曾经领导意大利的国王。

还有一个名叫耐利的，可怜他是个驼背，脸色常不好。另有一位名叫华梯尼，他常穿着漂亮的衣服。坐在我前面的那位是石匠的儿子，外号叫“小石匠”，他的脸圆圆的像苹果，鼻头像个小皮球，他能模仿出兔子的脸，时常引人笑，他还常常将那顶破帽子像手帕一样叠起来藏在口袋里。坐在“小石匠”旁边的，是一个叫作卡洛斐(fěi)的身材瘦长、老鹰鼻、眼睛特别小的孩子。他常常把钢笔、空火柴盒等拿出来做买卖，在手心里写字，方便考试的时候作弊。

还有卡罗·诺琵斯，他是个高傲的少年。在他两边有两个同学，一个是铁匠的儿子，穿着齐膝的上衣，脸色苍白得像个病人，胆子特别小，总也不笑；另一个是红头发，一只手有了残疾，打着绷带挂在脖子上。听说他的父亲到美洲去了，靠母亲一人卖野菜度日。

在我的左边，还有一个奇怪的小孩，他名叫斯带地，有点胖，好像没有脖子一样。他是个性格暴躁的小孩，常常不和人讲话，好像什么都不知道。可先生的话，他总是蹙(cù)了眉头、牙关紧闭、目不转睛地听。先生说话的时候，如果有人说话，前两次他还能忍，如若到了第三次，他就要气愤得跳脚了。坐在他旁边的是一个毫不知顾忌、长相狡猾的小孩，名叫勿兰谛，听说曾在别的学校被开除。此外还有一对很相像的兄弟，总是穿同样的衣服，戴同样的帽子。

在这么多同班同学中，要数长得最帅、学习最好的，那就算代洛西了。不出意外，今年他还是要得第一的。不过，我却挺喜欢那位铁匠的儿子，那像病人似的泼来可西。据说他父亲常常打他，他非常老实，和人说话的时候，或偶然不小心冒犯到别人的时候，他一定会说“对不住”。另外，还有一位，就是长得最高、品格最好的卡隆。

见义勇为

（二十六日）

卡隆的为人，我看了今日的事情就明白了。因为二年级先生来找我问我何时在家的事，我到学校的时候稍微迟了一下。进到教室以后，先生还没来，三四个同学正聚在一块儿捉弄那个红头发、手上有残疾、卖野菜人家的孩子克洛西。有的正用三角板打他，有的正往他的头上扔栗子壳，还说他是“残废者”，是“鬼怪”，还把手挂到脖子上模仿他残废的样子。克洛西一个人坐在位子上，脸色都苍白了，只是眼睛还看着他们，好像在说“饶了我吧”。他们见克洛西如此，更加肆无忌惮，还想戏弄他。克洛西终于怒了，他红着脸，身体都在颤抖。这时那个面目丑陋的勿兰谛忽然跳上椅子，装出克洛西母亲挑菜时的样子。克洛西的母亲因为要接克洛西回家，时常到学校里来，现在听说正病得在床上起不来。许多学生都知道克洛西的母亲，看了勿兰谛模仿的样子，大家都在笑。克洛西彻底被激怒了，突然他将身边的墨水瓶对准了勿兰谛扔了过去。勿兰谛敏捷地躲过，墨水瓶正好打在了刚从门外进来的先生身上。

大家都逃到座位上，怕得不作一声。先生脸色发青，走到讲台上，厉声说道：

“谁？”没有一个人回答。先生又提高了嗓子问：“谁？”

这时，卡隆可怜克洛西，忽然站起来，态度很坚决地说：“是我！”先生盯着卡隆，又环顾了一圈全班，平静地说：“不是你。”

过了一会儿，又说：“扔墨水瓶的站起来！绝不罚你！”

这时克洛西站起来了，哭着说：“他们打我，欺侮我。我气昏了头，不知不觉就把墨水瓶扔过去了。”

“好的！那么欺负他的人站起来！”先生说完，四个学生低着头站起来。

“你们欺负了一个无罪的人！你们欺侮了一个不幸的小孩，你们欺侮弱者！你们做了天底下最卑鄙（bēi bǐ）可耻的事！胆小鬼！”

先生说着，走到卡隆的旁边，托起他的头，注视着他的眼睛说：“你的精神是高尚的！”

卡隆凑到先生耳边，不知说了些什么。先生转身向那四个同学说：“这次我饶恕你们。”

我的女先生

（二十七日）

我二年级时候的女先生，今天如约来家访。先生已经差不多一年没来家里了，这次来我们很高兴地接待她。先生还跟以前一样，帽子上罩着一层绿色的面纱，衣服穿得很朴素，头发也没精致打理，她没有时间打扮自己。气色看上去也比去年苍白了一些，还时不时咳嗽。母亲问她：

“你的身体怎么样？先生！你如果不再顾着你的身体……”

“没有什么。”先生带着一点似喜似忧的笑容回答说。

“先生您上课太费力了，还要那么大声讲话，为了学生们太劳累自己的身体了。”母亲又说。

真的，先生上课的声音，没有哪一刻是没听清过的。我还记得，先生上课总是持续不停地讲话，学生连开小差的机会都没有了。先生记得每一位教过的同学，无论隔了几年，只要是她教过的总还记得起学生的姓名。听说每逢月考，她都要到校长那里去询问她学生的成绩。有时还站在学校门口，等学生走过来，就叫他们拿出作文本给她看，查他们的进步情况。即便已经考上中学的学生，也常常穿着长裤子，戴着怀表，去看望先生。

今天，先生是领了她的学生去看绘图展览会，回去的时候转到我家里来的。我们在先生那个班的时候，每逢星期二，先生常常领我们到博物馆去，把各种展品介绍给我们听。先生看上去比那时衰弱了许多，可精神状态很好，讲起学校的事情很是开心。两年前，我曾生了场大病卧床静养，先生曾来家中看过我，先生今天还说要看看我那时睡的那张床，那床其实现在已经归我的姐姐睡了。先生盯着床看了一会儿，也没再说什么。因为她还要去看望一个得了麻疹的学生，所以不能久留，听说那个学生是个马鞍（ān）匠的儿子。另外，先生还带着需要批改的作业本，晚饭以前，一位商店的女老板还要到她那里去学习算术。

“啊！安利柯！”先生临走时对我说，“你到了能解难题、作长文章的时候，还会爱你以前的女先生吗？”说着，她吻了吻我。等到出了门，还在台阶上大声说：

“请你不要忘了我！安利柯啊！”

啊！亲爱的先生！我怎会忘记您呢？我即便成了大人，也一定还记得先生，会到学校里来拜访您的。无论到了何处，只要一听到女先生的声音，就如同听见您的声音一样，想起先生两年间教我的事来。啊！那两年里，我因为先生学会了多少事啊！那时先生虽身体不好，可是任何时候都那么爱护我们、教导我们。我们拿笔的姿势不对，您很认真地矫正我们；考官考问我们的时候，您总是担心得几乎坐立不安；而当我们取得好成绩的时候，您就特别开心。您一直都像母亲一样爱我们。这样的好先生，叫我怎么会忘记啊！

贫民窟

（二十八日）

昨日午后，我和母亲、雪尔维姐姐三人一起送衣服给一位报纸上报道的穷苦妇人。我拿着衣服，姐姐拿着写了妇人姓名、住址的条子。最终我们到了一处很高的屋顶阁楼里，那里有长长的走廊，走廊旁边有许多屋子，妈妈敲了最里间一屋的房门。门打开了，走出一位虽年轻但脸色苍白、身体瘦小的妇人来。原来她就是我们时常看见的那位卖菜的妇人。

“你就是报纸上所说的那位妇女吗？”妈妈问。

“呃，是的。”

“那么，我这里有几件衣服，请你收下。”

那妇人非常欢喜，说了许多答谢的话。这时，我瞥(piē)见有一个小孩，在这间没有家具的阴暗房间里，背对外，靠着椅子好像在写字。仔细一看，他的确在写字，他将纸摊在椅子上，墨水瓶摆在地板上。我想在这样阴暗的房子里可怎么写字呢！忽然看见那小孩是一头红发，穿着一件破烂的上衣，才恍(huǎng)然知道：原来他就是那个卖菜人家的儿子克洛西，就是那个一只手残疾的克洛西！趁克洛西母亲收拾东西的时候，我轻轻地把这事告诉了母亲。

“不要出声！”母亲说，“如果他知道自己的母亲受朋友的施舍，该多难为情，不要出声！”

可是恰巧这时，克洛西回过头来。我一时不知怎样才好，克洛西对着我微笑。母亲在背后推了我一把，我就上前拥抱了克洛西，克洛西站起来握住了我的手。

克洛西的母亲对我母亲说：

“只有我们娘儿俩一起生活。丈夫七年来一直在美洲没回来。我又生了病，不能再去卖菜了，家里什么桌子、椅子能卖的都卖光了，弄得这孩子上学都困难，想点盏小小的灯学习也不能够，眼睛也快要出毛病了。幸而这课本和文具有政府免费发放，这才勉强能继续读书。真是可怜！他是很希望到学校去的，但是……没有比我更不幸的人了！”

母亲把手里所有的钱都拿出来给了她，吻了吻克洛西，走出来的时候几乎要哭了。于是对我说：

“安利柯啊！你看那个可爱的孩子！他很用功地在读书！像

你，什么都不缺，还说读书苦呢！啊！真的！那孩子一日的用功都比得上你一年的用功，像那样的小孩，才是应该得一等奖呀！”

学　校

（二十八日）

亲爱的安利柯！听你母亲讲你害怕起学习来了。我还未曾看到过你高高兴兴去学校上学的样子。但是我告诉你：如果你不到学校里去，你每天该多么乏味、疲倦、无聊呀！只要过一星期，你肯定会来恳求我把你带回学校去。因为玩虽好，但每天都玩，总会厌倦的。

现在的世界上，无论什么人，没有哪个是不学习的。职工们劳动了一天，到了晚上不是还要到学校里去吗？街上店里的服务人员劳动了一星期，星期日不是还要到学校里去吗？士兵们白天训练了一天，回到营里不是还要读书吗？就是盲人和哑巴，也在学习各种本领，监狱里的犯人，也照样读书写字学习呢！

背景延伸

为了满足社会人员继续学习的需求，学校会在晚上开办“夜校”或是在周末开办“周末课堂”。

每天上学的时候，你要这样想想：此刻，在这座城市里，有和我一样的三万个小朋友都要去上学。同样，在这个时候，世界各国有几千万的小朋友也正要去上学。有的正三五成群地走过清静的田野吧，有的正走在热闹的街道上吧，也有的正沿着河边或湖边上学呢吧，在火辣的太阳下走着的也有吧，在寒雾笼罩的河上坐着小艇上学的也有吧，还有那些滑雪橇(qiāo)的，爬山的，穿林过河的，走山路的，在莽(mǎng)莽的原野上骑着马上学的也有吧！他们有一个人走的，也有两个人一起走的，或者成群结队走着的，他们穿着不同的服装，说着不同的语言，从被冰锁住的俄罗斯到椰林葱郁的阿拉伯，不是有几千万数都数不清楚的小孩，都夹着书做着同样的事情，同样地在学校里上学吗？你想象一下这成千上万的小孩组成的浩浩荡荡的学习大军，在同一时间里进行着怎样的大运动！你再想想：如果这运动一终止，人类就会退回原始野蛮(mán)的状态了。这场运动才是世界的进步，才是希望，才是光荣。要奋发啊，我的孩子！你就是这大军队里的一名士兵，你的书本就是武器，你的班级就是一分队，全世界就是战场，胜利就是人类的文明。安利柯啊！不要做临阵脱逃的士兵啊！

——父亲

少年爱国者

（每月例话）

要做临阵脱逃的士兵吗？决不！可是，先生如果能每天都像今天这样把这么有趣的故事讲给我们听，我可能还要更喜欢上学呢。先生说，以后每月都要讲一次像今天这样的高尚少年的故事给我们听，并且叫我们用笔记下来。下面就是今天讲的故事《少年爱国者》。

一艘法国轮船从西班牙的巴塞罗那开到意大利的热那亚来，船里乘客有法国人、意大利人、西班牙人和瑞士人。其中有个十一岁穿着破烂的少年，他总是避开人群，像一只野兽似的用眼睛盯着人群。他用这种眼色看人也不是没有原因，原来在两年前，他被在乡间种田的父母卖给了戏班子，戏班子里的人打他、踹(chuài)他，叫他挨饿，还强迫他学把戏，还把他带到法国、西班牙到处跑，一味地虐(nüè)待他。等戏班子到了巴塞罗那的时候，他终于受不起这般的虐待，就逃了出来，到意大利领事馆去寻求保护。领事可怜他，叫他搭上了这艘船，还写了一封给当地长官的介绍信，意思是要送他回到父母那里去。少年全身都是伤，身体非常虚弱，他住的是二等舱，所以大家都很奇怪。和他讲话，他也不回答，好像憎恶一切的人。他的心已变到这步田地了。

有三个乘客从各方面探问他，他才开了口。他用夹杂着法语和西班牙语的意大利语，大略地讲了自己的经历。这三个乘客虽不是意大利人，却听懂了他的话，大约一半是因为怜悯(mǐn)，一半是因为吃酒后高兴，就给了他一些钱。这时，几个贵妇从舱里走出来，她们听到了少年的话，也就故意想让人看见似的拿出些钱来丢在桌上，说：

"这给你了，都拿去！"

少年低声答谢，把钱收到口袋里，苦闷的脸上到这时才看见笑容。他回到自己的床位上，拉起床帘，躺下静静地想：

有了这些钱，我就可以在船里买点好吃的东西，饱一饱两年来饥饿的肚子；到了热那亚，还可以买件上衣换上；拿着钱回家，总比空手回去见父母强，父母的脸上也会好看一些。在他看来，这笔钱竟是一笔财产，他在床上越想越开心。

这时候，之前的那三位旅客围着二等舱的餐桌在那里谈论着，他们一边喝酒，一边聊着天。谈到意大利的时候，有一个说意大利的旅馆不好，另一个说意大利的火车很糟。他们的酒越喝越多，说话也渐渐肆无忌惮。其中一个说，去什么意大利，还不如去北极好，在意大利住着的都是些土匪。后来又说意大利的官员都是些不识字的文盲。

"愚笨的国民！"一个说。

"下等的国民！"另一个说。

"强盗……"

还有一个正要说"强盗"的时候，忽然银币和铜币就像雹子一般落到他们的头上和肩上，同时在桌上和地板上滚着，发出可怕的声音来。那三个旅客愤怒了，抬头看时，又一把铜币飞到了脸上。

"拿回去！"少年从床帘里探出头来怒叫。

"我不要拿说我国家坏话的人的东西！"

十一月

扫烟囱的小孩

（一日）

昨天下午我去了附近的一所女子学校。雪尔维姐姐的先生说要看《少年爱国者》，所以我就拿过去给她看。那学校大约有七百个女孩子。我去的时候正赶上放学。因为从明天起接连有“万圣节”“万灵节”两个节日，学生们正欢喜地回去。我在那儿看见一件很美好的事。

学校附近的路边，站立着一个面目墨黑的清扫烟囱的人。他还是个小孩，只见他正一手扶着墙，一手托着头，在那里啜（chuò）泣。有两三个三年级的女学生走近去问他：“怎么了？为什么这样哭？”他总不回答，仍旧哭着。

“来！快告诉我们，怎么了？为什么哭？”女孩子再问他，他才渐渐地抬起头来。那是一张小孩似的脸，哭着告诉她们，说他扫除了好几处烟囱，得着三十个铜币，不知什么时候铜币从口袋的破洞里漏掉了。说着又指破洞给她们看。据说，如果没有钱就不能回去。

“师父要打的！”他说着又哭了起来，把头俯伏在胳膊上，很为难的样子。女学生们围着他看，觉得他很可怜。这时其余的女学生也背着书包来了。有一个帽子上插着青色羽毛的大女孩从袋里拿出两个铜币说：

“我只有两个，再凑凑就好了。”

“我这里也有两个。”一个穿红衣的女孩接着说。

“大家凑起来，三十个铜币是一定有的。”又叫其余的同学们，“亚马里亚！璐迦（lù jiā）！亚尼娜！你们有钱吗？请拿出来！”

果然，有许多人为了买花或笔记本都带着钱，大家都拿出来了。小女孩也有拿出一个半分的小铜币的，插青色羽毛的女孩将钱集拢了大声地数。

八个，十个，十五个，但是还不够。这时，恰巧来了一个像先生一样的大女孩，拿出来一个当十个的银币来，大家都高兴了。不过还缺五个。

“五年级的来了！她们一定有的！”一个说。

五年级的女孩一到，铜币立刻集起了许多，大家还都急急地向这里跑来。一个可怜的烟囱扫除人，被围在美丽的衣服、摇动的帽子、发丝带和鬈（quán）①发之中，那样子真是好看。三十个铜币不但早已集齐，而且还多出了许多。没有带钱的小女孩挤入大女孩群中，将花束赠给少年作代替。这时，忽然有人出来说：“校长先生来了！”女学生们就麻雀般地向四方走散。清扫烟囱的孩子独自立在街中，欢喜地拭着眼泪，手里攥（zuàn）满了钱，上衣的纽孔里、衣袋里、帽子里都装满了花，还有许多花散布在他的脚边。

①鬈：卷曲的毛。

好友卡隆

（四日）

虽只有两天的休假，我好像已有许多日子不见卡隆了。我越和卡隆熟悉，越觉得他可爱。不但我如此，大家都是这样。只有几个高傲的人讨厌卡隆，不和他讲话，因为卡隆一向不受他们的压制。那大的孩子举起手来正要打幼小孩子的时候，幼小的只要一叫“卡隆”，那大的就会缩回手去的。

卡隆的父亲是火车司机。卡隆小时生过病，所以入学已迟，在我们年级里身材最高，气力也最大。他能用一只手举起椅子，为人很好，有人请求他，不论铅笔、橡皮、纸、小刀，他都肯借或者直接赠予。上课时，他不言不笑不动，总是石头般地安坐在狭小的课椅上，两肩上装着大大的头，背向前屈着。我看他的时候，他总半闭了眼笑着看我，好像在那里说：“喂，安利柯，我们大家做好朋友啊！”我一见卡隆总是要笑起来。他身子又长，肩膀又阔，上衣、裤子、袖子都太小太短。至于帽子，小得差不多要从头上落下来，外套也露出缝，皮靴是破了的，领带时常搓扭成一条线。

他的相貌，谁一见都喜欢。他算术很好，常拿着用红皮带绑了的书本。他有一把贝母镶柄的大裁纸刀，这是去年陆军大操的时候，他在野外拾得的。有一次他因这刀伤了手，几乎把指骨都切断了，不论人家怎样嘲笑他，他都不发怒，但是当他说着什么的时候，如果有人说他“这是说谎”，那就不得了了：他立刻火

思辨阅读

阅读画线句，你认为卡隆是一个怎样的人呢？

冒三丈，眼睛发红，他那一拳打下来，可以击破椅子。

在一个星期六的早晨，他看见二年级里有一小孩因丢了钱，不能买笔记本，站在街上哭，他就把钱给那小孩。他在母亲的生日，费了三天工夫，写了一封足有八页长的信，在纸的四周还画了许多装饰的花样。

我真欢喜卡隆。当我握着他那只大手的时候，真是太欢喜了！他的手和我的比起来，就像大人的手。我的确相信卡隆真是那种能牺牲自己的生命而救助朋友的人。这种精神，从他的眼光里就可以很明显地看出。从他那粗大的嗓音中，谁都可以听得出那饱含优美的真情。

卖炭者与绅士

（七日）

昨天卡罗·诺琵斯向培谛说的那些话，如果是卡隆，是绝不会说的。卡罗·诺琵斯因为他父亲是上等人，很是高傲。他的父亲是个高个子、有黑须的沉静的绅士，差不多每天早晨都要陪着诺琵斯到学校里来。昨天，诺琵斯和培谛吵架了。培谛年纪很小，是个卖炭者的儿子。诺琵斯因为自己理亏了，无话可辩，就说：“你父亲是个叫花子！”培谛气得连脸都红了，不作声，只簌(sù)簌地流着眼泪。好像后来他回去向父亲哭诉了。午后上课时，他那卖炭的父亲——一位全身黝(yǒu)黑的矮小男子就拉着他儿子的手到学校里来了，然后把这事告诉了先生。我们大家都默不作声。诺琵斯的父亲照例在门口替他儿子脱外套，听见有人说起他的名字，就问先生说："什么事？"

"你们的卡罗对这位先生的儿子说：'你父亲是个叫花子！'这位先生正在这里告诉我这件事呢。"先生回答。

诺琵斯的父亲脸红了起来，问自己的儿子："你这样说过吗？"诺琵斯低了头立在教室中央，什么都不回答。他父亲捉了他的手臂，拉他到培谛身旁，说："快道歉！"

卖炭人好像很抱歉的样子，连连说："不必！不必！"想上前阻止，可是绅士不答应，对他的儿子说：

"快道歉！照我所说的样子快道歉！'对于你的父亲，说了非常失礼的话，这是我所不该的。请原谅我，请让我的父亲来握你父亲的手。'要这样说。"

卖炭的越发现出不安的神情来，好像在那里说"那不敢当"，但绅士很坚持，于是诺琵斯低下头，用断断续续的声音说：

"对于……你的父亲……说了……非常失礼的话，这是……我所不该的。请你……原谅我。让我的父亲……来握……你父亲的手。"

绅士把手向卖炭人伸去，卖炭人用力握住了它，还把自己的儿子推近卡罗·诺琵斯，叫儿子两手去抱他。

"以后，请叫他们两个坐在一处。"绅士这样向先生请求。先生就令培谛坐在诺琵斯的座位旁边，诺琵斯的父亲等他们坐好了，才行了礼出去。卖炭人注视着这并坐的两个孩子，沉思了一会儿，走到座位旁，好像要对诺琵斯说什么，又好像很依恋，又好像很对不起他，终于什么都没有说。他张开两臂好像要去抱诺琵斯，可是也终究没有去抱，只是用他那粗大的手指在诺琵斯的额头上碰了碰，等走出门口，还回头向里面瞥了一眼，这才出去。

先生对我们说："今天的事情，大家不要忘掉它。因为这可算这学年中最美好的一课了。"

弟弟的女先生

（十日）

弟弟病了，他的女先生代尔卡谛来探望。原来，卖炭者的儿子从前就是这位先生教的。先生讲出一些好笑的故事，引得我们都笑了。两年前，卖炭家小孩的母亲因为儿子得了奖章，就用很大的围身裙包满了炭，拿到先生那里当作谢礼。先生无论怎样推谢，她就是不答应，最后当她拿回家去的时候，居然还哭了。先生又说，还有一个女人，曾把钱装进花束中送过去。听着先生的话，我们觉得很有趣。弟弟先前还无论怎样都不肯吃药，这会儿也好好地吃了。

教导一年级的小孩，多么费力啊！有的牙还没长全，像个老人，发音发不好；有的咳嗽；有的流鼻血；有的因为靴子在椅子下面，哭着说"没有了"；有的因钢笔尖触痛了手就叫起来；有的把习字帖的第一册和第二册搞错了，吵个不休。要教会五十个小孩写字，真是一件不容易的事。有时他们的口袋里藏着一些什么甘草、纽扣、瓶塞、碎瓦片一类的东西，先生要去搜的时候，他们甚至会藏到鞋子里去。先生的话，他们是不听的。有时窗外飞进一个苍蝇来，他们就大吵。夏天他们把草拿进教室来，有的还捉了虫子往里面放，甲虫在教室中飞旋，有时落入墨水瓶中，墨水就会溅污习字帖。先生就代小孩们的母亲替他们整理衣装；小孩手指受了伤，就替他们裹绷带；帽子掉了，就替他们拾起来；留心不让他们拿错外套；用尽了心叫他们不要吵闹。女先生真辛苦啊！可是，学生的母亲们还要来诉说不平，什么“先生，我儿子的钢笔头为什么不见了？”，什么“我的儿子一点都没进步，究竟是为什么？”，什么“我的儿子成绩那样的好，为什么得不到奖牌？”，什么“我们佩罗的裤子被钉子戳破了，你为什么不把那钉子拔了去？”

据说，先生有时也受不了小孩的玩闹，不觉举起手来，可终究还是用牙齿咬住了自己的手指，把气给忍住了。她发了怒以后，非常后悔，就去安慰方才被骂的小孩。她也曾把顽皮的小孩赶出过教室，赶出以后自己却咽着泪。有时听见家长责罚小孩，不给他们食物吃，先生总是很不高兴，要去阻止。

先生年纪很轻，身材又高，衣装整洁，很是活泼，无论做什么事都像弹簧(huáng)一样敏捷，是个多愁善感而又温柔慈爱的人。

“孩子们都非常喜欢和你亲近呢。”母亲说。

“这原是有的，可是一到学年结束，就大都顾不着我了。等他们到要接受男先生教的时候，就把受过女先生教育这件事当作羞耻的事了。两年间是那样地爱护了他们，可一旦离开，还真有点难过。那个孩子是一向亲近我的，大概不会忘记我吧？心里虽这样想着，可是一到放了假以后，你看！他回到学校里来的时候，我虽‘我的孩子，我的孩子！’地叫着，一走近他去时，他却把头转向别处，理也不理你了哩。”

先生说到这里，暂时闭了口。又抬起她湿润的眼，吻着弟弟说：

“你不是这样的吧？你是不会把头转向别处的吧？你是不会忘记我的吧？”

我的母亲

（十日）

安利柯！当你弟弟的先生来的时候，你对母亲说了非常失礼的话！像那样的事，不要再有第二次啊！我听见你的那些话，心里苦得好像针刺一样！我记得，数年前你病的时候，你母亲恐怕你病好不了，终夜坐在你床前，数你的脉搏，算你的呼吸，担心得甚至哭泣。我以为你母亲要发疯了，很是忧虑。一想到此，我对于你的将来，就有点担心起来。你会对你这样的母亲说出那样不该说的话！真是怪事！那是为要救你一时的痛苦不惜舍去自己一年间的快乐、为要救你生命不惜舍去自己生命的母亲啊！

安利柯啊！你要记着！你在一生中，当然难免要尝到种种的艰苦，而其中最苦的一件事，就是失去母亲。等你将来年纪大了，尝遍了世人的辛苦，必然会几千次地回忆起你的母亲来。一分钟也好，但求能再听听母亲的声音，只一次也好；但求再在母亲的怀里作小儿样的哭泣，这样的时候必定会有的。那时，当你回忆起自己曾经给予亡母的种种痛苦，不知要流怎样的后悔之泪呢！这不是可悲的事吗？你如果现在使母亲痛心，你将终生受良心的责备！母亲优美慈爱的身影，将来在你眼里成了令你悲痛的样子，不绝地使你的灵魂苦痛！

啊！安利柯！要知道母子之爱是人间所有感情中最神圣的东西。破坏这感情的人，实是世上最不幸的。人虽犯了杀人之罪，只要他是敬爱自己母亲的，其胸中还有美的贵的部分留着；无论多么有名的人，如果他是使母亲哭泣、使母亲苦痛的，那就真是可鄙可贱的人物了。所以，对于亲生的母亲，不该再说无礼的话，万一一时不注意，把话说错了，你该自己从心里忏悔，投身于你母亲的膝下，请求她赦免的吻，在你的额头上拭去不孝的污痕。我原是爱着你,你在我这是最重要的珍宝。可是，你对于你母亲如果不孝,我宁愿还是没有了你好。不要再走近我！不要再来抱我！我现在没有心来拥抱你！

——父亲

朋友可莱谛

（十三日）

父亲饶恕了我，我还难过着。母亲送我出去，叫我和门房的儿子一起到河边去散步。我们沿着河边走着，到了一家门口停着货车的店前，突然听到有人在叫我。我回头一看，原来是同学可莱谛。他身上流着汗正在使劲扛着柴。站在货车上的人抱了柴递给他，可莱谛接了再运到自己的店里，急忙堆在一起。

“可莱谛，你在做什么？”我问。

“你不看见了吗？”他一边两只手去接柴,一边回答我。“我正在复习功课哩！”他接着说。

我笑了，可是可莱谛却认真地在嘴里这样念着：“动词的活用，因为数……数与人称的差异而变化……”，接着抱着一捆柴走，放下柴，把它堆好了：“又随动作发生的时间而变化……”，走到车旁取柴：“又因动作表现的方式而变化。”

这是明日文法课的内容。“我真忙啊！父亲因事出门去了，母亲病了在床上卧着，所以我不能不做事。一边做事，一边读着文法。今日的文法很难呢，无论怎样记，也记不牢。”

“父亲说过，七点钟回来付钱的哩。”他又向运货的人说。

货车走了。“请进来！”可莱谛说。

我进了店里，屋里宽敞，堆满了木柴，木柴旁边挂着秤。

“今天是一个大忙日，真的！一直没有空闲过。正想写字，客人就来了。客人走了以后，刚拿笔要写，方才的货车就来了。今天跑了柴市两趟，腿麻木得像木棒一样，手也硬硬的，如果想作画，一定弄不好的。”说着又用扫帚扫去散在四周的枯叶和柴屑。

“可莱谛，你读书的地方在哪里？”我问。

“不在这里。你来看看！”他引我到了店后的小屋里，这屋子差不多可以说是厨房兼食堂，桌上摆着书本、笔记本和已写了开头的作文稿。“在这里啊！我还没有把第二题做好——用皮革做的东西有什么？有靴子、皮带……还非再加一个不可……是皮袍。”他拿了钢笔写着清楚的字。

“有人吗？”喊声自外面传进来，原来是买主来了。可莱谛回答着：“请进来！”就奔跳出去，称了柴，算了钱，又在壁角污旧的卖货本上把账记了，重新走进来，“非得快些把这作业做完不可。”说着拿了笔继续写上：旅行包、士兵的背包……“哎呀！咖啡滚了！”他跑到暖炉旁取下咖啡壶，“这是母亲的咖啡，我已学会煮咖啡了。请等一等，我们拿了一起到母亲那里去吧。我母亲一定很欢喜的，母亲这个星期一直卧在床上——动词的变化—— 我好几次，都被这咖啡壶烫了手呢—— 士兵的背包以后，写些什么好呢？非再写点什么上去不可—— 一时想不出来，且到母亲那里去吧！”

可莱谛开了门，我和他一同走进那小屋。母亲卧在床上，头上包着白头巾。

“啊！好孩子！你是来看望我的吗？”可莱谛的母亲看着我说。

可莱谛替母亲摆好了枕头，拉直了被子，加上了炉煤，赶走卧在箱子上的猫。

“妈妈，不再喝点吗？”可莱谛说着从母亲手中接过杯子，“药已喝完了吗？如果喝完了，我再跑趟药店。柴已经砍好，四点钟的时候，再把肉烧了。卖牛油的如果走过，把那八个铜子还了他就是了。诸事我都会弄好的，你不必多劳心了。”

“亏得有你！你可以去了。一切留心些。”他母亲这样说了，还一定要我吃一块方糖。可莱谛指他父亲的照片给我看。他父亲穿了军服，胸间挂着勋章，据说是在当温培尔脱亲王部下的时候得来的。相貌和可莱谛一模一样，眼睛也是活泼泼的，露出很快乐的笑容。

我们又回到厨房里。“有了！”可莱谛说着继续在笔记本上写：“马鞍也是皮革做的——晚上再做吧，今天非迟睡不可了。你真幸福，有工夫用功，还有闲暇散步。”他又活泼地跑出店堂，将柴搁在台上用锯截断。

“这是我的体操哩！可是和那‘两手向前’的体操不同。

父亲回来以前，我把这柴锯了，使他见了欢喜。最讨厌的就是手拿了锯以后写起字来，笔画就像蛇一样。但是也没办法，只好在先生面前把事情实话实说了。母亲的病快点好才好啊！今天已好了许多，我真高兴！明天鸡一叫，就起来预习文法课吧——哎呀！柴又来了，快去搬吧！”

货车装满着柴，已停在店前了。可莱谛走向车，又回来：“我已不能陪你了，明日再会吧。你来真好，再会再会，快快乐乐地散你的步吧，你真是幸福啊！”他把我的手紧握了一下，仍来往于店与车之间，脸孔红红的像蔷薇一样，那种敏捷的动作，使人看了也爽快。

“你真是幸福啊！”他虽对我这样说，其实不然，啊！可莱谛！其实不然，你才比我幸福呢！因为你既能用功，又能劳动，能替你父母尽力！你比我要好一百倍，勇敢一百倍呢！好朋友啊！

校长先生

（十八日）

可莱谛今天在学校里很高兴，因为他三年级时的先生到学校里来主持考试来了。

这位先生名叫考谛，是个肥壮、大头、卷发、黑须的先生，目光炯(jiǒng)炯，说话响如大炮。这先生常恐吓小孩们，说什么要撕断了他们的手脚交给警察，有时还要装出种种可怕的面孔。其实他绝不会责罚小孩的，无论何时，他总会露出笑容，不过总被胡须遮住，大家都看不出他的微笑。

跟先生一起来的共有七人，考谛先生除外，还有一位像小孩一样的助手先生。

五年级的先生是个瘸(qué)腿的人，平常围着个大毛巾，据说他在乡间学校的时候，因为校舍潮湿，墙壁上满是湿气，就得了病，到现在身上还作痛哩。一年级还有一位白发的老先生，据说以前曾做过盲人学校的教师。

另外还有一位衣服华美、戴了眼镜、留着好看胡须的先生。他一边教书，一边自己研究法律，曾得过证书，所以得了一个“小律师”的绰号。这位先生还写过写作必读之类的书。

教体操的先生原来是一位军人，据说是加里波第①将军的部下，脖子上还留着米拉佐战争②时的刀伤。

还有一位就是校长先生，长得很高，秃头，戴着金边的眼镜，半白的胡须长长地垂在胸前，经常穿着黑色的衣服，纽扣一直扣到腮下。他是个很和善的先生。学生犯了规矩被唤到校长室里去的时候总是战战兢(jīng)兢，可先生并不责骂，只是拉着小孩的手好好开导，叫他下次不要再有那种事，并且安慰他，叫他以后做好孩子。他声气和善，言语亲切，小孩出来的时候总是红着眼睛，觉得比受罚还要难过。校长先生每天第一个到学校，等学生来上学，等家长来谈话。别的先生回去了以后，他一人还留着，在学校附近到处巡视，唯恐有学生在路上胡闹或

①加里波第：意大利复兴运动领袖。

②米拉佐战争：米拉佐是意大利西西里岛北部墨西拿省的城镇，1860 年加里波第在该镇附近击败西西里王国的波旁军队。

被车子碰倒。只要一看见先生那高而黑的影子，聚集在路上逗留的小孩们就会放弃了玩耍而四下散开。那时，先生总远远地用难过而充满了慈爱的声音唤住正在逃散的小孩们。

据母亲说，先生自爱子参加志愿兵死去以后，就不见有笑容了。现在校长室的小桌上，还放着他孩子的照片。先生遭了那不幸以后，曾一度想辞职，据说准备向市政所提出辞职的辞职书都写好藏在抽屉里，只因为不忍与孩子们离别，才犹豫着未曾决定。有一天，我父亲在校长室和先生谈话。父亲向先生说："辞职是多么乏味的事啊！"这时，恰巧有一个人领了孩子来见校长，是请求转学的。校长先生见了那小孩似乎吃了一惊，将那小孩的面貌和桌上的照片比较打量了好久，拉小孩靠近膝旁，托起他的头，注视了好一会儿，说了一句"可以的"，后来记下了他的姓名，叫他们父子回去，自己陷入了沉思。我父亲继续说："先生这一辞职，我们不是就困难了吗？"先生听了，就从抽屉里取出辞职书，撕得粉碎，说："我已把辞职的念头打消了。"

士兵

（二十二日）

校长先生的爱子在陆军志愿兵中死去以后，他常常在课外的时间出去看通过的军队。昨天又有一联队在街上通过，小孩们都集在一处，合着那乐队的调子，用竹尺敲击着皮袋或书夹，依着拍子跳跃着。我们也集在路旁，看着军队行进。卡隆穿着狭小的衣服，嚼着很大的面包在那里立着看。还有衣服很漂亮的华梯尼呀，铁匠店的儿子呀，穿着父亲旧衣服的泼来可西呀，格拉勃利亚小孩呀，“小石匠”呀，赤发的克洛西呀，相貌很平常的勿兰谛呀，炮兵大尉的儿子呀，从马车下救出幼儿自己却跛(bǒ)了脚的洛佩谛等都在一起。有一个跛了脚的士兵走过，勿兰谛笑了起来。忽然有人去拍勿兰谛的肩头，仔细一看，原来是校长先生。校长先生说：“注意！嘲笑队伍中的士兵，就像辱骂绑缚着的人，真是可耻的事！”勿兰谛立刻躲到不知哪里去了。士兵分作四列行进，身上满是汗和灰尘，枪映在日光中闪烁地发光。

提问

勿兰谛嘲笑跛脚士兵受到了校长的批评，你认为面对为国家流血流汗的战士，应该报以怎样的态度呢？

校长先生对我们说：

“你们不可不感谢士兵们啊！他们是我们的防御者。一旦有外国军队来侵犯我国，他们就是代我们去拼命的人。他们和你们年纪相差不多，都是少年，也是该用功上学的。看！你们一看他们的面色，就可知道全意大利各处的人都有在里面：西西里人也有，耐普尔斯人也有，赛地尼亚人也有，隆巴尔地人也有。这是曾经加入过一八四四年战争的古联队，士兵虽经变更，但军旗还是当时的军旗。在你们未出生以前，为了国家在这军旗下战死过的人，不知有多少呢！”

“来了！”卡隆叫着说。真的，军旗就在士兵们的头上飘扬。

“大家听着！三色旗通过的时候，应该行举手注目的敬礼！”

一个士官捧了联队旗从我们面前通过。旗已经破裂了、褪色了，旗杆顶上挂着勋章。大家向着旗行举手注目礼，旗手对着我们微笑，举手答礼。

“诸位，难得！”后面有人这样说。回头去看，原来是年老的退职士官，纽扣孔里挂着克里米亚战役[①]的从军徽章，“难得！你们做得好！”他反复说。

这时候，乐队已沿着河转了方向，小孩们的哄闹声与喇叭声彼此和着。老士官注视着我们说：“难得，难得！从小尊敬军旗的人，长大了就会保卫国家！”

耐利的保护者

（二十三日）

驼背的耐利，昨日也在看士兵的行军，他的神色很可怜，好像在说：“我不能当士兵了。”耐利是个好孩子，成绩也好，只是身体小而弱，连呼吸似乎都困难。他母亲是个矮小白皙的

①克里米亚战役：1853—1856年在欧洲爆发的一场战争。

妇人，每到学校放学时总来接她儿子回去。最初别的学生都要嘲弄耐利，有的甚至用书包去碰他那突出的背。耐利毫不反抗，而且也不将人家以他为玩物的事情告诉他的母亲，无论怎样被人捉弄，他只是坐在座位上无言地哭泣。

有一天，卡隆突然跳了出来对大家说：

“你们再碰耐利一下看！我一个耳光，要他转三个旋子！”

勿兰谛不相信这话，当真尝了卡隆的老拳，一拳打去果然转了三个旋子。从此以后，再没有人敢捉弄耐利了。先生知道了，让卡隆和耐利同坐一张桌子。两人很要好，耐利尤其喜爱卡隆，他到教室里，必要先看卡隆有没有到，回去的时候，没有一次不说“卡隆再会”的。卡隆也一样，耐利的钢笔、书本落到地下，卡隆不要耐利费力，立刻俯下身去替他拾起来，还处处帮他的忙，或替他把文具装入书包，或给他穿外套。耐利听见先生称赞卡隆，就欢喜得如同称赞自己一样。后来，好像耐利把

从前受人捉弄、自己默默哭泣，幸亏一个朋友保护的事告诉了母亲。今天学校里发生了这样一件事：先生有事差我到校长室去，恰巧来了一个穿黑衣服的身小而皮肤白皙的妇人，这就是耐利的母亲。

“校长先生，有个名叫卡隆的学生，和我的儿子在一个班里吗？”她这样问。

“是的。”校长回答。

“有句话要和他说，可否叫他来？”

校长命校工去叫卡隆。不一会儿，卡隆留着短发的大头就出现在门口了。他不知叫他为

了何事，露出吃惊的样子。那妇人一看见他，就跳了过去。将胳膊挽在他的肩上，不绝地吻他的额头：

“你就是卡隆！是我儿子的好友！帮助我儿子的人！就是你！好勇敢的人！就是你！”说着急忙用手去摸衣袋，又取出荷包来，一时找不出什么东西，就从脖子上取下带着小小十字架的链子来，套在卡隆的脖颈上：

“将这给你吧，当作我的礼物！当作感谢你，时时为你祈祷着的耐利母亲的礼物！请你收下吧！”

班　长

（二十五日）

卡隆令人喜爱，代洛西令人佩服。代洛西每次考试总是第一，取得一等奖，今年大约仍是如此。可以敌得过代洛西的人，一个都没有。他什么都好，无论算术、作文、图画，总是他第一。他一学即会，有着惊人的记忆力，凡事不费什么力气。学问在他这儿好像游戏一般。先生昨日对着他说：

“上帝给了你非常的恩赐，不要自暴自弃啊！”

他身材高大，神情俊秀，金黄色的头发蓬蓬地，盖着额头；身体轻捷，只要用手一撑，就能轻松地跳过椅子，还学会了剑术；年纪十二岁，是个富商之子，穿着青色的带金纽扣的衣服；平常总是高兴活泼，待什么人都和气，准备考试的时候肯教导别人。对于他，谁都不曾说过无礼的言语。只有诺琵斯和勿兰谛白眼对他，华梯尼看他时，眼里也闪着嫉妒的光，可是他似乎毫不介意这些。同学见了他，谁也不能不微笑。他做了班长，在来往课桌间收集作业的时候，大家都要去握他的手。他从家里得了画片来，都全部分赠给朋友，还画了一张小小的格拉勃利亚地图送给那格拉勃利亚小孩。他给别人东西的时候，总是笑着，好像不以为意似的。他不偏爱哪一个，待哪一个都一样。我有时候觉得敌不过他，不由得难过！我也和华梯尼一样嫉妒着代洛西呢！当我拼命思索题目的时候，想到代洛西此刻已做完就有些生气，常常想要恼怒他。但是一到学校，见了他那秀美而微笑的面孔，听着他那可爱的话语，看到他那亲切的态度，就把恼怒他的念头消释了，会觉得自己可耻。最终觉得和他在一处读书是件很可喜的事了。他的神情、他的声音，都好像能给我带来勇气与喜悦。

先生把明天的每月例话稿子交给代洛西，叫他誊写，他今天正写着。好像那篇演讲的内容使他大受感动，他脸烧得火红，眼睛几乎要落下泪来，嘴唇也发颤了。那时他的神色看上去真是纯正[①]！我在他面前，几乎要这样说："代洛西！你什么都比我高强，与我相比，好像一个大人！我真尊敬你，崇拜你啊！"

①纯正：纯粹不掺杂其他成分，此处形容代洛西真挚的神情。

少年侦探

（每月例话）

一八五九年，法意两国联军因保卫隆巴尔地与奥地利开战，曾几次打败奥军。这正是那时候的事：六月里一个晴天的早晨，意国骑兵一队，沿着小道一边侦察敌情，一边徐徐前进。这队兵由一个士官和一个军官指挥着，大家都闭口注视着前方，看有没有敌军前哨的影子。一直走到了树林中一家农舍门口，见一个大概十二岁的少年立在那里，正用小刀切了树枝做棍棒。农舍的窗间飘着三色旗，可屋里人已不在了，因为怕敌兵来袭，所以插了国旗就逃走了。少年看见骑兵来，就扔了在做的棍棒，举起帽子。那是个大眼活泼而面目清秀的孩子，他脱了上衣，正露着胸脯。

“在做什么？”士官停了马问，“为什么不和你家人一起逃走呢？”

“我没有家人，是个孤儿。也会替人家做点事，因为想看看打仗，所以留在此地。”少年回答说。

“有见奥国兵走过吗？”

“不，这三天没有见到。”

士官沉思了一会儿，下了马，命令士兵们注意前方，自己爬上农舍屋顶去了。可是那屋太低了，望不见远处。士官又下来，心里想：“非爬上树去不可。”恰巧农舍面前有一株高树，树梢在空中飘动着。士官考虑了一会儿，上下打量着树梢和士兵的脸，忽然问少年：

“喂！孩子！你眼力好吗？”

"眼力吗？一里外的鸟儿也看得出呢。"

"你能上这树梢吗？"

"这树梢？我？那真是不要半分钟工夫。"

"那么，孩子！你上去替我望望前面有没有敌兵，有没有烟气，有没有枪刺的光和马之类的东西！就这样吧，应该给你多少？"

"你说我要多少钱吗？不要！我喜欢做这事。如果是敌人叫我，我哪里肯呢？为了国家才肯如此。我也是隆巴尔地人哩！"少年微笑着回答。

"好的，那么你上去吧。"

"且慢，让我脱了皮鞋。"

少年脱了皮鞋，把腰带束紧了，将帽子扔在地上，抱向树干。

"当心！"士官的叫声好像要他回来。少年回过头来，用青色的眼珠看着士官，似乎问他什么。

"没有什么，你上去吧。"

少年就像猫一样地向上爬去了。

"注意前面！"士官向着士兵扬声说道。少年已爬上了树梢，身子被枝条罩着，脚被树叶遮住了，可从远处却能望见他的上身。那蓬蓬的头发，在日光中闪着金黄色。树真高，从下面望去，少年的身体缩得很小了。

"一直看前面！"士官叫着说。

少年的右手放开树干，遮在眼上望。

"有看见什么吗？"士官问。

少年望向下面，用手圈成喇叭摆在嘴上回答说："有两个骑马的在路上站着呢。"

“离这里多少路？”

“半英里。”

“在那里动吗？”

“只是站着。”

“别的还看见什么？向右边看。”

少年向右方望：“近墓地的地方，树林里有什么亮晶晶的东西，大概是枪吧。”

“不见有人吗？”

“没有，也许躲在稻田中。”

这时，“嘶”的一声，子弹从空中掠了过来，落在农舍后面。

“下来！你已被敌人看见了。已经好了，下来！”士官叫着说。

“我不怕。”少年回答。

“下来！”士官又叫，“左边不见有什么吗？”

“左边？”

“唔，是的。”

少年把头转向左边去。这时，有一种比上次更尖锐的声音从少年的头上掠来。少年一惊，不觉叫说：“他们射击我了。”枪弹正从少年身旁飞过，相差真是毫厘。

“下来！立刻下来！”士官着急了。

“有树叶遮牢，不要紧的。你说看左边吗？”

“左边，但是，可以下来了！”

少年把身体突向左方，大声说：“左边有寺的地方……”话还没完，又一很尖锐的声音掠过空中。少年忽然下来了，还以为他正要靠住树干，不料却张开了手，石块似的落在地上。

“完了！”士官叫着跑上前去。

少年仰天横在地上，伸开两手死了。军官与两个士兵从马上飞跳下来。士兵伏在少年身上，解开了他的衬衫一看，见枪弹正中在右肺。“已无望了！”士兵叹息说。

“不，还有气呢！”军官说。

“唉！可怜！难得的孩子！喂！当心！”士官说着，用手巾捂住伤口。少年两眼炯炯地张了一张，头就向后垂下断了气了。士官青着脸盯着少年看了一会儿，就把少年的上衣铺在草上，将尸首静静横倒，自己立正了看着，军官与两个士兵也立正不动，别的士兵注意着前方。

“可怜！这勇敢的少年！”士官反复说，忽然转念，把窗口的三色旗取下，罩在尸体上当作尸衣。军官聚拢了少年的皮鞋、帽子、小刀、棍杖等，放在旁边，他们一时都静默地立正。过了一会儿，士官向军官说道：“叫他们拿担架来！这孩子是当作军人而死，可以用军人的礼来葬他。”他看着少年的尸体，吻了自己的手再把手放到尸体上，代替亲吻。立刻向士兵们命令说：“上马！”

一声令下，全体上了马继续前进。经过了几个小时之后，这少年就受到军队这样的敬礼：

日没时，意大利军前线全面向敌行进，数日前把桑马底诺小山染成血红的一大队射击兵分作两列，从今天骑兵通行的那条田野路上通过。少年战死的消息，在他们出发前已传遍全队，这队伍所取的路径与那农舍相距只有几步。在队伍前面的将领见大树下用三色旗遮盖着的少年，都捧了剑表示敬意。一个将领俯身到小河岸摘取散开着的花草撒在少年身上，全队的士兵也都模仿着摘了花向尸体上投撒，一瞬间，少年已埋在花当中了。将领士兵齐声高呼：“勇敢啊！隆巴尔地少年！”“再会！朋友啊！”“金发儿万岁！”一个将领把自己挂着的勋章投了过去，还有一个走近去吻他的额头。有人继续将花草投过去，落雨般地落在那可怜的少年的脚上、染着血的胳膊上、金黄色的头发上。少年横卧在草地上，露出苍白的笑脸，好像是听到了许多人的称赞，很满足于自己的为国牺牲！

贫 民

（二十九日）

安利柯啊！像隆巴尔地少年的为国捐（juān）身，固然是大大的德行，但你不要忘记，我们除此之外不可不为的小德行，不知还有多少啊！今天走在街上，你在我前面时，有一个抱着瘦弱苍白小孩的女乞丐向你讨钱，你什么都没有给，只是看着就走开了！那时，你兜里应该是有铜币的。安利柯啊！好好听着！不幸的人伸了手求乞时，我们不该假装不知的啊！尤其是对于为了自己的小孩而求乞的母亲，不该这样。这小孩或者正饥饿着也说不定，如果这样，那母亲该怎样的难过呢？假定你母亲不得已要对你说“安利柯啊！今日不能再给你食物了！”的时候，你想那时的母亲心里该是怎样？

给予乞丐一个铜币，他就会真心感谢你，说：“神必保佑你和你家族的健康。”听着祝福时的那种快乐，是你所未曾尝到过的。受着那种言语时的快乐，我想是可以保佑我们健康的。我每次从乞丐那里听到这种话时，觉得不能不感谢乞丐，觉得乞丐所报答给我的比我所给他的更多，我常这样抱着满足回到家里来。你碰着无依的盲人、饥饿的母亲、无父母的孤儿的时候，可从钱袋中把钱分给他们。单从学校附近看，不就有不少贫民吗？贫民尤其欢喜的是小孩的施与，因为大人施与他们时，他们觉得比较低下，从小孩手上接受物品是不足耻的。大人的施与不过只是慈善的行为，小孩的施与却于慈善外还有着亲切。你懂吗？这就好像从你手里同时落下花和掉下钱来一样。你要想想，你什么都不缺乏，世间却有缺乏这一切的人。你在求奢侈，世间还有但求不死就算满足的人。你又要想想，在充满了宫殿、车、马的都市之中，在穿着美丽服装的小孩之中，竟有着饥饿的女人和小孩，这是何等寒心的事啊！他们没有食物！不可怜吗？在这大都市之中，有许多素质高、有才能的小孩却穷得没有食物，像荒野的兽一样！啊！安利柯啊！从此以后，如逢有乞食的母亲，不要再不给一钱就自顾自走开了！

——父亲

十二月

商　人

（一日）

父亲叫我在休假日招待朋友来家中或去访问他们，使彼此更加亲密。所以这个星期日，我预备和华梯尼去散步。今天卡洛斐来访——就是那身材瘦长、长着鸦嘴鼻、生着一副狡猾眼睛的人，他是杂货店主的儿子。他真是一个奇人，口袋里总带着钱，数钱的本领算一等，心算之快更无人能及。他还能储蓄，无论怎样都不滥用一分钱。若是有五厘铜币落在座位下面，他就算费一礼拜的工夫，也必须寻到才肯罢休。不论是用旧了的钢笔头、编针、点剩的蜡烛或是旧邮票，他都好好地收藏起来。他已花两年的工夫收集旧邮票了，好几百张地粘在大大的空本上，各国的都有，说粘满了就去卖给书店。他常拉着同学们到书店购物，所以书店肯把笔记本送他。他在学校里，也做着种种交易，有时买进别人的东西，再卖给别人；有时发行彩票；有时把东西和别人交换，交换了以后有时懊悔了，还要调回来。他善做投钱的游戏，一向没有输过。他也集了旧报纸拿到纸烟店里去卖钱。他带着一本小小的手册，把账目都细细地记在里面。在学校除算术以外，他什么都不用功。他也想得奖牌，但这不过是因为想不出钱去看傀儡(kuǐ lěi)戏的缘故。他虽是这样的一个奇人，我却很喜欢他。今天，我和他做买卖游戏，他很熟悉物品的市价，也知道用称，至于折叠喇叭形的购物纸袋，恐怕一般商店里的伙计也不及他。他自己说，出了学校要去经营一种新奇的商店。我赠了他四五张外国的旧邮票，他脸上的欢喜，真是了不得，还把每张邮票的卖价说给我听。我们这样玩着的时候，父亲虽在看报纸，却静听着卡洛斐的话，看他那样子好像听得很有趣味似的。

卡洛斐口袋里满装着物品，外面罩了个长的黑外套。他平时总是商人似的在心里打算着什么。他最看重的算是那邮票簿了，好像那是他最大的财产，平日总不时和人谈及这东西。大家都骂他是吝啬(lìn sè)鬼，说他盘剥重利①，我不知道为什么却喜欢他。他教给我种种的事情，俨(yǎn)然像个大人。柴店老板的儿子可莱谛说他即使到了要用那邮票簿救母亲生命的时候，也是不肯舍弃那邮票簿的。我的父亲却不信这话。父亲说：

“不要那样批评人，那孩子虽然气量不大，但也有亲切的地方哩！”

虚荣心

（五日）

昨日与华梯尼及华梯尼的父亲一同在利华利街散步。斯带地立在书店的窗外看着地图。他是无论在街上或在别的什么地

---

①盘剥重利：用高利贷的方式进行剥削。

方也会用功的人。我们和他打招呼，他只把头一回就算了事，好不礼貌啊！

华梯尼的装束不用说是很漂亮的。他穿着绣花的摩洛哥长皮靴，着绣花的衣裳，纽扣是绢包的，戴了顶白海狸的帽子，脖子上挂了怀表，阔步地走着。可是在昨天，华梯尼的虚荣就遭遇了很大的失败：他父亲走路很缓慢，我们两个一直走在前面，就在路旁石凳上坐下。那里还坐了一个衣服朴素的少年，好像很疲倦，垂下头在沉思。华梯尼坐在我和那少年的中间，忽然似乎记起自己的服装华美，想向少年夸耀，就抬起脚来对我说：

“你见了我的军靴了吗？”他的意思是给那少年看的，可是少年竟毫不注意。华梯尼放下了脚，指绢包上的纽扣给我看，一边眼瞟(piǎo)着那少年说：“这纽扣不合我意，我想换个银铸的。”那少年仍旧不向他看一眼。

于是，华梯尼将那白海狸的帽子用手指顶着打起旋来。

少年也不瞧他，好像是故意如此的。

华梯尼愤然地把怀表拿出来，开了后盖，叫我看里面的机械。那少年到了这时，仍不抬起头来。我问：

“这是镀金的吧？”

“不，是金的！”华梯尼答说。

“不会是纯金的，多少总有一点银在里面吧？”

“哪里！那是不可能的。”华梯尼说着把怀表送到少年面前，问他：

“你，请看！这是纯金的吗？”

“我不知道。”少年淡然地说。

“呀！好高傲！”华梯尼怒了，大声说。

这时，恰巧华梯尼的父亲也来了。他听见这话，向那少年注视了一会，锐声地对自己的儿子说：“别作声！”又附着儿子的耳朵说：“这是一个盲人。”

华梯尼惊跳起来，细看少年的面孔。他那眼珠宛如玻璃，果然什么都看不见。

华梯尼羞耻了，默然地注视着他，过了一会儿，非常难为情地说：“是我不好，我不知道。”

那盲人少年好像已明白了一切了，用既亲切又悲哀的语气说：

“哪里！没有什么。”

华梯尼虽好卖弄阔绰，却全无恶意。他为了这件事，在散步时再也没笑过。

初　雪

（十日）

利华利街的散步，暂时不必再想，现在我们美丽的朋友——初雪下来了！昨天傍晚已大片飞舞，今晨积得遍地皆白。雪花在学校的玻璃窗上片片地打着，窗框周围也积了起来，看着真有趣，连先生也搓着手向外观看。一想起做雪人呀，摘檐冰呀，晚上烧红了炉子围着谈有趣的故事呀，大家都无心上课。只有斯带地在满腔热忱(chén)地学习，丝毫不管下雪的事。

下了课回去的时候，大家多高兴啊！都大声狂叫，跳着走，或是用手抓雪，或是在雪中跑来跑去。来接少年的父兄们拿着的伞上也全白了，警察的帽上也白了，我们的书包，一不留神转瞬也白了，大家都喜得发狂。连永没笑脸的铁匠店里的儿子泼来可西今天也笑了；从马车下救出小孩的洛佩谛也拄了拐杖跳着；还未曾用手摸过雪的格拉勃利亚小孩把雪围拢起来，像吃桃子样地吃着；卖菜人家的儿子克洛西把雪装在书包里；最可笑的是“小石匠”，我父亲叫他明天来玩，他口里正满含着雪，欲吐不得，欲咽不能，眼巴巴看着我父亲的脸。大家见了都笑了起来。

女先生们都跑了出来，好像也很高兴。我二年级时可怜的病弱先生，也咳嗽着站在雪中了。女学生们“呀呀”地从隔壁学校涌出来，在铺着毛毡似的雪地上跳跃回旋。先生们都大声叫着说：“快回去，快回去！”他们看着在雪中狂喜的小孩们，也是笑着。

安利柯啊！你因为冬天来了而快乐，但你不要忘记，世间有许多无衣无履、无火暖身的小孩啊！因为想要教室暖些，有的小孩用长着冻疮（chuāng）的手捧着许多炭到遥远的学校里上学。在世界上，被埋在雪中的学校也有很多。在那种地方，小孩都牙根震抖着，看着不断下降的雪，心怀恐怖。雪积得多了，从山上崩下来，连房屋也会被压没的。你们因为冬天来了欢喜，但不要忘了冬天一到世间，就有许多要冻死的人啊！

——父亲

“小石匠”

（十一日）

今天，“小石匠”到我们家里来了。他穿着父亲穿旧的衣服，满身都沾着石粉与石灰。他如约到我们家里来，我很开心，我父亲也欢喜。

他真是一个有趣的小孩。一进门就脱去了被雪打湿了的帽子，塞在袋子里，阔步地走到了里面，脸像苹果一样，注视着一切。等他走进食堂，又把周围的陈设打量了一会儿，看到那驼背的滑稽（jī）画，就装了一次鬼脸。他那鬼脸，谁见了也不能不笑的。

我们做搭积木的游戏。“小石匠”对于筑塔造桥有别样的本领，他坚忍不倦认真去做的样子居然像个大人。他一边玩着积木，一边告诉我自己家里的事情：他家只是一间人家的屋阁，父亲夜间进夜校，母亲还替人家洗衣服。我看他父母必定是很爱他的，他衣服虽旧，却穿得很温暖，破了的地方缝补得很妥帖，比如领带，如果不经母亲的手也断不能缝得那样整齐好看。他身形不大，据说他父亲是个身材高大的人，进出家门都须屈着身，平时呼他儿子叫“兔子头”。

到了下午四时，我们坐在安乐椅上，吃牛油面包。等大家离开了椅子，我看见“小石匠”上衣上沾着的白粉沾到椅背上了，就想用手去拭。不知为什么，父亲忽然抑住我的手。过了一会儿，父亲自己偷偷地拭净了。

我们在游戏中，“小石匠”上衣的纽扣忽然落下了一个，我母亲替他缝了，“小石匠”红了脸在旁边看着。

我将漫画书拿出来给他看，他不觉一一装出画上的模样来，引得父亲也大笑了。回去的时候，他非常高兴，以至于忘记戴他的破帽子。我送他出门，他又装了一次鬼脸给我看，当作答礼。

他名叫安东尼阿·拉勃柯，今年八岁零八个月了。

安利柯啊！你去拭椅子的时候，我为什么阻止你，你不知道吗？因为如果在朋友面前拭，那就无异于骂他说："你为什么把这弄龌龊(wò chuò)了？"他并不是有意弄污，并且他衣服上所沾着的东西，是他父亲工作时沾来的。凡是从工作上带来的，绝不是龌龊的东西，不管是石灰、是油漆或是尘埃，绝不龌龊。劳动不会生出龌龊来，见了劳动者的人，绝不应该说"啊！龌龊啊！"，应该说"他身上有着劳动的痕迹"。你不要把这忘了！你应该爱"小石匠"，一则，他是你的同学；二则，他是个劳动者的儿子。

——父亲

雪　球

（十六日）

雪还是不停地下着，今天从学校回来的时候，雪地里发生了一件可怜的事。小孩们一出街道，就将雪做成了石头一样硬的小球来回投掷，有许多人正在旁边通过。行人之中有的呵斥着说："停止，停止！你们太恶作剧了。"忽然听见一声惊人的叫声，急去看时，有一老人掉了帽子双手捂着脸，正在那里东倒西歪。一个少年立在旁边叫着："救人啊！救人啊！"

人从四方聚拢来，原来老人是被雪球打伤了眼了！小孩们立刻四面逃散。我和父亲站在书店门前，向我们这边跑来的小孩也有许多。嚼着面包的卡隆、可莱谛、"小石匠"、收集旧邮票的卡洛斐，都在里面。老人已被人围住，警察也赶来了。大家都齐声说："是谁掷伤了的？"

卡洛斐立在我旁边，脸色苍白，身体颤抖着。

"谁？谁？谁闯了这祸？"人们叫喊着。

卡隆走近并低声向着卡洛斐说："喂！快走过去承认了，瞒(mán)着是卑鄙的！"

"但是，我并不是故意的。"卡洛斐声音发抖地回答。

"虽然不是故意的，但责任总该你负。"卡隆说。

"我不敢去！"

"那不成。来！我陪你去。"

警察和围观者的叫声比之前更高了："是谁投掷的？眼镜都打碎了，玻璃割破了眼，恐怕要变成盲人了。投掷的人真该死！"

这时，我以为卡洛斐要跌倒在地上了。"来！我替你想办法。"卡隆说着，捉了卡洛斐的手像扶病人似的就拉了过去。群众见这情形，也猜到闯祸的是卡洛斐，有的竟捏紧了拳头想打他。卡隆推开了他们说："你们想聚了十个以上的大人来和一个小孩作对吗？"人们才静了不动。

警察携(xié)起卡洛斐的手，推开人们，带了卡洛斐到那老人暂时借住的人家去。我们也随后跟着。等到了一看，原来那受伤的老人就是和他侄子同住在我们楼上的五楼的一个雇员。他卧在椅子上，用手帕盖住眼睛。

"我不是故意的。"卡洛斐用了几乎听不清楚的低声，哆哆嗦嗦地反复说。观者之中有人挤了进来，大叫："伏在地上谢罪！"想把卡洛斐推倒在地。这时，另外又有一人用双臂将他抱住，说："哎呀，诸位！不要如此。这小孩已经自己承认了，不这样责罚他，不也可以吗？"那人就是校长先生。先生向卡洛斐说："快赔礼！"卡洛斐眼中忽然迸出泪来，前去抱住老人的双膝。老人伸手来摸卡洛斐的头，抚过他的头发。大家见了都说：

"孩子！去吧。好了，快回去吧。"

父亲拉我出了人群，在回来的路上对我说："安利柯啊！你在这种时候，有承担责任的勇气吗？"我回答他："我愿这样做。"父亲又问我："你现在能对我立誓说必定能这样做吗？"我说："是的，我立誓，父亲！"

女先生

（十七日）

卡洛斐怕先生责罚他，很是担心。不料先生今天缺席，连助手先生也没有在校，于是由一个名叫克洛弥夫人的年龄最大的女先生来代课。这位先生有两个很大的儿子，其中一个正病着，所以她今天面有忧容。学生们见了女先生就喝起彩来。先生用和缓的声音说："请你们对我的白发表示些敬意，我不但是教师，还是母亲呢。"大家于是都肃静了，唯有那铁面皮的勿兰谛，还在那里嘲弄先生。

我弟弟那班的先生代尔卡谛，到克洛弥先生所教的班里去了。另外有位绰号"修女"的女先生，代着代尔卡谛先生那班的课。这位女先生平时总穿黑的罩服，是个白皮肤、头发光滑、大眼睛、说话细声的人，无论何时，好像总在那里祈祷。她性格很柔和，总是用那种丝一样的细声说话，几乎不能听清楚，发大声和动怒那样的事是绝没有的。虽然如此，但她只要略微举起手指训诫，无论如何顽皮的小孩也会立刻低了头肃静就范，霎时间教室中就全然像个寺院了，所以大家都称她作“修女”。

此外还有一位女先生，也是我所喜欢的。那是一年级三号教室里的年轻女教师。她脸色好像蔷薇，脸颊上有着两个笑窝，小小的帽子上插着长而大的红色羽毛，脖子上挂着黄色的小十字架。她自己很快活，学生也被她教得很快活。她说话的声音像银铃，听上去和唱歌一样。有时小孩喧闹，她就用教鞭击桌或用拍手来使他们镇静。小孩从学校回去的时候，她也小孩似的跳着出来，替他们整顿行列，帮他们戴好帽子，外套的扣子没扣的代他们扣好，使他们不至于受风，还怕他们路上争吵，一直送他们出了街道。见了小孩的父亲，她还叫他们在家里不要打小孩。见小孩咳嗽，就把药送给他们，受风了就把手套借给他们。年幼的小孩们缠牢了她，或要她的吻，或去抓她的面罩，拉她的外套，吵得她很累。但她永不禁止，总是微笑着一一去吻他们。她回家的时候，身上不论衣服或别的什么地方都会被小孩们弄得乱七八糟，但她仍是快快乐乐的。她还在女子学校教女学生绘画。据说，她用她一人的薪(xīn)金养着母亲和弟弟呢。

访问负伤者

（十八日）

伤了眼睛的老人的侄子，就是帽子上插着红色羽毛那位女先生班里的学生。今天在他叔父家里看见他了。叔父像爱自己儿子一样爱着他。今晨，我替先生誊写了下星期要用的《每月例话·少年笔耕》，父亲说：“我们到五楼上去看看那受伤的老人吧，看他的眼睛怎样了。”

我们走进了那暗沉沉的屋里，老人高枕卧着，他的老伴陪着，侄子在屋角游戏。老人见了我们很欢喜，叫我们坐，说已大好了，受伤的不是要紧地方，四五日内就可以痊(quán)愈。

“不过是受了一点点伤。可怜那孩子正担心着吧！”老人说，又说医生立刻就来。恰巧门铃响了，他老伴说：“医生来了。”就前去开门。我看时，来的却是卡洛斐，他穿着长外套站在门口，低了头好像不敢进来。

“谁？”老人问。

“就是那掷雪球的孩子。”父亲说。

老人听了：“啊！是你吗？请进来！你是来看望我的，是吗？已经大好了，请放心。立刻就复原的。请进来！”

卡洛斐似乎看不见我们也在这里，他忍住了哭走近老人床前。老人抚摩着他：

“谢谢你！回去告诉你父亲母亲，说情形很好，叫他们不必挂念。”

卡洛斐站着不动，似乎还有话要说。

“你还有什么事吗？”老人说。

“我，也没有别的。”

“那么，回去吧。再会，请放心！”

卡洛斐走出门口，仍站住了，眼看着送他出去的侄子的脸。忽然从外套里面拿出一件东西交给那侄子，低声地说了一句“把这给你”，就一溜烟走了。

那侄子将东西拿给老人看，包着的纸上写着“奉赠”。等打开纸，我见了不觉大吃一惊。那东西不是别的，而是卡洛斐平日那样费尽心血、那样珍爱着的邮票簿。他竟把那比生命还重视的宝物拿来当作报答宽宥（yòu）之恩的礼品了！

少年笔耕

（每月例话）

叙利亚是小学五年级学生，十二岁，是个黑发白皮肤的小孩。他父亲在铁路做雇员，在叙利亚以下还有许多子女，一家过着清苦的生活，拮（jié）据不堪。父亲却不以儿女为累赘，一味爱着他们，对叙利亚百事依从，唯有学校的功课，却毫不放松地督促他用功。这是他想让叙利亚快些毕业，好找个较好的工作，来帮助一家生计的缘故。

父亲年纪大了，并且因为一向辛苦，面容显得更老，一家生计全担在他肩上。他除日间在铁路工作以外，又从别处接了书件来抄写，每夜执笔伏案到很晚才睡。近来，某杂志社托他写封寄杂志给订阅户的封条，用大大的正楷字写，每五百条稿费六角。这工作好像很辛苦，老人每每在饭桌上向自己家里人叫苦：

"我眼睛似乎坏起来了。这个夜工，要缩短我的寿命呢！"

有一天，叙利亚向他父亲说："父亲！我来替你写吧。我能写得和你一样好。"

父亲终不许可："不要，你应该用你的功。功课，在你是大事，就是一小时，我也不愿夺了你的时间。你虽有这样的好意，但我决不愿累你，以后不要再说这话了。"

叙利亚向来知道父亲的脾气，也不强求，独自在心里想办法。他每夜夜半听见父亲停止工作，回到卧室里去。有好几次，十二点钟一敲过，就听到椅子向后拖的声音，接着就是父亲轻轻回卧室去的脚步声。一天晚上，叙利亚等父亲去睡了后，起来悄悄地穿好衣裳，蹑(niè)着脚步走进父亲写字的房子里，把洋灯[①]点着。案上摆着空白的纸条和杂志订阅户的名册，叙利亚就拿起笔，仿着父亲的笔迹写了起来，心里既欢喜又有些恐惧。写了一会儿，条子渐渐积多，放了笔把手搓一搓，提起精神再写。一面动着笔微笑，一面又侧着耳朵听着动静，怕被父亲起来看见。写到一百六十张，算起来值两角钱了，方才停止，把笔放在原处，熄了灯，蹑手蹑脚地回到床上去睡。

第二天午餐时，父亲很是高兴。原来他父亲一点都没察觉。每夜只是机械地照册誊(téng)写，十二点钟一敲

①洋灯：带有玻璃罩的煤油灯。

就放了笔，早晨起来把条子数一数罢了。那天父亲真高兴，拍着叙利亚的肩说：

“喂！叙利亚！你父亲还着实未老哩！昨晚三小时里面，工作要比平常多做三分之一。我的手还很自由，眼睛也还没有花。”

叙利亚虽不说什么，心里却快活。他想：“父亲不知道我在替他写，却自己以为还未老呢。好！以后就这样去做吧。”

那夜到了十二时，叙利亚仍起来工作。这样经过了好几天，父亲依然不曾知道。只有一次，父亲在晚餐时说：“真是奇怪！近来灯油突然费多了。”叙利亚听了暗笑，幸而父亲不再说别的，此后他就每夜起来抄写。

叙利亚因为每夜起来，渐渐睡眠不足，早起觉着疲劳，晚间复习要打瞌睡。有一夜，叙利亚伏在案上睡熟了，那是他有生以来第一次打盹(dǔn)。

“喂！用心！用心！做你的功课！”父亲拍着手叫。叙利亚张开了眼，再继续用功复习。可是第二夜、第三夜，又同样打盹，越弄越不好。他总是伏在书上睡着，或早晨晚起，复习功课的时候，总是带着倦容，好像对功课很厌倦似的。父亲见这情形，屡次注意他，结果竟至于动气，虽然他一向不责骂小孩。有一天早晨，父亲对他说：

“叙利亚！你真对不起我！你和从前不是变了样子吗？当心！一家的希望都在你身上呢。你知道吗？”

叙利亚有生以来第一次受着责骂，很是难受。心里想：“是的，那样的事不能够长久做下去的，非停止不可。”

这天晚餐的时候，父亲很高兴地说：“大家听啊！这月比以前多赚六元四角钱呢。”他从餐桌抽屉里取出一袋果子来，说是买来让一家人庆祝的。小孩们都拍手欢乐，叙利亚也因此把心重新振作起来，元气也恢复了许多，心里自语道：“哎呀！再继续做吧。日间多用点功，夜里依旧工作吧。”父亲又接着说：“六元四角哩！这虽很好，只是这孩子……”说着指了叙利亚：“我实在觉得讨厌！”叙利亚默然受着责备，忍住了要迸出来的眼泪，心里却觉得欢喜。

从此以后，叙利亚仍是拼了命工作，可是，疲劳之上更加疲劳，终究难以支持。这样过了两个月，父亲仍是责骂他，对他的脸色渐渐难看起来。有一天，父亲到学校去拜访先生，和先生商量叙利亚的事。先生说：“是的，成绩是还好，因为他原是聪明的。但是不及以前认真了，每日总是打着呵欠，似乎要睡去，心不能集注在功课上。叫他作文，他只是短短地写一点就算，字体也草率了，他原可以更好的。”

那夜父亲唤叙利亚到他旁边，用了比平常更严厉的态度对叙利亚说：

“叙利亚！你知道我为了养活一家怎样地劳累吗？你不知道吗？我为了你们，是用命在拼着呢！你竟什么都不想，也不管你父母兄弟怎样！”

“啊！并不！请不要这样说！父亲！”叙利亚咽着眼泪说。他正想把经过的一切说出来，父亲又拦住了他的话头：

“你应该知道家里的境况。一家人要刻苦努力才可支持得住，这是你应该早已知道的。我不是那样努力地做着加倍的工作吗？本月我原以为可以从铁路局得到二十元奖金的，已预先安排用途，不料到了今天，才知道那笔钱是无望的了。”

叙利亚听了把口头要说的话重新抑住，自己心里反复着说：

“哎呀！不要说，还是始终隐瞒，仍旧替父亲帮忙吧。对不起父亲的地方，就从别的地方来补报吧。学校里的功课原用功及格即可，但最要紧的是要帮助父亲养活一家，略微减去父亲的疲劳。是的，是的。”

又过了两个月。儿子仍继续做夜工，日间疲劳不堪，父亲依然见了他动怒。最可痛的是父亲对他渐渐冷淡，好像以为儿子太不忠实，是没什么希望了，也不多同他说话，甚至不愿看见他。叙利亚见这光景，心痛得不得了。父亲背向他的时候，他几乎要从背后下拜。悲哀疲劳，使他愈加衰弱，脸色愈加苍白，学业也似乎愈加不勤勉了。他自己也知道非停止做夜工不可，每夜要睡的时候，常自己对自己说：“从今夜起，真是不要再半夜起来了。”可是，一到了十二点钟，以前的决心不觉忽然就松懈，好像睡着不起，就是逃避自己的义务，偷用了家里的两角钱了，于是熬不住了仍旧起来。他以为父亲总有一日会起来看见他，或者在数纸的时候偶然发觉他的作为。到了那时，自己虽不申明，父亲自然会知道的。这样一想，他仍继续夜夜工作。

有一天晚餐的时候，母亲觉得叙利亚的脸色比平常更不好了，说：

“叙利亚！你不是不舒服吧？”说着又向着丈夫：

“叙利亚不知怎么了，你看看他脸色青得——叙利亚！你怎么啦？”说时显得很忧愁。

父亲把眼瞟向叙利亚：“即使有病也是他自作自受。以前用功的时候，他并不如此的。”

“但是，你！这不是因为他有病的缘故吗？”

父亲听母亲这样说，回答说：“我早已不管他了！”

叙利亚听了心如刀割。父亲竟不管他了！那个他曾经偶然咳嗽一声就忧虑得不得了的父亲！父亲确实不爱他了，眼中已没有他这个人了！“啊！父亲！我没有你的爱是不能生活的！无论如何，请你不要如此说，我一一说了出来吧，不再欺瞒你了。只要你再爱我，无论怎样，我一定像从前一样地用功。啊！这次真下决心了！”

叙利亚的决心仍是徒然。那夜因为习惯了，又自己起来了。起来以后，就想往几个月来工作的地方做最后一次。进去点着了灯，见到桌上的空白纸条，觉得从此以后不再写有些难过，就情不自禁地拿起笔又开始写了。忽然手动时把一册书碰落到地。那时满身的血液突然集注到心口里来：如果父亲醒了会如何？这原也不算什么坏事，看见了也不要紧，自己本来也屡次想说明了。但是，如果父亲现在醒了，走了出来，被他看见了我，母亲将怎样吃惊啊，并且，如果现在被父亲发觉，父亲对于自己这几个月来待我的情形，不知要怎样懊悔惭愧啊！心念千头万绪，一时迭(dié)起，弄得叙利亚很是不安。他侧着耳朵，抑了呼吸静听，并无什么响声，一家都睡得静静的，这才放了心重新工作。门外有警察的皮靴声，还有渐渐远去的马蹄车轮声。过了一会，又有货车“轧轧”地通过。自此以后，一切仍归寂静，只时时听到远方的吠声罢了。叙利亚握着笔写，笔尖的声音“唧唧”地传到自己耳朵里来。

其实这时，父亲早已站在他的背后了。父亲从书册落地的时候就惊醒了，等待了好久，那货车通过的声音，把父亲开门的声音掩盖住了。现在，父亲已进那屋，他那白发的头，就俯在叙利亚小黑头的上面，看着那钢笔头的运动。父亲对从前一切忽然都恍然了，心中充满了无限的懊悔和慈爱，只是像钉住一样站在那里不动。

叙利亚忽然觉得有人用了颤抖着的双臂抱他的头，不觉突然“呀”地叫了起来。接着就听出了他父亲的啜泣声，叙利亚赶忙叫着说：

“父亲！原谅我！原谅我！”

父亲咽了泪吻着他儿子的脸：

“倒是你要原谅我！明白了！一切都明白了！我真对不起你了！快来！”说着抱着他儿子到母亲床前，将他儿子放到母亲胳膊上：

“快吻这孩子！可怜！他三个月来竟睡也不睡，为一家人劳动！我还只管那样地责骂他！”

母亲抱住了爱子，几乎说不出话来：

“宝宝！快去睡！”又向着父亲，“请你陪他去！”

父亲从母亲怀里抱起叙利亚，领他到自己的卧室里，让他睡下，替他整好枕头，盖上棉被。

叙利亚说了好几次：

“父亲，谢谢你！你快去睡！我已经很好了。请快去睡吧！”

父亲仍伏在床旁，等他儿子睡熟，携了儿子的手说：

“睡熟！睡熟！宝宝！”

叙利亚因为疲劳至极，就睡去了。几个月来，到今天才得好好地睡一觉，做了许多欢快的梦。早晨醒来太阳已经很高了，叙利亚忽然发现床沿旁靠近自己胸部的地方，横着父亲满是白发的头。原来父亲那夜就是这样过的，他将额头贴近了儿子的胸熟睡哩。

坚忍心

（二十八日）

像笔耕少年那样的行为，在我们一班里，只有斯带地做得到。今天学校里有两件事：一件是受伤的老人把卡洛斐的邮票簿送还了他，还替他粘了三枚危地马拉共和国的邮票上去。卡洛斐欢喜得不得了，这是当然的，因为他寻求危地马拉的邮票已三个月了。还有一件是斯带地获了二等奖。那个呆笨的斯带地居然和代洛西只差一等，大家都很奇怪！那是十月间的事，斯带地的父亲领着他的儿子到学校里来，在大家面前对先生说：

“要多劳先生费心呢，这孩子是什么都不懂的。”当他父亲说这话时，谁会料到有这样的一日！那时我们都以为斯带地是呆子，可是他不自卑，竟说着“死而后已”的话。从此以后，他不论日里、夜里，不论在学校里、在家里、在街路上，总是拼命地用功。别人无论说什么，他总不顾，有人打扰他的时候，他总把人推开，只管自己。这样不息地上进，终使呆呆的他到了这样的地位。他起初毫不懂算术，作文只写些无关的话，读本一句也记不得。现在是算术的问题也能做，作文也会做，读本熟得和唱歌一样了。

斯带地的容貌，一看就知道他有坚忍心：身子壮而矮，头形方方的像没有脖子，手短而且大，嗓音低粗。不论是破报纸，还是剧场的广告，他都拿来读熟。只要有一角钱，就立刻去买书，据说他自己已设了一个小图书馆，邀我去看看呢。他不和谁闲谈，也不和谁游戏，在学校里上课的时候，只是两手托腮，岩石样坐着听先生的话。他得到第二名不知费了多少力呢！

先生今天把奖牌交给斯带地的时候，这样说：

"斯带地！难为你！这就是所谓精神一到何事不成了。"

斯带地听了并不表示得意，也没有微笑。回到座位上，比之前更认真地听讲。

最有趣的是下课的时候：斯带地的父亲到学校大门口来接，父亲是做针医的，和他儿子一样，也是个矮身方脸、嗓音粗大的人。他不相信自己的儿子居然会得奖牌，等先生出来和他说了，他才哈哈地笑着拍儿子的肩头，用力说：

"好的，好的，竟看不出你，你将来会有希望呢！"

我们听了都笑，斯带地却连微笑都没有，只是抱着自己那大大的头，准备去预习他明日的功课。

感　恩

（三十一日）

安利柯啊！如果是你的朋友斯带地，决不会说先生的不是的。你今天恨恨地说"先生态度不好"，你对自己的父亲母亲，不是也常有态度不好的时候吗？先生有时不高兴是当然的，他为了小孩们，不是劳动了这许多年月了吗？学生之中有情义的固然不少，然而也有许多不知好歹，蔑（miè）视先生热心的、轻看先生劳力的。实际说来，做先生的苦闷多胜于满足。无论怎样的圣人，处在那样的地位，能不时时动气吗？并且，有时还要耐心去教导那生病的学生，神情不高兴也是当然的。

应该敬爱先生，因为他是父亲所敬爱的人，因为他是为了学生奉献自己一生的人，因为他是开发你精神的人。先生是要敬爱的啊！你将来年纪大了，父亲和先生都去世了，那时，你再想起你父亲的时候也会想起先生来吧，那时想起先生的那种疲劳的样子，那种忧闷的神情，你会觉得现在表现得不对了吧！意大利全国五万的学校教师，是你们未来国民精神上的父亲。他们立在社会的背后，拿着轻微的报酬，为国民的进步发展劳动着。你的先生就是其中一人，所以应该敬爱。你无论怎样爱我，但如果对于你的恩人——特别是对先生不爱，我断不欢喜。应该将先生当作叔父一样来爱他，不论待你好，还是责骂你，都要爱他；不论先生是对的时候，还是你以为错了的时候，都要爱他。先生高兴，固然要爱；先生不高兴，尤其要爱他。无论何时，总须爱先生啊！先生的名字，永远须用敬意来称呼，因为除了父亲的名字，先生的名字是世间最尊贵、最可仰慕的名字呢！

——父亲

一月

助理教师

（四日）

父亲的话没错，先生不高兴，果然是病了的缘故。这三天来，先生告假，由另外一位助理教师来代课。那是一个没有胡须的像孩子似的先生。今天，学校里发生了一件可耻的事。这位助理教师，无论学生怎样说他，他总不动怒，只说："诸位！请规矩些！"前两日，教室中已纷乱不堪，今天竟弄得无可收拾了，那真是稀有的混乱。先生的话声已全然听不清了，无论怎样喊话，怎样劝诱，学生都当作耳边风一样。校长先生曾到门口来看过两次，可校长一转身，混乱就依然如故。代洛西和卡隆在前面回过头来，向大家使眼色叫他们静些，他们哪里肯听。斯带地独自用手托腮靠着桌子沉思；那个钩鼻的旧邮票商人卡洛斐呢，他向大家各索铜圆一枚，用墨水瓶为彩品做着彩票。其余有的笑，有的说，有的把钢笔尖钉进课桌里，有的用袜子上的橡皮筋弹纸团。

助教教师一个一个地去阻止他们，或是捉住他们的手，或是拉了去叫他们立墙角，可是仍旧无效。助教教师没了办法，很和气地和他们说：

“你们为什么要这样？难道一定要我责罚你们吗？”

说了用手敲桌，用愤怒而又悲哀的声音叫道：“安静些！安静些！”可是他们仍是不听，混乱如故。勿兰谛竟向先生投掷纸团，有的还吹起口笛，有的彼此以头相撞对比力气大小，完全不知道在做什么了。这时来了一个校工，说：

“先生，校长先生有事请你。”

先生现出很失望的样子，立起身匆忙就去。于是混乱更加厉害了。卡隆忽然站起来，他环顾四周，捏紧了拳，怒不可遏(è)地叫说：

“停止！你们这些不是人的东西！因为先生好说话一点，你们就轻侮他起来。倘然先生一用力，你们就要像狗一样地伏倒在地上哩！卑鄙的东西！如果有人再敢嘲弄先生，我要打掉他的牙齿！就是他父母看见，我也不管！”

大家安静了。这时卡隆的样子真是庄严：堂堂地站立着，眼中几乎要怒出火来，好像是一匹发威的小狮子。他从最坏的人开始，一一用眼盯视，大家都不敢抬起头来。等助教教师红了眼进来的时候，差不多肃静得连呼吸的声音都听不见了。助教教师见这模样，大出意外，只是呆呆地立住。后来看见卡隆怒气冲冲地站在那里，就猜到了八九分，于是用了对兄弟说话时的那种充满了慈爱的语气说：“卡隆！谢谢你！”

斯带地的图书室

斯带地的家在学校的对面。我到他家里去，一见到他的图书室，就羡慕起来了。斯带地不是富人，虽不能多买书，但他能保存书籍。无论是学校的教科书，还是亲戚送他的，他都好好保存着。只要手里有钱，都用来买了书。他已收集了不少书，都摆在华丽的栗木的书架上，外面用绿色的幕布遮着，据说这是父亲给他的。只要把那细线一拉，那绿色的幕布就聚拢在一起，露出三格书来。各种的书，排得很整齐，书背上闪烁着金字的光。其中有故事、有旅行记、有诗集，还有课本。颜色配合得极好，远远望去很是美丽。譬如说，白的摆在红的旁边，黄的摆在黑的旁边，青的摆在白的旁边。斯带地还时常把这许多书的排列变换花样，以此为乐。他自己做了一个书目，俨然是一个图书馆馆长。平时在家时，他只管在那书箱旁边，或是擦拭尘土，或是将书码齐，或是检查装订。当他用粗大的手指把书翻开，对着书沉思或是做着什么的时候，看了真是有趣。我们的书都不免有损伤，但他所有的书都是崭新的。他得了新书，总是拂拭干净，把书插入书架里，不时又拿出来看，他把书当作宝贝珍玩，这是他最大的快乐。我在他家里待了一小时，他除了书以外，什么都未曾给我看。

过了一会儿，他那肥胖的父亲出来了，手拍着他儿子的背，用和他儿子相似的粗声向我说道：

“这家伙你看怎样？这个铁头，很坚实哩，将来会有点希望吧。”

斯带地被父亲这样地嘲弄，只是像猎犬样地半闭着眼。不知为了什么，我竟不敢和斯带地开玩笑。他只比我大一岁，这是无论如何不能相信的。我回来的时候，他送我出门，煞有介事地说：“那么，再会吧。”我也不觉像大人似的说：“愿你平安。”

到了家里，我对父亲说：“斯带地既没有才，样子也不好，他的面貌令人见了想要笑，可是不知为什么，我一见了他，就觉得有种种事情可以向他学。”父亲听了说：“这是那孩子待人真诚的缘故啊。”我又说：“到了他家里，他也没多和我说话，也没有玩具给我看，我却很喜欢到他家里去。”“这是因为你佩服那孩子的缘故。”父亲这样说。

铁匠的儿子

是的，父亲的话是真的。我还佩服泼来可西。不，“佩服”这个词还不足以表示我对泼来可西的心情。泼来可西是铁匠的儿子，就是那个身体瘦弱的小孩，他有着悲哀的眼神，胆子很小，总对人说“原谅我，原谅我”，但他却很用功。据说他父亲酒醉回来，常要无故打他，把他的书或笔记本扔掉。他常脸上带着黑痕或青痕到学校里来，脸肿着的时候也有，眼睛哭红的时候也有。虽然如此，他不管怎样也不说是父亲打了他。“父亲打你了？”朋友这样说的时候，他总立刻包庇（bì）父亲说：“没有的事，没有的事。”

有一天，先生看见他的作文本被火烧了一半，对他说：“这不是你自己烧的吧？”

“是的，我不小心把它掉在火里了。”他回答。其实，这一定是他父亲酒醉回来踢翻了桌子或油灯的缘故。

泼来可西的家就住在我家屋顶的小阁楼上。门房时常将他们家的事情告诉给我母亲听。雪尔维姐姐有一天听到泼来可西在哭。据说他向他父亲要买书的钱，父亲就把他从楼梯上踢了下来。他父亲一味喝酒，不务正业，一家都为饥饿所苦。泼来可西时常饿着肚皮到学校里来，吃卡隆给他的面包。一年级时教过他的那个戴赤羽的女先生，也曾给他苹果吃。可是，他决不说“父亲不给食物”的话。

他父亲也曾到学校里来过，脸色苍白，两脚抖抖的，一副怒容，长长的头发垂在眼前，歪戴着个帽子。泼来可西在路上一见父亲，虽恐惧发抖，但还是会立刻走近前去，而他父亲呢，并不顾着儿子，好像心里在想着别的什么似的。

可怜！泼来可西把破的笔记补好，或是借了别人的书来用功。他把破了的衬衣用针别牢了穿着，拖着大大的皮鞋、穿着长到拖地的裤子和太长的上衣，上衣袖口高高地卷到胳膊肘上。他那个样子真是可怜！虽然如此，他却很勤勉，如果他的家里能许他自由用功，必定能得到优良成绩的。

今天早晨，他脸上带了抓痕到学校里来，大家见了说：

“又是你父亲吧，这次可不能再说‘没有的事’了。把你弄成这步田地的，一定是你父亲。你去告诉校长先生，校长先生就会叫你父亲来，替你劝说他的。”

泼来可西立刻跳立起来，红着脸，哆嗦着，发怒地说：“没有的事，父亲是不打我的。”

话虽如此，后来上课时他的眼泪究竟落在桌上了。人家去看他，他就抑住眼泪。可怜！他还要硬装笑脸给人看呢！明天，代洛西、可莱谛与耐利原定要到我家里来，我打算约泼来

可西一块儿来。我想明天请他吃东西，给他看书，领他到家里各处去玩耍，回去的时候，把水果给他装进口袋带回去。那样善良而勇敢的小孩，应该使他快乐快乐，至少一次也好。

友人的来访

（十二日）

今天是这一年中最快乐的星期四。下午两点钟，代洛西和可莱谛领了那驼背的耐利来了。泼来可西因为他父亲不许他来，竟没有到。代洛西和可莱谛笑着对我说，在路上曾遇见那卖野菜人家的儿子克洛西，据说克洛西提着大卷心菜，说是要去卖了买钢笔。又说，他新近接到父亲不久将从美洲回来的信，很欢喜呢。

三位朋友在我家里待了两小时，我非常高兴。代洛西和可莱谛是同级中最有趣的小孩，连父亲都欢喜他们。可莱谛穿了个茶色的裤子，戴着猫皮帽子，性情活泼，无论何时非动不可，或是要将眼前的东西移动，或是将它翻身。据说他从今天早晨起，已搬运过半车的柴了，可是他还是没有疲劳的样子，在我家里跑来跑去，见什么都留神，嘴不住地说话，像松鼠一般地活动着。他到了厨房里，问女仆每捆柴的价钱，据说他们店里卖二角一捆。他欢喜讲他父亲在温培尔脱亲王部下参加柯斯脱寨战争时候的事。他的礼仪很周到，确实像我父亲所说：这小孩虽生长在柴店里，却有着真正的贵族风格。

代洛西讲有趣的话给我们听。他熟悉地理，竟同先生一样闭了眼睛说：

“我现在眼前好像看见了整个意大利。那里的亚平宁山脉突出在爱奥尼亚海中，河水在这里那里流着，有白色的都市，有海湾，有青色的内海，有绿色的群岛。”他顺次背诵地名，像眼前摆着地图一样。他穿着青色金纽扣的上衣，抬起头，闭了眼，石像似的直立着，那种风采，使我们大家看了都倾倒。他把明后日大葬纪念日所要背诵的三页长的文章，在一小时内就记牢了。耐利看了他也从那悲愁的眼中现出微笑来。

今天的聚会真是快乐，并且给我心中留下了火花样的东西。他们三人回去的时候，那两个高个左右搀(chān)着耐利，拉着他的手走，和他讲有趣的话，使那一向未曾笑过的耐利笑，我看了真是欢喜。回来到了餐厅里，见平日挂在那里的那张驼背的画没有了，这是父亲故意摘掉了，因为怕耐利看见。

维多利亚·爱马努爱列王的大葬

（十七日）

今天午后二时，我们一进教室，先生就叫代洛西。代洛西立刻走上前去，立在讲桌边，向着我们背诵大葬纪念辞。开始背诵的时候，他略微有点不大自然，到后来声音渐渐清楚，脸上充满着红晕。

任务

阅读下文中代洛西背诵的纪念词，你从中体会到了怎样的情感呢？

“四年前的今日，前国王维多利亚·爱马努爱列二世陛下的玉棺，到了罗马太庙正门。维多利亚·爱马努爱列二世陛下，功业实在远胜于意大利开国诸王，他将分裂为七个小邦、并被外敌侵略及暴君压制的意大利合为一统。国王治世二十九年，勇武绝伦，临危不惧，胜利不骄，困逆不馁(něi)，一意以发扬国威、爱抚人民为要务。当国王的灵柩(jiù)[1]在撒花如雨的罗马街市通过的时候，全意大利各部群众都聚在路旁拜观大葬行列。灵车的前面有许多将军、大臣、皇族、仪仗兵、各色的军旗，还有从三百个都市来的代表。此外，凡是可以代表一国威力与光荣者，无不加入。大葬的行列到了庄严的太庙门口，十二个骑兵捧了玉棺入内，一瞬间，意大利全国就与这令人爱慕的老国王作最后的告别了，与二十九年来做了国父、做了将军、爱抚国家的前国王永远告别了！这实在是最崇高严肃的一瞬间，全国上下目送玉棺，对着那色彩黯然的八十面军旗掩面泣下。这军旗足以令人回想起那无数的战死者、无数的鲜血来，想起我国最大的光荣、最神圣的牺牲以及最悲惨的不幸来。骑兵把玉棺移入，军旗全部向前倾倒。其中有新联队的旗，也有经过了不少战争而破碎了的古联队旗。八十条黑旗向前垂下，无数枚勋章碰击着灵柩。这响声在群众耳里好像有上千人齐声说：‘别了！我的国王！在太阳照着意大利的时候，王的灵魂将永远留在我们臣民的心里！’军旗又举到空中了。我们的维多利亚·爱马努爱列二世陛下，在灵庙之中永享着不朽的光荣了！”

---

①灵柩：对死者棺材的敬称。

勿兰谛的斥退

（二十一日）

代洛西读维多利亚·爱马努爱列王悼词的时候，笑的只有一人，就是勿兰谛。勿兰谛真讨厌，他确实是个坏人。父亲到校来骂他，他反而高兴；见人家哭了，他反而笑起来。他在卡隆的面前胆小得发抖，而碰见那怯弱的“小石匠”或一只手不会动的克洛西却要欺侮他们。他嘲笑大家所敬服的泼来可西，甚至对那因为救幼儿跛脚的三年级学生洛佩谛也要加以嘲弄。他和弱小的人吵架，务必要对手负了伤才爽快。他的帽子总是戴得很低，那深藏在帽檐下的眼光好像含有什么恶意，谁见了都要害怕。他在谁的面前都不顾虑，对先生也会哈哈大笑。有机会的时候，他也去偷窃，偷窃了东西还装出不知道的神情。他时常和人对骂，还带个大大的锥子到学校来刺人。不论自己的也好，人家的也好，他都去摘那上衣的纽扣拿在手里玩。他的纸、课本、笔记本都又破又脏，三角板也碎了，钢笔杆都是牙齿咬过的痕迹，他还不时咬指甲，衣服不是破就是脏。听说，他母亲为了他曾忧郁得生病，父亲已把他赶出过家门三次了。母亲常到学校里来探听他的情形，回去的时候，眼睛总是哭得肿肿的。他厌恶功课，厌恶朋友，厌恶先生。先生有时也对他置之不理，他不守规矩，先生只装作没看见。他因此愈加变坏了，先生待他好，他反而嘲笑先生；若是先生骂他呢，他就用手遮住脸假装哭，其实在那里暗笑，曾经他被罚停学三天，回来以后，反而更加顽劣粗暴了。有一天，代洛西劝他：“停止！停止！先生多么为难，你不知道吗？”他胁迫代洛西说：“不要叫我刺穿你的肚皮！”

今天，勿兰谛像狗一样地被逐出学校了。先生把《每月例话·少年鼓手》的草稿交给卡隆的时候，勿兰谛竟在地板上放起爆竹来，爆炸的声音震动了全教室，这声音好像枪声，大家都大吃一惊。先生也跳了起来：

“勿兰谛出去！”

“不是我。”勿兰谛笑着假装不知。

“出去！”先生反复地说。

“我不。”勿兰谛反抗。

先生大怒，到他座位旁捉住他的胳膊，将他从座位里拖出。勿兰谛咬着牙齿抵抗，终于力气敌不过先生，被先生从教室里拉到校长室去了。

过了一会儿，先生独自回到教室里，坐在位子上，两手埋住头一声不响，好像很疲劳的样子。那种苦闷的神情，看了教人不忍。

“做了三十年的教师，不料竟碰到这样的事情！”先生悲哀地说，并摇了摇头。

我们大家都静默无语。先生的手还在发抖，额头上的皱纹深得好像是伤痕。大家都不忍起来。这时代洛西起立：

“先生！请勿伤心！我们都敬爱先生的。”

先生听说也平静了下去，说：

“上课吧。”

少年鼓手

（每月例话）

这是一八四八年七月二十四日，柯斯脱寨战争开始第一日的事。我军[1]步兵一队六十人被派遣到某处占领一空屋，忽受奥地利二中队的攻击。敌人从四面来攻，子弹如雨一样地飞来，我军只好放弃若干死伤者，退避进空屋中，锁住了门，上楼去窗口射击抵御。敌军形成半圆形步步包拢来。我军指挥这队的大尉是个勇敢的老军官，身材高大，须发都白了。六十人之中，有一个少年鼓手，是赛地尼亚人，年纪虽已过了十四岁，身材却还似十二岁不到，是个肤色浅黑、目光炯炯的少年。大尉在楼上指挥防御，时时发出尖利如枪声的号令。他那铁一般的脸上，一点都没有感情的影子，面相威武，足使部下见了战栗。少年鼓手脸已急得发青了，可是还能沉着地跳上桌子探头到窗外，从烟尘中去观看白服的奥军动向。

这空屋筑在高崖上，向着崖的一面，只有屋顶阁楼上开着一个小窗，其余都是墙壁。奥军只在别的三面攻击，向崖的一面安然无事。那攻击真是很厉害，子弹如雨，破壁碎瓦，天花板、门窗、家具，一击就碎。木片在空中飞舞，玻璃和陶器的破碎声四起，听去好像人的头骨正在破裂。在窗口射击防御的士兵，受伤倒在地板上的就被拖到一边。也有用手抵住了伤口，呻吟着在那里打转的，在厨房里还有被击碎了

①我军：这里指意大利军队。

头的战死者。敌军的半圆形阵型只管渐渐地逼近靠拢来。

过了一会儿，一向镇定自若的大尉现出不安的神情，带了一个军官急忙地出了那屋。过了三分钟，那军官跑来向少年鼓手招手。少年跟着军官疾步登上楼梯，到了那屋的阁楼里。大尉正倚着小窗拿了张纸条写字，脚旁摆着打水用的绳子。

大尉折叠起纸条，用他那使士兵战栗的凛然眼光注视着少年，很急迫地叫：

"鼓手！"

鼓手举手到帽旁。

"你有勇气吗？"大尉说。

"是的，大尉！"少年回答，眼睛炯炯发光。

大尉把少年推到窗口：

"往下面看！看到靠近那屋子枪刺的光了吧，那里就是我军的部队。你拿了这条子，从窗口溜下去，快快地翻过那山坡，穿过那田野跑入我军的阵地，只要一遇见军官，就把这条子交给他。现在解下你的皮带和背囊！"

鼓手解下了皮带、背囊，把纸条放入口袋中。军官将绳子从窗口放下去，其中一端缠在自己的胳膊上。大尉将少年扶出了窗口，使他背向外面：

"喂！这分队的安危，就靠你的勇气和你的脚力了！"

"请相信我！大尉！"少年一边回答一边往下溜。

大尉和军官握住了绳：

"下山坡的时候，要把身子伏倒！"

"放心！"

“但愿你成功！”

鼓手立刻落到地上了。军官取走绳子。大尉很不放心，在窗边踱(duó)来踱去，看少年下坡。

差不多快要成功了。忽然在少年前后数步之间冒出五六处烟来。原来奥军已发现了少年，正从高处射击他。少年拼了命跑，突然倒下了。“糟了！”大尉咬着牙焦急地向自己说。正在此时，少年又站起来了。“啊，啊！只是跌了一跤！”大尉吐了一口气。少年虽然拼命地跑着，可是望过去一条腿像有些瘸了。大尉想：“骨头受伤了哩！”接着烟尘又从少年的近旁冒起来，离很远没有打中。“好呀！好呀！”大尉欢喜地叫，目光仍不离少年。一想到这是十分危险的事，不觉就要战栗！那纸条如果幸而送到我军部队，援兵就会来，可万一误事，这六十人只有战死与被虏(lǔ)两条路了。

远远望去，只见少年跑了一会儿，忽而把脚步放缓，只是瘸着走。等到再重新起跑，力气就渐渐减弱，坐下休息了好几次。

“大概子弹穿过了他的脚。”大尉一边这样想，一边目不转睛地注视着少年，急得身子发震。他眼睛要迸出火星来了，揣测着少年距离发光的枪刺间的距离。楼下只听见子弹的穿梭声、士官与军官的怒叫声、负伤者的哭泣声、器具的破碎声和物件的掉落声。

一士官默默地跑来，说敌军依旧猛攻，已高举白旗诱降了。

“不要理他！”大尉说，眼睛仍不离那少年。少年虽已走到平地，可是已经不能跑了，望过去好像正拖着脚一步一步勉强地往前走。

大尉咬紧了牙关，握紧了拳头："走呀！快走呀！该死的！走！走！"过了一息，大尉说出可怕的话来了："哎呀！没用的东西！倒下哩！"

方才还望得见在田野中少年的头。忽然就不见了，好像已经倒下了。大约隔了一分钟，少年的头又重新出现，不久又被篱笆挡住，望不见了。

大尉急忙下楼，子弹雨一般地在那里飞舞，满屋都是负伤者，有的像醉汉似的乱滚，墙壁和地板上染满血迹，许多尸骸(hái)堆在门口。副官被打伤了手臂，到处是烟气和灰尘，周围的东西都看不清楚了。

大尉高声鼓励着喊：

"积极防御，万勿后退一步！援兵快来了！就在此刻！注意！"

敌军渐渐逼近，从烟尘中已可望见敌兵的脸，枪声里面夹杂着可怕的叫喊声。敌军在那里胁迫叫"快投降，否则不必活了"。我军胆怯起来，从窗口退走，军官又去追赶他们，迫使他们向前，可是防御的火力渐渐薄弱，士兵脸上都表现出绝望的神情，再要抵抗已不可能了。这时，敌军忽然减弱了火力，轰雷似的喊叫起来："投降！"

"不！"大尉从窗口回喊。

两军的炮火重新又猛烈了。我军的士兵接连有受伤倒下的。有一面的窗已没人守卫，最后的时刻快到了。大尉用了绝望的声音："援兵不来了！援兵不来了！"一边狂叫，一边野兽似的跳着，以颤抖的手挥着军刀，预备战死。这时军官从屋顶阁楼下来，锐声说道：

"援兵来了！"

"援兵来了！"大尉欢声回答。

一听这声音，未负伤的、负伤的，军官、士官都立刻冲到窗口，重新猛力抵抗敌军。

过了一会儿，敌军似乎气馁了，阵势纷乱起来。大尉急忙收集残兵，叫他们把刺刀套在枪上，预备冲锋，自己跑上楼梯去，这时听到震天动地的呐喊声和杂乱的脚步声。从窗口望去，意大利骑兵一中队，正全速从烟尘中奔来。只见那明晃晃的刺刀，不断地落在敌军头上、肩上、背上。屋内的士兵也抱了刺刀呐喊而出。敌军动摇混乱，开始退却。转瞬间，两大队的步兵带着两门大炮占领了高地。

大尉率领残兵回到自己所属的联队里。战争依然继续，在最后一次冲锋的时候，他中了流弹，伤了左手。

这天战斗的结果是，我军胜利。次日再战，我军虽勇敢对抗，终以寡(guǎ)不敌众，于二十七日早晨，退守泯契(mǐn qì)阿河。

大尉负了伤，仍率领部下的士兵徒步行进。士兵困顿疲劳，却没有一个不服从的。日暮，到了泯契阿河岸的哥伊托地方，找寻副官。那副官伤了手腕，被救护队所救，比大尉先到这里。大尉走进一所设着临时野战医院的寺院，其中满住着伤兵。病床分作两列，床的上面还设着床。两个医师和许多助手应接不暇地奔走，满耳都是啜泣声与呻吟声。

大尉一到寺里，就到处寻找副官，听得有人用低弱的声音在叫"大尉"。大尉近身去看，见是那少年鼓手。他卧在吊床上，胸以下覆盖着粗的窗帘布，苍白而细的两手臂露在外面，眼睛仍像宝石一样地发着光。大尉一惊，对他喊道：

"你在这里？真了不得！你尽了你的本分了！"

"我已尽了我的全力。"少年答。

"你受了什么伤？"大尉问，并看向附近各床，寻找副官。

"完全没料到。"少年回答说。他的元气恢复过来了，开始觉得负伤是荣誉，如果没有这满足的快感，他在大尉面前恐怕无开口的气力了。"我拼命地跑，原是害怕被看见，弯着上身，不料竟还是被敌人发现了。如果不被射中，还可再快二十分钟的。幸而一到那儿就碰到了参谋大尉，把纸条交给了他。可是在被打伤以后，一点也走不动，口也干渴，好像就要死去。要再走上去是无论如何不能的了。越迟战死的人将越多。我一想到这里，几乎要哭起来。还好！我总算拼了命达到了我的目的。不要替我担心。大尉！你要留心你自己，你流着血呢！"

的确如他所说，一滴一滴的血正从大尉胳膊下的绷带里顺着手指流下来。

"请把手交给我，让我替你包好绷带。"少年说。

大尉伸过左手来，用右手来扶少年。少年把大尉的绷带解开重新结好。可是，少年一离开枕头，面色就变得苍白，不得不仍旧躺下去。

"好了，已经好了。"大尉见少年那样子，想把包着绷带的手缩回来，少年似乎不肯放。

"不要顾着我。留心你自己要紧！即使是小小的伤，不注意就会变得厉害的。"大尉说。

少年头向左右摇。大尉注视着他：

"但是，你这样困惫，一定是出了许多血吧？"

"你说出了许多血？"少年微笑说，"不但是血呢，请看这里！"说着把盖布揭开。

大尉见了不觉大吃一惊，向后退了一步。原来，少年已经失去了一只脚！他左脚已齐膝截去，切口处用血染透了的布包着。

这时，一个矮而胖的军医穿着衬衣走过，向着少年叽咕了一会儿，对大尉说：

“啊！大尉！这真是出于不得已，他如果不那样坚持，脚是可以保住的。起了严重的炎症！终于把脚齐膝截断了。但是，真是勇敢的少年！眼泪不流一滴，不惊慌，连喊也不喊一声。我替他做手术时，他还以意大利男儿自豪哩！他家世出身一定是很好的！”军医说完急忙走开了。

大尉皱了浓密的双眉，注视了少年一会儿，替他将盖布盖好。他眼睛仍不离少年，不知不觉，就慢慢地摘了帽子，将手举到头边。

“大尉，”少年惊叫，“你对着我做什么？”

一向对部下不曾发过柔和声音的威武的大尉，这时竟用了充满了慈爱的声音说道：

“我不过是大尉，你是英雄啊！”说了这话，便张开了手臂，紧紧把少年抱在胸前。

爱　国

（二十四日）

安利柯啊！你既然听了少年鼓手的故事很感动，那么在今天的测试里，做“爱意大利的理由”题目的文章，一定很容易了。

我为什么爱意大利？因为我母亲是意大利人，因为我血管所流着的血是意大利的血，因为我祖先的坟墓在意大利，因为我自己的出生地是意大利，因为我所说的话、所读的书都是意大利文，因为我的兄弟、姐妹、朋友，在我周围的伟大的人们，在我周围的美丽的自然，以及其他我所见、所爱、所研究、所崇拜的一切，都是意大利的东西，所以我爱意大利。这种对于祖国的感情，你现在也许尚未真正理解，将来长大了就会知道的。从外国久别归来，倚在船舷(xián)上，从水天一色中望见故国的青山时，自然会涌出热泪或是发出心底的呼喊来。当远游外国的时候，比如偶然在路上听到有人说我国的国语，必定会去接近那说话的人。外国人如果对于我国有无礼的言语，必从心头升起怒火。一旦和外国有交涉，那对于祖国的爱就会格外容易发生。当战争结束，疲惫的军队凯旋时，见了那被子弹打破了的军旗，见了那裹着绷带的士兵高举着断了的兵器在群众喝彩声中通过，你的感激欢喜将是怎样啊！那时，你自能真正了解爱国的意义吧！那时，你自会感觉到自己与国家成为一体了吧，这是高尚神圣的感情。

将来你若为国出战，我愿你平安凯旋。你是我的骨肉，愿你平安自不必说。但是，如果你做了卑鄙无耻的行径，偷生而返，那么，现在你从学校回来时这样欢迎你的父亲，将以万斛(hú)[①]之泪来迎接你，父子不能再如从前相爱，终而至于断肠忧愤而死。

——父亲

①万斛：极言容量之多。

嫉 妒

（二十五日）

以“爱国”为主题的作文，第一仍是代洛西。华梯尼自信必得一等奖，他虽有虚荣心，摆阔气，我却喜欢他，但一见到他嫉妒代洛西，就觉得讨厌。他平日想和代洛西对抗，拼命地用功，可是究竟敌不过代洛西，无论哪一件，代洛西都要胜他十倍。华梯尼不服，总嘲弄代洛西。卡罗·诺琵斯也嫉妒代洛西，却藏在心里，华梯尼则表现在脸上。听说他在家里曾说先生不公平，每次代洛西很快地将先生的问话作出圆满回答的时候，他总板着脸，垂着头，装着听不见，还故意笑。他笑的样子很不好，所以大家都知道。只要先生一称赞代洛西，大家就对着华梯尼看，华梯尼必定在那里苦笑。“小石匠”常在这种时候装鬼脸给他看。

今天，华梯尼很难为情。校长先生到教室里来报告成绩：

“代洛西一百分，一等奖。”正说时，华梯尼打了一个喷嚏（tì）。校长先生见了他那神情就猜到了：

“华梯尼！不要养嫉妒的蛇！这蛇是要吃你的头脑、坏你的心胸的。”

除了代洛西,大家都向华梯尼看。华梯尼像要回答些什么，可是究竟说不出来，脸色青青的像石头般固定着不动。等先生授课的时候，他在纸上用了大大的字，写了这样的句子：

“我们不艳羡那因为特殊关照与偏心而得一等奖的人。”

他是想写给代洛西的。坐在代洛西近处的人都互相私语，有一个竟用纸做成大大的奖牌，在上面画了一条黑蛇。华梯尼全不知道。先生因事暂时出去的时候，代洛西近旁的人都立起身来，离开座位，要将那张纸奖牌送给华梯尼。教室中一时充满了杀气，华梯尼气得全身发抖。忽然，代洛西说："把这给我！"就把纸奖牌取来撕了个粉碎。恰好先生进来了，就继续上课。华梯尼脸红得像火一样，把自己所写的纸片搓成团塞入口中，嚼糊了吐在椅子旁。下课的时候，华梯尼好像有些慌乱了，走过代洛西位子旁，掉落了吸墨水纸。代洛西认真地替他拾起来放入书包，系好了书包带。华梯尼只是俯视着地，抬不起头来。

勿兰谛的母亲

（二十八日）

华梯尼的脾气仍是不改。昨天早晨宗教班上，先生在校长面前问代洛西有没有记牢读本中"无论向着哪里，我都看得见你"的句子。代洛西回答说不曾记牢，华梯尼突然说："我知道。"说了就对着代洛西冷笑，这时勿兰谛的母亲恰好走进教室里来，于是华梯尼失去了背诵的机会。

勿兰谛的母亲白发都蓬松了，全身都被雪打得湿湿的。她憋(biē)了气息，把前礼拜被斥退的儿子推了进来。我们不知道将要发生什么事情，大家都安静了。可怜！勿兰谛的母亲跪倒在校长先生面前，合掌恳求着说：

"啊！校长先生！请您发点慈悲，许这孩子再到学校里来！这三天中，我把他藏在家里，如果被他父亲知道，或许要弄死他的。怎样好呢！恳求您救救我！”

校长先生似乎想领她到外面去，她却不管，只是哭着恳求：

“啊！先生！我为了这孩子，不知受了多少苦楚！如果先生知道，必能怜悯我吧。对不起！我怕不能久活了，先生！死是早已预备了的，但总想见到这孩子改好以后才死。”她说到这里，呜咽得不能继续说下去，“无论怎样，他总是我儿子；总是要爱惜的。我要绝望而死了！校长先生！请您当作救我一家的不幸，再一次许这孩子入学！对不起！看在我这苦女人面上！”她边说边用手掩着脸哭泣。

勿兰谛好像毫不觉得什么，只是把头垂着。校长先生看着勿兰谛想了一会儿，说：

“勿兰谛，坐到位子上去吧！”

勿兰谛的母亲把手从脸上放了下来，反复地说了许多感谢的话，连校长先生要说的话都被她遮拦住了。

她走出门口，又回过头一次，用恳求的眼色对儿子看了一眼才走。她脸色苍白，身体已有些向前弯，头仍是摇晃着，下了楼梯，就听到她的咳嗽声。

全班又肃静了。校长先生向勿兰谛注视了一会儿，用极郑重的调子说：“勿兰谛！你在杀你的母亲呢。”

我们都向勿兰谛看，那不知羞耻的勿兰谛还在那里笑。

二月

授予奖牌

（四日）

今天，督学到学校里来，说是来颁(bān)发奖牌的。那是位脸上有白须穿黑服的绅士，在即将下课的时候，他和校长先生一同到了我们教室，他坐在先生的旁边，对三四个学生做了一会儿考问。把一等奖的奖牌授予代洛西，又和先生及校长低声交谈。

“受二等奖的不知是谁？”我们一边这样想，一边默然地咽着唾(tuò)沫。然后督学高声说：

“佩托罗·泼来可西此次应受二等奖。他课堂表现、功课、作文、品德，一切都好。”大家都向泼来可西看，心里都替他欢喜。泼来可西惶恐得不知如何才好。

“到这里来！”督学说。泼来可西离开座位走近先生的讲台，督学用怜悯的眼光打量着泼来可西那蜡色的脸和缝补过的不合身的服装，替他将奖牌挂在脖子上，深情地说：

“泼来可西！今天给你奖牌，并不是因为没有比你更好的人，也不单单只因为你的才能与勤勉，

这奖牌还奖励你的性情、勇气及坚韧(rèn)的品行。”说着又问我们：

“不是吗？他是这样的吧？”

“是的，是的！”大家齐声回答。泼来可西喉头动着，好像在那里咽什么，过了一会儿，用温柔的眼神看我们，充满了感谢之情。

“好好回去，要更加用功呢！”督学对泼来可西说。

放学时间到了，我们一班比别的班先出教室。走出门外，见接待室里来了一个意想不到的人，那就是做铁匠的泼来可西的父亲。他仍然脸色苍白，歪戴着帽子，头发长得要盖着眼，哆哆嗦嗦地站着。先生见了他，同督学附耳低声说了几句。督学就去找泼来可西，拉着他的手一同走到他父亲的旁边。泼来可西颤抖起来，学生们都围在了他的周围。

“是这孩子的父亲吗？”督学愉快地对铁匠说，好像见了熟识的朋友一样，并且不等他回答，又继续说：

“恭喜！你看！你儿子超越了五十四个同班的同学，得了二等奖。作文、算术，一切都好，既有才，又能用功，将来必定成大事业。他心性善良，为大家所尊敬，真是个好孩子！你见了也该欢喜吧。”

铁匠张开了口只是听着。他看看督学，看看校长，又看看俯首颤抖着的自己的儿子。好像到了这时，他才知道自己这样虐待儿子，儿子却总是坚强地忍耐着，脸上不觉露出茫然的惊讶和惭愧的慈爱，急把儿子的头抱在自己的胸前。我们都在他们前面走过，我约泼来可西下礼拜四和卡隆、克洛西一同到我家里来。大家都向他道贺：有的去抱他，有的用手去摸他的奖牌，不论哪个走过他旁边总有一点表示。泼来可西的父亲惊讶

快乐读书吧系列丛书

扫码听音频

阅读指导与考点手册

爱的教育

紧贴新版教材　掌握阅读策略　实现能力进阶

《爱的教育》原名*Cuore*，在意大利语中是“心”或“真心”的意思，后来依据夏丏尊的翻译版本，在中国定名为《爱的教育》。

这是一本日记体小说，它还有一个可爱的名字叫作《一名意大利小学生的日记》。说起来，这位小学生比书本前的你还要小一些哦。书中记录的是四年级学生安利柯十个月的生活与感悟，中间穿插着家人写给他的告诫性文章，还有九篇老师交给学生们誊抄的“每月例话”，其内容是令人感动的少年英雄故事。同窗情、师生情、亲情、家国之情氤氲其间，“爱”就在小学生朴素的生活记录中静静流淌。

作者简介

埃迪蒙托·德·亚米契斯，1846年生于意大利的一个海港城市奥内利亚。他受父亲影响，16岁便进入了摩德纳军事学院，毕业后参军。战争结束后，亚米契斯辞去军职，专心从事文学和新闻事业。1878年，亚米契斯在写给出版商的信中提及关于撰写《爱的教育》的总体构思，八年之后（1886年）《爱的教育》正式出版，之后风行意大利，作为国民读物陪伴了一代代意大利少年儿童的成长。

译者简介

夏丏尊（1886—1946）是我国现代著名的文学家、翻译家，他因《白马湖之冬》《文艺论ABC》等著作而闻名，又因《爱的教育》《国木田独步集》等翻译作品蜚声文坛。

《爱的教育》自 1923 年在《东方杂志》上连载，后来出版的单行本曾在中国风行二十多年，再版三十多次，是新文学诞生以来儿童文学译著中最畅销的作品之一。

写作背景

意大利长期处于分裂状态，直至 1870 年才彻底完成统一。这正是作者亚米契斯所生活的时代，为意大利的统一而奋斗，为抵御殖民和侵略而抗争，成为这一代人生而肩负的使命。亚米契斯对这片土地爱得深沉，他爱这个国家深厚的底蕴，爱这个民族不屈的灵魂，同时也希望通过写作将自己对国家、对民族的热爱传递给每一位意气风发的少年。

内容梗概

四年级学生安利柯在日记中记录了他的学习与生活。他在学校中的经历、与朋友之间的相处、少年英雄的故事等，都通过他的视角记录下来。书中充满了对人性善良的赞美，展现了爱化解矛盾、温暖人心的巨大力量，以及其对个人成长与社会和谐的促进作用。每一个小故事都富含深意，不仅传递着爱的温暖，也能够引发读者对教育、家庭、社会等问题的深刻思考。

思想内涵

爱是教育的内容，也是教育的方式。《爱的教育》教会我们什么是爱，更教导了我们如何去爱。书中安利柯的父母、学校里的教师们以及“每月例话”中的少年主人公，坚持不懈地用语言、行为唤醒人们心底沉睡的爱意，让人在被爱中学会爱人，这些都体现了作者对爱的深刻理解与赞美。

书中不仅描绘了人与人之间的美好情感，也反映了当时社会的一些现实问题。这些问题促使人们更加关注社会本身和教育现状。此外，作者还刻画了许多体现平等的美好画面，表达了对未来社会自由平等的期望和愿景。

艺术特征

1. 日记体小说

日记体小说是一种独特的文学形式。它在叙述上多采用第一人称，以主人公的视角叙述所见所感。小说的情节依据时间顺序而发展，其内容具有真实性与虚拟性相结合的特点。

2. 情节紧密联系

书中内容都与安利柯的生活有关，因此在情节上往往相互联系，上一篇日记中提到的内容，在下一篇或者之后的日记中也会有提及。一节节读下去，你可以看到这些人物的种种活动，以及越发鲜明立体的人物形象。

3. 情感融于故事

本书以人物的感觉、情绪为立足点，将每个人物的性格与思想渗透在他们别具一格的语言中，融汇在曲折丰富的故事情节内。

4. 丰富的爱

书中所诠释的爱多种多样，在译者序言中曾提到“书中叙述亲子之爱，师生之情，朋友之谊，乡国之感，社会之同情，都已近于理想的世界，虽是幻影，使人读了觉到理想世界的情味，以为世间要如此才好”。

真题大闯关

一 选择题

1.《爱的教育》是（　　）作家亚米契斯的作品。

A. 美国

B. 法国

C. 意大利

D. 西班牙

2.（2023秋·亭湖区期末）《爱的教育》以（　　）形式，反映社会各阶层的人以及他们的关系。

A. 小学生的日记

B. 父亲的日记

C. 母亲讲故事

3.（2024·张家口）某校六年级某班举办主题为“革命精神代代传”的班会，几位同学向大家推荐了一些阅读书目，你认为不符合要求的是（　　）。

A.《爱的教育》

B.《小英雄雨来》

C.《红岩》

D.《小兵张嘎》

4.（2024·郴州）下列作品的主人公不是儿童的一项是（　　）。

A.《童年》

B.《小英雄雨来》

C.《爱的教育》

D.《灰尘的旅行》

5.（2024·惠来县）下列有关文学常识的表述不正确的一项是（　　）。

A.《爱的教育》的作者是法国作家卢梭，该书被认为是最富爱心和教育性的读物

B.我国文学史上向来以“风骚”并称，“风”指《诗经》里的《国风》，“骚”指《离骚》

C.乐府本是汉武帝时掌管音乐的官署，后来成为诗体名称，宋元以后有时将词、曲也称为乐府

D.著名作家冰心、萧红的代表作分别是《繁星》和《呼兰河传》

6.（2024·武陵区）给相关名著配上一句话，从甲到丁，

所选顺序最恰当的一项是（　　）。

甲《西游记》、乙《鲁滨逊漂流记》、丙《爱的教育》、丁《尼尔斯骑鹅旅行记》

①充分利用自己的智慧与双手，一切难题都将迎刃而解。

②见寻常未见，闻平日未闻，在一场奇妙的旅行中收获爱和温暖。

③所谓终成正果，只不过比别人多了无数的负累而已。

④懂得爱，学会爱，是教育的重要内容。

A. ①②③④

B. ③①④②

C. ③②①④

D. ②④①③

二 填空题

1. 阅读《爱的教育》，借助下面提示，对书中的故事进行分类。

《　　　　　》____情　　同窗情《　　　　　》

《爱的教育》

《父亲的先生》____情　　____情《　　　　　》

2.（2024秋·南昌县期末）亚米契斯《爱的教育》以小学生安利柯的口吻讲述了学生、老师以及学生父母等平凡人的故事。请结合自己的阅读体会完成下表。

人物	性格或品质	相关事例
	品学兼优、助人为乐	学习成绩总是名列前茅。爱护残疾的克洛西，教他知识，送他文具
校长先生		

3. 结合你读《爱的教育》的感受，补充小诗，表达对“爱”的理解。

爱是什么？

爱是宽容，是卡隆原谅同学们时真诚的话语；

爱是______，是____________________；

爱的细节，需要我们细心体会，用心珍藏。

三 阅读题

1.（2024 · 张湾区）阅读短文，回答问题。

雪　球

（十六日）

雪还是不停地下着，今天从学校回来的时候，雪地里发生了一件可怜的事。小孩们一出街道，就将雪做成了石头一样硬的小球来回投掷，有许多人正在旁边通过。行人之中有的呵斥着说：“停止，停止！你们太恶作剧了。”忽然听见一声惊人的叫声，急去看时，有一老人掉了帽子双手捂着脸，正在那里东倒西歪。一个少年立在旁边叫着：“救人啊！救人啊！”

人从四方聚拢来，原来老人是被雪球打伤了眼了！小孩们立刻四面逃散。我和父亲站在书店门前，向我们这边跑来的小孩也有许多。嚼着面包的卡隆、可莱谛、“小石匠”、收集旧邮票的卡洛斐，都在里面。老人已被人围住，警察也赶来了。大家都齐声说：“是谁掷伤了的？”卡洛斐立在我旁边，脸色苍白，身体颤抖着。

“谁？谁？谁闯了这祸？”人们叫喊着。

卡隆走近并低声向着卡洛斐说：“喂！快走过去承认了，瞒着是卑鄙的！”

“但是，我并不是故意的。”卡洛斐声音发抖地回答。

“虽然不是故意的，但责任总该你负。”卡隆说。

“我不敢去！”

“那不成。来！我陪你去。”

警察和围观者的叫声比之前更高了：“是谁投掷的？眼镜都打碎了，玻璃割破了眼，恐怕要变成盲人了。投掷的人真该死！”

这时，我以为卡洛斐要跌倒在地上了。“来！我替你想办法。”卡隆说着，捉了卡洛斐的手像扶病人似的就拉了过去。群众见这情形，也猜到闯祸的是卡洛斐，有的竟捏紧了拳头想打他。卡隆推开了他们说：“你们想聚了十个以上的大人来和一个小孩作对吗？”人们才静了不动。

警察携起卡洛斐的手，推开人们，带了卡洛斐到那老人暂时借住的人家去。我们也随后跟着。等到了一看，原来那受伤的老人就是和他侄子同住在我们楼上的五楼的一个雇员。他卧在椅子上，用手帕盖住眼睛。

“我不是故意的。”卡洛斐用了几乎听不清楚的低声，哆哆嗦嗦地反复着说。观者之中有人挤了进来，大叫：“伏在地上谢罪！”想把卡洛斐推倒在地。这时，另外又有一人用双臂将他抱住，说：“哎呀，诸位！不要如此。这小孩已经自己承认了，不这样责罚他，不也可以吗？”那人就是校长先生。先生向卡洛斐说：“快赔礼！”卡洛斐眼中忽然迸出泪来，前去抱住老人的双膝。老人伸手来摸卡洛斐的头，抚过他的头发。大家见了都说：“孩子！去吧。好了，快回去吧。”

父亲拉我出了人群，在回来的路上对我说：“安利柯啊！你在这种时候，有承担责任的勇气吗？”我回答他：“我愿这样做。”父亲又问我：“你现在能对我立誓说必定能这样做吗？”我说：“是的，我立誓，父亲！”

（1）《爱的教育》是一部________体小说，作者是________的作家________。

（2）这段话中间部分都是一句话一段，这样写的好处是____。

（3）从“雪球”故事中我懂得了____。

（4）请你再写出《爱的教育》中两个故事名：____。

2.（2024秋·钟山区期末）

爱的教育（节选）

我很荣幸，拥有一位当老师的母亲，她对我的馈赠是双重的。

四年级时的一天，厄运降到了我的头上。当时，我正顺着小路骑自行车回家，弗兰基兄弟俩突然大嚷大叫地从后边冲过来，我来不及躲避，被他们狠狠地撞到路边的一条深沟里，跌得鼻青脸肿，头上还磕了个大包。弗兰基兄弟俩见大功告成，便幸灾乐祸地吹着口哨，扬长而去。我很愤怒，匆匆赶回家，把事情的经过告诉了妈妈。妈妈看着我，想了想，说：“明天我找他俩谈一谈。”

第二天，妈妈告诉我一个好消息：“他们再也不会来欺侮你了。”我想，妈妈一定是报告了警察局长。但是，妈妈告诉我的是另一回事：“今天，我先去翻阅了弗兰基兄弟俩的档案材料，发现他们的父亲早就去世了，母亲也不知所踪，兄弟俩是靠姑姑养大的，生活条件很差，常常遭到别人的欺负。”

“你知道我做了什么吗？课后，我把弗兰基请到了办公室，问他是否愿意当我的助手，每天替我准备些教具，我会给他一些报酬。另外，如果工作完成得好，周末我还会让你和他们兄弟俩一道去看电影……”

“我？跟他们一起去看电影？”出于愤怒，更出于畏怯，我当即表示反对：“我不去！”“不，你应该去！”妈妈劝我，“他们需要别人的关心与尊重，只有爱才能教会他们去爱。”

到了周末，在去电影院的路上，我们彼此都很窘迫。我偷偷瞥了弗兰基兄弟俩一眼：“咦？竟是一副规规矩矩、颇有教养的样子了。”正疑惑时，弗兰基却很郑重地向我道歉，他还保证以后再也不会欺侮任何人了。这破天荒的奇迹倒把我弄得不好意思了。

（1）第二自然段中，“厄运”指的是（　　）。

A. 弗兰基兄弟俩对“我”大嚷大叫

B. “我”被弗兰基兄弟俩故意撞倒后受了伤

C. 弗兰基兄弟俩幸灾乐祸地吹着口哨，扬长而去

D. 妈妈得知我被欺负，却没有安慰我

（2）“我”对弗兰基兄弟俩态度的变化，分析正确的一项是（　　）。

A. 愤怒——疑惑——窘迫——畏怯——不好意思

B. 愤怒——畏怯——疑惑——窘迫——不好意思

C. 愤怒——疑惑——畏怯——窘迫——不好意思

D. 愤怒——畏怯——窘迫——疑惑——不好意思

（3）关于文中的母亲，下列说法不正确的一项是（　）。

A. 母亲得知“我”被弗兰基兄弟俩欺负后，根本不管“我”的委屈，可见母亲对“我”很冷漠

B. 母亲翻阅了弗兰基兄弟俩的档案，而不是急着批评他们，可见母亲是一个冷静、理智的人

C. 母亲邀请弗兰基当自己的助手，并答应给他一些报酬，可见母亲是一个关爱孩子的人

D. 母亲用自己的实际行动感化了弗兰基，也教会了“我”爱、尊重、包容，可见母亲有教育的智慧

（4）联系选文和生活实际，理解“他们需要别人的关心与尊重，只有爱才能教会他们去爱”这句话的含义。

____

____

____

____

四 写作题

泰戈尔曾说：爱是亘古长明的灯塔，它望着风暴却岿然不动；爱就是充实了的生命，正如盛满酒的酒杯。《爱的教育》这本书向我们讲述了老师之爱、父母之爱、同学之爱，还有人们对祖国、对社会的爱。同学们，在你们的学习和生活中也一定有这样的一幕幕感人肺腑的故事，请结合《爱的教育》写一写你生

活中有关“爱”的故事，题目自拟。注意选材新颖，感情真挚，书写认真，句子流畅，350字左右。

参考答案

一、选择题

1.C　2.A　3.A　4.D　5.A　6.B

二、填空题

1. 开放题。

示例：

《少年爱国情》爱国情　　同窗情《小石匠》

《爱的教育》

《父亲的先生》师生情　　母子情《六千英里寻母》

2. 示例：

人物	性格或品质	相关事例
安利柯	品学兼优、助人为乐	学习成绩总是名列前茅。爱护残疾的克洛西，教他知识，送他文具
校长先生	和蔼可亲、公正严明	经常关心学生的学习和生活，对待每个学生都充满耐心，处理学生问题公正无私
母亲	温柔善良、关心子女	常常鼓励安利柯要做一个有礼貌、有爱心、有责任感的孩子，并且自己身体力行地做出表率

3. 示例：理解　老师和同学们在得知卡隆失去母亲后默默地关注与安慰

三、阅读题

1.

（1）日记；意大利；埃迪蒙托·德·亚米契斯

（2）使句子更突出，节奏感强，便于读者快速抓住重点，同时也增强了叙述的紧迫感和现场感。

（3）言之有理即可。示例：勇于承担错误和责任的重要性，以及诚实和勇气在面对过失时的价值。

（4）示例：《校长先生》《小小的卖艺者》

2.

（1）B

（2）D

（3）A

（4）弗兰基兄弟俩因生活境遇常被欺负，内心缺爱才会欺负“我”。母亲用关心尊重的方式让他们感受到爱，他们才懂得尊重“我”。生活中，对于缺少关爱的人，我们给予关心尊重，他们也会学会用爱待人。

四、写作题

方法点拨：本题为自命题作文，要求结合《爱的教育》写一写你生活中有关“爱”的故事。在我们的周围，好人好事层出不穷，想一想自己身边发生的哪些有爱的事让你至今仍记忆犹新。写作此文,要写出自我最真切的情感体验，写出因一件事情而得到的收获。写作时要想好开头、结尾，做到首尾呼应。注意把事例写具体，写生动，写作时要合理安排材料，重点部分要详细写，其他部分可略写，还要注意语句要通顺，用词要恰当。写作过程中注意运用学到的写作方法及修辞手法，用上积累的好词佳句。

随书附赠，非卖品

地注视着我们，他将儿子的头抱在胸前，而他儿子在啜泣。

决 心

（五日）

见了泼来可西取得奖牌，我不觉有些后悔，我还一次都未曾得过呢。我近来不用功，自己固然觉得没趣，先生、父亲、母亲为了我也不愉快，像从前用功时候的那种愉快，现在已没有了。以前，离开座位去玩耍的时候，好像有一月不曾玩耍的样子，总是高兴跳跃着去。现在，在全家的餐桌上，也没有从前快乐了。我心里有一个黑暗的影子，这黑影在里面发声说："这不对！这不对！"

一到傍晚，我看见许多小孩夹杂在工人之间从工场回到家里，他们虽很疲劳，神情却很快活。他们都急忙地走着，想要快点回去吃晚餐。他们用被煤熏黑或是被石灰染白了的手相互拍着肩头高声谈笑着。他们都从天明一直劳动到了现在，还有比他们还小的小孩，终日在屋顶阁楼上、地下室里、炉子旁或是水盆里劳动，只能用一小片面包充饥，这样的人也有许多许多。而我呢，除了勉强做四页的作文以外，什么都不曾做过。想起来真是可耻！啊！我自己既觉得没趣，父亲对我这样也不欢喜。父亲原要责骂我，不过因为爱我，所以忍住了！父亲一直辛苦劳动到现在，家里的哪一件东西不是父亲用劳力换来的？我所用的、穿的、吃的和教我的、使我愉快的种种事物，都是父亲劳动的结果。我接受了却一事不做，只让父亲在那里操心劳力，从未给他丝毫的帮助。啊！不对，这真是不对！这样子不能使我快乐！就从今日起吧！像斯带地那样捏紧了拳头咬紧了牙齿用功吧！拼了命，夜深也不要打呵欠，天明就跳起床来吧！不停地锻炼头脑，真实地把惰性革除吧！就是病了也不要紧。劳动吧！辛苦吧！像现在这样，自己既苦，别人也难过，这种倦怠(dài)的生活决然从今日起停止！劳动！劳动！以全心全力用功，拼了命！这样才能得到游戏般的愉快和吃饭的快乐，才能得到先生亲切的微笑和父亲亲爱的吻。

玩具火车

（十日）

今天泼来可西和卡隆一道来了。就是见了皇族的儿子，我也没有这样的欢喜。卡隆是头一次来我家，他是个很害羞的人，个子那样高了，还是个四年级学生，见了人好像很羞涩(sè)的样子。门铃一响，我们都迎出门去，克洛西因为父亲从美洲回来不能来了。父亲就去亲吻泼来可西，又介绍卡隆给母亲，说：

“卡隆就是他。他不但是个善良的少年，并且还是一个正直的看重名誉的绅士呢。”

卡隆低下那平发的头，只是看着我微笑。泼来可西挂着那奖牌，听说他父亲重新开始做铁匠工作，五日来滴酒不喝，时常叫泼来可西到工作间帮他的忙，和从前比竟然像两个人了，泼来可西因此很欢喜。

我们开始玩游戏了。我将所有的玩具取出给他们看。我的火车好像很中泼来可西的意，那火车带有车头，只要把发条一开，就自己会动。泼来可西从未见过这样的火车玩具，惊讶极了。我把开发条的钥匙交给他，他低了头只管一心地玩，那种高兴的脸色，在他面上是未曾见过的。我们都围在他身旁，注视他那枯瘦的脖子、曾出过血的小耳朵以及他那向里卷的袖口、细削的手臂。在这时候，我恨不得把我所有的玩具、书都送给他，就是把我自己正要吃的面包、正在穿的衣服全送给他，也绝不可惜，我还想伏在他身旁去吻他的手。我想：至少把那火车送他吧！又觉得要和父亲说明，正踌躇（chóu chú）间，忽然有人把纸条塞到我手里来，一看，原来是父亲。纸条上用铅笔写着：

> **阅读导航**
>
> 安利柯与其父亲默契十足，请找出本章中他们最有默契的一个瞬间吧。

“泼来可西很喜欢你的火车哩！他不曾有过玩具，你不想个办法吗？”

我立刻双手捧了火车，交在泼来可西的手中：

“把这个送给你！”泼来可西看着我，好像不懂的样子，我又说：

“我把这个送给你。”

泼来可西很惊异，一边看我父亲母亲，一边问我：

“但是，为什么？”

“因为安利柯和你是朋友。他把这个送给你，就当作你得奖牌的贺礼。”父亲说。

泼来可西很难为情的样子：

“那么，我可以拿了回去吗？”

“当然可以。”我们大家回答他。泼来可西走出门口时，欢喜得嘴唇都在发振，卡隆帮他把火车包在手帕里。

“什么时候我带你到父亲的工作间去，把钉子送你吧！”泼来可西向我说。

母亲把小花束插入卡隆的纽扣中，说：“帮我带去送给你的母亲！”卡隆低了头大声地说：“多谢！”他的眼中闪烁着高兴的光芒。

傲　慢

（十一日）

走路的时候偶然和泼来可西相碰，就要故意用手擦拭衣袖的就是卡罗·诺琵斯那个家伙。他自以为父亲有钱就一味地傲慢。代洛西的父亲也有钱，代洛西却从不以此炫耀。诺琵斯有时想一个人占用一张长椅，别人去坐，他就要憎恶，好像玷污他了。他看不起人，嘴上无论何时总浮着轻蔑的笑。排队出教室时，如果有人踩着他的脚，那可不得了了。平常因为一些小事他也要当面骂人，或是恐吓别人，说要叫父亲到学校里来。其实，他对着卖炭者的儿子骂他的父亲是叫花子的时候，就被自己的父亲责骂过了。我不曾见过那样讨厌的学生，无论谁都不和他讲话，回去的时候也没有人对他说“再会”。他不会功课的时候，连狗也不愿教他，更别说人了。他厌恶一切人，代洛西更是他厌恶的，因为代洛西是班长。又因为大家喜欢卡隆，他也厌恶卡隆。有人告诉卡隆，诺琵斯在背后说他的坏话。他说：“怕什么，他什么都不懂，理他做什么？”

有一天，诺琵斯见可莱谛戴着猫皮帽子，很轻蔑地嘲笑他。可莱谛说：

“请你到代洛西那里去学习学习礼貌吧。”

昨日，诺琵斯告诉先生，说格拉勃利亚少年踩了他的脚。

“故意的吗？”先生问。

“不，无心的。”格拉勃利亚少年答辩。于是先生说：

“诺琵斯，在这样小的事情上，你有什么可动怒的呢？”

诺琵斯煞有介事地说：

“我会去告诉父亲的！”

先生怒了：“你父亲也一定说你不对。因为在学校里，评定善恶，执行赏罚，全由教师掌管。”说完又和气地说：

“诺琵斯啊！从今以后改了你的脾气，亲切地对待朋友吧。你也早应该知道，这里有劳动者的儿子，也有绅士的儿子，有富的，也有贫的，大家都像兄弟一样亲，为什么只有你不愿意这样呢？要大家和你要好是很容易的事，如果这样，自己也会快乐起来哩，对吗？你还有什么要说的话吗？”

诺琵斯听着，依然像平时一样冷笑。先生问他，他只是冷淡地回答：“不。”

“请坐下，无趣啊！你全然没有情感！”先生向他说。

这事总算完结了，不料坐在诺琵斯前面的“小石匠”回过头来看诺琵斯，对他装出一个非常可笑的鬼脸，大家都哄笑起来，先生虽然呵责“小石匠”，可是自己也不觉掩口笑着。诺琵斯也笑了，却不是十分高兴地笑。

劳动者的负伤

（十五日）

诺琵斯和勿兰谛真是无独有偶，今天眼见着悲惨的情景而漠不关心的，只有他们俩。从学校回去的时候，我和父亲正在观看三年级淘气的孩子们在街上溜冰，街头尽处忽然跑来了一大群的人，大家面上都现出忧容，彼此低声地不知谈些什么。人群之中，有三个警察，后面跟着两个抬担架的。小孩们都从四面八方聚集来观看，群众渐渐向我们靠来，只见那担架上躺着一个脸色青得像死人一样的男子，头发上都粘着血，耳朵里嘴巴里也都有血，一个抱着婴儿的妇人跟在担架旁边，发狂似的时时哭叫：“死了！死了！”妇人的后面还有一个背袋子的男子，也在那里哭着。

“怎么了？”父亲问。据说这人是做石匠的，在工作中从五层楼上摔了下来。担架暂时停下了，许多人都避开把脸转了过去，那个戴红色羽毛的女先生用身体支撑着几乎要晕倒的我，那是我二年级时的女先生。这时有个人碰了一下我的肩膀，那是“小石匠”，他的脸已青得像鬼一样，全身颤抖着。这必是想起他父亲的缘故了。我也不自觉记起他父亲来。

啊！我可以安心在学校里读书，父亲只是在家伏案书写，所以没有什么危险。可是，许多朋友就不这样了，他们的父亲或是在高桥上工作，或是在机车的齿轮间劳动，一不小心，就有生命危险。他们完全和出征军人的儿子一样，所以“小石匠”一见到这悲惨的光景就颤抖起来了。父亲感觉到了，就和他说：

“回到家里去！到你父亲那里去！你父亲是平安的，快回去！”

“小石匠”一步一回头地去了。群众继续行动，那妇人伤心地叫着：“死了！死了！”

“哎呀！不会死的。”周围的人安慰她，她像不曾听见，只是披散了头发哭。

这时，忽然有个怒骂的声音：“什么！你莫不是在那里笑！”

急去看时，只见有一个绅士怒目向着勿兰谛，用手杖把勿兰谛的帽子摔到地上：

“摘掉帽子！蠢(chǔn)货！因劳动而负伤的人正在通过哩！”

群众过去了，血迹长长地划在了雪地上。

囚　犯

（十七日）

这真是一年中最奇怪的事。昨天早晨，父亲领着我一同到孟卡利爱利附近去租借别墅(shù)，预备夏季去住。执掌别墅钥匙的是个学校的教师。他引导我们去看了以后，邀请我们到他房间里去喝茶。他桌上摆着一个奇妙的雕刻成圆锥形的墨水瓶，父亲认真地看着。这位先生说：

“这墨水瓶对于我来说是个宝贝，来历很长哩！”他就告诉我们下面的话：

数年前，这位先生在都灵，有一年冬天，曾去监狱担任教囚犯的教师。授课的地方在监狱的礼拜堂里。那礼拜堂是个圆形的建筑，周围有许多小而高的窗户，窗口都用铁栅(zhà)栏围住。每个窗户里面各有一间小屋，囚犯就站在各自的窗口，把笔记本摊在窗槛(kǎn)上用功，先生则在暗沉沉的礼拜堂中走来走去授课。屋里很暗，除了囚犯脸上蓬松的胡子以外，什么都看不见。这些囚犯之中，有一个七十八号比别人都用功，他感谢着先生的教导。他是一个黑须的年轻人，与其说是恶人，不如说是个不幸者。他原是细木工，因为动了怒，就用刨子投掷虐待他的主人，不料误打中头部，导致主人失去了性命，因此受了几年的监禁罪。他在三个月中把读写都学会了，每日读书，学问有进步，性情也因此有变好，他已觉悟了自己的罪过，很是悔恨。有一天，功课做完以后，那囚犯向先生招手，请先生走近窗口，说明天就要离开都灵的监狱，被送到威尼斯的监狱里去了。他向先生告别，用深情而亲切的语气请求握一握先生的手。先生伸过手去，他就吻着说了一声“谢谢”，先生缩回手时，据说手上沾着眼泪。先生以后就没再看见他了。先生又继续说着：

“过了六年，我差不多已经把这个不幸的人忘了。不料前日，突然来了个不相识的人，黑须、花白头发、粗布衣衫，见了我问：‘您是某先生吗？’‘您是哪位？’我问。‘我是七十八号囚犯，六年前蒙先生教我读法、写法。先生想必还记得，在最后授课的那天，先生曾将手递给我。我已刑满释放，今天来拜望，想送一纪念品给先生，请把这收下，当作我的纪念！先生！’我无言地站着。他以为我不愿接受他的礼物，注视着我的眼睛，好像在说：‘六年的苦刑，还不足以拭净手上的不洁吗？’他眼中充满了痛苦，我就伸过手去，接受了他的礼物，就是这个。”

我们仔细看那墨水瓶，好像是用钉子凿刻的，真不知要费去多少工夫哩！瓶盖上雕刻着钢笔搁在笔记本上的花样。周围刻着“七十八号敬呈先生，当作六年间的纪念”几个字。下面又用小字刻着“努力与希望”。

先生不再说什么，我们也就告别了。在回都灵的路上，我心里总在描摹(mó)着那囚犯站在礼拜堂小窗口的光景，他那向先生告别时的神情，以及在狱中做成的那个墨水瓶。昨天夜里就做了这样的梦，今天早晨还在想着。

今天到学校里去，不料又听到件出人意料的怪事。我坐在代洛西旁边，才演算好了算术问题，就把那墨水瓶的故事告诉了代洛西。将墨水瓶的由来以及雕刻的花样，周围“六年”等的文字都大略地和他述说了一番。代洛西听见这话，就跳了起来，看看我，又看看那卖野菜人家的儿子克洛西。克洛西坐在我们前面，正背向我们在那里一心演算。代洛西叫我不要声张，又捉住了我的手：

“你不知道吗？前天，克洛西对我说，他看见过他父亲在美洲雕刻的墨水瓶了。是用手做的圆锥形的墨水瓶，上面雕刻着钢笔杆摆在笔记本上的花样。就是那个吧？克洛西说他父亲在美洲，其实是在牢里呢。父亲犯罪时克洛西还小，所以不知道。他母亲大约也不曾告诉他哩。他什么都不知道，还是不使他知道好啊！”

我默然地看着克洛西，代洛西演算完从桌下递给克洛西，附给克洛西一张纸，又从克洛西手中取过先生叫他抄写的每月例话《爸爸的看护者》的稿子来，说要替克洛西代写。还把一个钢笔头塞入克洛西的掌里，拍了拍他的肩膀。代洛西叫我对刚刚所说的务必严守秘密。下课的时候，代洛西急忙对我说：

“昨天克洛西的父亲曾来接他的儿子，今天也会来吧？”

我们走到大路口，看见克洛西的父亲站立在路旁，黑色的胡须，头发已有点花白，穿着粗布的衣服。那没有光彩的脸看上去好像正在沉思。代洛西故意去握了克洛西的手，大声地说：

“克洛西！再会！”说着用手托了托克洛西的下巴，我也照样做了一遍。

可是这时，我和代洛西眼眶都有些红了。克洛西的父亲亲切地看着我们，脸上却呈现出若干不安和疑惑的神色，我们觉得好像胸口被浇了冷水似的冷了一下！

爸爸的看护者

（每月例话）

正当三月中旬，春雨绵绵的一个早晨，有一位乡下少年浑身沾满泥水，一只手抱着替换用的衣包，到了耐普尔斯市某著名的医院门口，把一封信递给门卫，说要去见他刚入院的父亲。少年长着一张圆脸，面色青黑，眼里好像在沉思着什么，厚厚的两唇间露出雪白的牙齿。他父亲去年离开本国到法兰西去做工，前日回到意大利，在耐普尔斯登陆后忽然患病住进了这家医院，然后写信给他的妻子，告诉她自己已经回国和因病入院的事。妻子得信后很是担心，因为有一个儿子也正在病着，还有一个正在哺乳的幼儿，不能分身，不得已叫了最大的儿子到耐普尔斯来探望父亲。少年天明动身，步行了三十英里才到这里。

门卫把信大略瞥了一眼，就叫了一个护士来，托她领少年进去。

“你父亲叫什么名字？”护士问。

少年恐病人已有了变故，暗自焦急，战栗着说出他父亲的姓名。

护士一时记不起他所说的姓名，再问：

“是从外国回来的老年职工吗？”

“是的，职工呢原是职工，老还不十分老，最近从外国回来。”少年说时更加担心。

“几时入院的？”

“五天以前。”少年看了信上的日期说。

护士想了一想，好像突然记起来了，说："是了，是了，在第四号病室中靠窗的床位上。"

"病得很厉害吗？怎么样？"少年焦急地问。

护士注视着少年，不回答他，只是说："跟我来！"

少年跟护士上了楼梯，到了长廊尽处一间很大的病室里，病床分左右排列着。"请进来。"护士说。少年鼓着勇气进去，但见左右的病人都脸色发青，骨瘦如柴。有的闭着眼，有的向上凝视，又有的像小孩似的在那里哭泣。黑暗的屋里充满了药味，两个护士拿了药瓶匆忙地走来走去。

到了屋里的一角，护士立在病床的前面，扯开了床帘说："就是这里。"

少年哭了出来，急把包裹放下，将头靠近病人的肩，一手去握那露在外面的手。病人只是不动。

少年站立起来，看着病人的状态又哭泣起来。病人忽然把眼睛睁开，注视着少年，似乎有些知觉了，可是仍没开口。病人很瘦，看上去几乎已认不出是不是他的父亲，头发也白了，胡须也长了，脸肿胀而青黑，好像皮肤要破裂了一样。眼睛缩小了，嘴唇变厚了，全然不像父亲平日的样子，只有面孔的轮廓和眉间还似乎有些像是父亲，呼吸已是很微弱。少年叫道：

"爸爸！爸爸！是我呢，你知道吗？是西西洛呢！母亲自己不能来，叫我来迎接你。请你看向我。你知道吗？跟我说句话吧！"

病人对少年看了一会儿，又把眼闭拢了。

"爸爸！爸爸！你怎么了？我就是你儿子西西洛啊！"

病人仍不动，只是艰难地呼吸。少年哭泣着坐在椅子上等待，眼睛牢牢地注视着他父亲。他想：医生想必快来了，那时就可知道详情了。一面又独自悲哀地沉思，想起父亲的种种情形来。想起去年送他下船，在船上分别的光景，他说赚了钱就回来，全家一起欢乐等待的情形。想到接到信后母亲的悲愁，以及父亲如果死去的情形……都一一在眼前闪过，连父亲死后，母亲穿了丧服和一家哭泣的样子，也在心中浮现出了。正沉思间，突然觉得有人用手轻轻地拍他的肩膀，抬头一看，原来是护士。

“我父亲怎么了？”他很急地问。

“这是你的父亲吗？”护士亲切地反问。

“是的，我是来服侍他的，我父亲患的什么病？”

“不要担心，医生就要来了。”她说着走了，别的也没说什么。

过了半小时，铃声一响，医生和助手从屋的那面来了，后面跟着两个护士。医生按病床的顺序一一诊察，费去了不少工夫。医生越靠近来，西西洛忧虑也越重，终于诊察到隔壁的病床了。医生是个身子长，而且背微微弯曲的诚实的老人。西西洛不待医生过来，就站了起来。等医生走到他身旁，他忍不住哭了。医生注视着他。

“这是这位病人的儿子，今天早晨从乡下来的。”护士说。

医生一手搭在少年肩上，向病人俯身检查脉搏，手摸着额头，又向护士问了问经过。

“也没有什么特别变化，仍旧照前调理就是了。”医生对护士说。

“我父亲怎么样？”少年鼓了勇气，咽着泪问。

医生又将手放在少年肩上：

“不要担心！脸上发了丹毒了。虽是很厉害，但还有希望。请你当心服侍他！有你在旁边，真是再好不过了。”

“但是，我和他说话，他有一些不明白呢。”少年急迫地说。

“会明白的。总之，病是应该有救的，请不要伤心！”医生安慰他说。

西西洛还有话想问，只是说不出来，医生就走了。

从此，西西洛就一心服侍他爸爸。别的不会做，就替病人整整被子，或是时常用手去摸病体，或者去赶苍蝇，或是听到病人呻吟时注视病人的脸色，或是护士送来汤药就取了勺子代喂。病人时时张眼看西西洛，好像仍不明白，不过每次注视他的时间渐渐地长了些。西西洛用手帕遮住眼睛哭泣的时候，病人总是凝视着他。

这样过了一天，到了晚上，西西洛拿两把椅子在室隅(yú)①拼着当床睡了，天亮就起来看护。这天看病人的眼色好像有些省人事了，西西洛说种种安慰的话给病人听，病人在眼中似乎露出感谢的神情来。有一次，竟把嘴唇微动，好像要说什么话，又暂时昏睡了去，忽又张开眼睛来寻找看护他的人。医生来看过两次，说觉得好了些了。傍晚，西西洛把茶杯拿近病人嘴边去的时候，那唇间已露出微微的笑影。西西洛自己也高兴了些，和病人说种种的话，把母亲的事情，姊妹们的事情，以及平日盼望爸爸回国的情形等都说给他听，又用了深情的言语劝慰病人。病人懂吗？不懂吗？这样疑怪的时候也有，但总继续和病人说。不管病人懂不懂西西洛的话，他似乎很喜欢听西西洛深

---

①室隅：是两堵墙相接处的凹角。

情的含着眼泪的声音，所以总是侧耳听着。

第二日，第三日，第四日，都这样过去了。病人的病势才觉得好了一些，忽而又变坏起来，反复不定。西西洛尽了心力服侍。护士每日两次送面包或干酪(lào)来，他只略微吃些就算，除了病人，什么都如不见不闻。像患者之中突然有危笃(dǔ)①的人了，护士深夜跑来，访病的亲友聚在一处痛哭之类病院中惨痛的光景，他也竟不留意。每日每时，他只一心对付着爸爸的病，无论是轻微的呻吟，或是病人的眼色略有变化，他都会心悸(jì)起来。有时觉得略有希望，可以安心；有时又觉得难免失望，如冷水浇心，使他陷入烦闷。

到了第五日，病情忽然沉重起来，去问医生，医生也摇着头，表示难望有救，西西洛倒在椅下啜(chuò)泣。可以使人宽心的是病人的病虽转重，神志却似乎清了许多。他热心地看着西西洛，露出欢悦的脸色来，不论药物饮食，别人喂他都不肯吃，除了西西洛。有时口唇也会动，似乎想说什么。见病人这样，西西洛就去扳住他的手，很快活地这样说：

"爸爸！好好地，就快痊愈了！就能回到母亲那里去了！快了！好好地！"

这日下午四点钟光景，西西洛依旧在那里独自流泪，忽然听见室外有足音，同时又听见这样的话声：

"阿姐！再会！"这话声使西西洛惊跳了起来，暂时勉强地把已在喉头的叫声抑住。

这时，一个手里缠着绑带的人走进室中来，后面有一个护

---

①危笃：危险而急迫，形容病情危急。

士跟着送他。西西洛立在那里，发出尖锐的叫声，那人回头一看，也叫了起来："西西洛！"西西洛箭也似的跑到他身旁。

西西洛伏倒在他父亲的腕上，情不自禁地啜泣。

护士都围拢来，大家惊怪。西西洛还是泣着。父亲吻了儿子几次，又注视了那病人。

"呀！西西洛！这从哪里说起？你错到别人那里了！母亲来信说已差你到病院来了，等了你好久都没来，我不知怎样地担忧啊！啊！西西洛！你几时来的？为什么会有这样的错误？我已经痊愈了，母亲好吗？孔赛德拉呢？小宝宝呢？大家怎样？我现在正要出院哩！一起回去吧！啊！天啊！谁知道竟有这样的事！"

西西洛想说家里的情形，可是竟说不出话。

"啊！快活！快活！我曾病得很危险呢！"父亲不断地吻着儿子，可是儿子只站着不动。

"走吧！今夜还可以赶到家里呢。"父亲说着，拉了儿子要走。西西洛回视那病人。

"什么？你不回去吗？"父亲怪异地催促。

西西洛又回顾病人。病人也张大了眼注视着西西洛。这时，西西洛不觉从心坎里流出这样的话来：

"不是，爸爸！请等我一等！我不能回去！那个爸爸啊！我在这里住了五日了，将他当作爸爸了。我可怜他，你看他在那样地看着我啊！什么都是我喂他吃的。他没有我是不成的。他病得很危险，请等我一会儿，今天我无论如何不能回去。明天回去吧，等我一等。我不能弃了他走。你看，他在那样地看我呢！他不知是什么地方人，我走，他就要独自一个人死在这里了！爸爸！暂时请让我再留在这里吧！”

“好个勇敢的孩子！”周围的人都齐声说。

父亲一时决定不下，看看儿子，又看看那病人。问周围的人：“这人是谁？”

“同你一样，也是个乡间人，新从外国回来，恰好和你同日进院。送进病院来的时候什么都不知道，话也不会说了。家里的人大概都在远处。他将你的儿子当作自己的儿子呢。”

病人仍看着西西洛。

“那么你留在这里吧。”父亲向他儿子说。

“也不必留很久了。”那护士低声说。

“留着吧！你真亲切！我先回去，好叫母亲放心。这两块钱给你作零用。那么，再会！”说毕，吻了儿子的额头，就出去了。

西西洛回到病床旁边，病人似乎就安心了。西西洛仍旧从事看护，哭是已经不哭了，热心与忍耐仍不减于从前。递药呀，整理枕被呀，手去抚摸呀，用言语安慰他呀，从日到夜，一直陪在他旁边。到了次日，病人渐渐危笃，呻吟苦闷，热度骤然加增。傍晚，医生说恐怕难过今夜。西西洛越加注意，眼不离病人，病人也只管看着西西洛，时时动着口唇，像要说什么话。眼神也很和善，只是眼瞳(tóng)渐渐缩小而且昏暗起来了。西西洛那夜彻夜服侍他。天将明的时候，护士来，一见病人的光景，急忙跑去。过了一会儿，护士就带了助手来。

“已在断气了。”助手说。

西西洛去握病人的手，病人张开眼向西西洛看了一看，就把眼闭了。

这时，西西洛觉得病人在紧握他的手，喊叫着说：“他紧握着我的手呢！”

助手俯身下去观察病人，不久即又仰起。

“死了！”西西洛叫着说。

“回去吧，你的事完了。你这样的人是有神保护的，将来应得幸福，快回去吧！”助手说。

护士把窗上养着的堇(jǐn)花取下交给西西洛：

“没有可以送你的东西，请拿了这花去当作病院的纪念吧！”

“谢谢！”西西洛一手接了花，一手拭泪。“但是，我要走远路呢，花要枯掉的。”说着将花分开了散给了病床四周的人：“把这留下当作纪念吧！谢谢，阿姐！谢谢，先生！”又向着死者：“再会！……”

正说出口时，忽然想到应如何称呼他？西西洛踌躇了一会儿，想起五日来叫惯了的称呼，不觉就脱口而出：

“再会！爸爸！”说着取了衣包，忍住了疲劳，慢慢地出去。天已亮了。

铁工场

（十八日）

泼来可西昨晚来约我去铁工场，今天父亲就领我到泼来可西父亲的工场里去了。我们将要到工场时，见卡洛斐抱了个包从里边跑出来，口袋里又藏着许多东西，用外套罩着。哦！我知道了，卡洛斐时常用铁屑去换废纸，原来是从这里拿去的！

走到铁工场门口，泼来可西正坐在瓦砖堆上，把书摆在膝盖上用功呢。他一见我们，就立刻起身招呼。铁工场宽大，里面到处都是炭和灰，还有各式各样的锤子、钳子、铁棒及旧铁一类的东西。屋的一角烧着小小的炉子，有一少年在拉风箱。泼来可西的父亲站在铁砧(zhēn)①面前，另一年轻的汉子正把铁棒插入炉中。那铁匠一见我们，脱去帽子，微笑着说："难得请过来，这位就是送小火车的哥儿！想看看我做工吧，就做给你看。"以前他那种怕人的神气，凶恶的眼光，已经没有了。年轻的汉子将赤红的铁棒取出，铁匠就在砧上敲打起来。做的是一个栏杆，他用大大的锤把铁向各方移动、各方敲打。一瞬间，那铁棒就弯成花瓣模样，其手段的纯熟真令人佩服。泼来可西很得意似的看着我们，好像是在说："你们看！我的父亲真能干啊！"铁匠把这个做成以后拿给我们看："如何？哥儿！你可知道做法了吧？"说着把它安放在一旁，另取一个新的铁棒插入炉里。"做得真好！"父亲说，"你如此劳动，已恢复了从前的元气吧？"

铁匠略红了脸，拭着汗：

"已能像从前一样一心劳动了。我能改好，你知道是谁的功劳？"

父亲似乎一时不明白他的问话，铁匠用手指着自己的儿子：

"全然托了这家伙的福！做父亲的只管自己喝酒，像待狗样地虐待他，他却用了功把父亲的名誉恢复了！我看见那奖牌的时候——喂！小家伙！走过来给你父亲看看！"

泼来可西跑近父亲身旁，铁匠将儿子抱到铁砧上，拉着他

---

①铁砧：锤砸东西时垫在地下的器具。

的两手说：

“喂！你这家伙！还不把你父亲的脸擦一下吗？”

泼来可西去吻他父亲黝黑的脸庞，把自己的脸也弄黑了。

“好！”铁匠说着把儿子从砧上抱下。

“真的！这真好哩！泼来可西！”我父亲欢喜地说。

我们辞别了铁匠父子出来。泼来可西跑近我，说了一句“对不起！”说完将一把小钉子塞入我的口袋里。我约泼来可西狂欢节的时候到我家里来玩。

到了街上，父亲和我说：

“你曾把那火车给了泼来可西。其实，那火车即使是用黄金制成，里面装满了珍珠，跟那孩子的孝行来对比，也是很轻微的赠品呢！”

小小的卖艺者

（二十日）

狂欢节快过完了，街市上非常热闹。空地上到处都搭着变戏法或说书的棚子。我们家的窗下也有一个布棚，是从威尼斯来的马戏班，他们带了五匹马在这里卖艺，搭的棚设于空地的中央，一旁停着三辆马车，卖艺的睡觉、打扮，都在这车里，竟像是三间房子，不过附有轮子罢了。马车上都有窗子，又都有烟囱，不断地冒着烟。窗间晒着婴儿的衣服，女人有时抱了婴孩哺乳，有时做食物，有时还要表演走钢丝。可怜！平常说起变戏法的好像不是人，其实他们是把娱乐供给了人们，很正直地在过日子哩！

啊！他们是何等辛苦啊！在这样的寒天，终日只穿着一件单衣在布棚与马车间奔走，只能站着身子吃一口食物。棚里观众聚起来了以后，如果一时起了风，把绳吹断了或是把灯吹灭了，一切就都完了！他们要退还观众的钱，向观众道歉，再连夜把棚子修好。

这戏法班中有两个小孩，其中小的一个在空地里行走的时候，我父亲看见他就知道他是这戏班班头的儿子，现在已经长大了许多，大约有八岁了吧。他生着聪明的圆脸，乌黑的头发露在圆锥形帽子的外边，小丑样打扮，上衣的袖子是白的，衣上绣着黑的花样，脚上是布鞋子，那真是一个快活的小孩，大家都喜欢他。他什么都会做，早晨起来披了围巾去拿牛乳呀，从租的马房里牵出马来呀，管小孩呀，搬运铁圈、凳子、棍棒及线网呀，清扫马车呀，点灯呀等都能做。空闲的时候就缠在母亲身边。我父亲时常从窗口看他，只管说起他。据说他的双亲很爱他。

晚上，我们到棚里去看戏法。这天颇寒冷，看客不多。可是那孩子想要使这少数的看客欢喜，非常卖力，他或从高处飞跳下地，或拉住马的尾巴，或独自走钢绳，并且还在那张可爱的黑脸上浮出微笑来唱歌。他父亲套着红色的外衣和白色的裤子，穿着长靴，拿着鞭

子看自己儿子玩把戏，脸上似乎带着悲容。

我父亲很可怜那小孩子，第二天，他和来访的画家代利斯谈起：

“他们一家真是拼命地劳动，可是生意不好，很困苦！尤其是那小孩子，我很喜欢他。可有什么办法可以帮助他们的吗？”

画家拍着手：

“我想到了一个好方法了！请你写些文章投寄给《格射谛报》。你是能作文章的，可将那小艺人的绝技巧妙地描写出来。我来替那孩子画一幅肖像。《格射谛报》是没有人不看的，他们的生意立刻就会兴隆。”

父亲于是开始执笔写作，把我们从窗口所看见的情形很有趣、很动人地写了下来。画家又画了一张与真实面目无二的肖像，登了星期六晚报。果然，第二天看戏的观众大增，场中几乎没有立足的地方。观众手里都拿着《格射谛报》，有的还给那孩子看。孩子欢喜得跳来跳去，班头也非常开心，因为他们的名字不曾被登过报。父亲坐在我的旁边，观众中有许多相识的人，靠近入口是体育老师在站着，就是那当过格里波底将军部下的那位。在我的对面“小石匠”正翘着小小的圆脸靠在他那高大的父亲身旁。他一看见我，立刻装出鬼脸来。再那面站着的是卡洛斐，他正掰着手指在那里计算观众与票钱的数目哩。靠我们近旁处的是那可怜的洛佩谛，他正倚在炮兵大尉的父亲身上，两膝间放着拐杖。

你知道吗

格里波底全名朱塞佩·加里波第，是意大利民族解放运动领袖哦。

好戏开场了。那小艺人在马上、踏凳上、绳上，演出各样的绝技。他每次飞跃下地，观众都拍手，还有的去摸他的头。别的艺人也轮流献出种种的本领。可是观众的心目中都只有他，他不出场的时候，观众都像很厌倦似的。

过了一会儿，站在靠近入口处的体育老师靠近了班头的耳朵，不知说了些什么，又寻人似的四处回顾，最终看向我们。大约他在把新闻纪事的投稿者是谁报告给班头吧。父亲似乎怕受他们感谢，对我说："安利柯！你在这里看吧，我到外面等你。"就出去了。

那孩子和他父亲交谈了一会儿，又来献种种的技艺。他立在飞奔的马上，装出朝拜者、水手、士兵及走钢绳的样子来，每次经过我面前时，总向我看。一下了马，就手拿小丑的帽子在场内走圈子，观众有的投钱在里面，也有投水果的。我正预备着两个铜圆想等他来时给他，不料他走到我近旁，不但不把帽子拿出，反而缩了回去，眼睛注视着我走过去了。我很不高兴，心想，他为什么如此呢？

表演完毕，班头向观众道谢后，大家都起身挤出场外。我被挤在群众中，正出场门的时候，觉得有人触到我的手。回头去看，原来就是那小艺人。小小的黑脸上垂着黑发，他正向我微笑，手里捧满了果子。我见了他那样子，方才明白他的意思。

"你不肯稍微取些果子吗？"他用他的土音说。

我点了点头，取了两三个。

狂欢节的最后一天

（二十一日）

今天化装行列通过时，发生了一件非常悲惨的事情，幸而没有造成什么意外的灾祸。桑·卡洛广场的空地上聚集了不知多少用红花、白花、黄花装饰着的人。各色各样的化装队伍来来往往巡游，队伍里有装饰成棚子的马车，有小小的舞台，还有搭载着小丑、士兵、厨师、水手、牧羊人等的船，令人看都看不过来。喇叭声、鼓声几乎要把人的耳朵震聋。马车中的化装队或饮酒跳跃，或和行人及在窗上望着的人们打招呼。同时对方也竭力大声回答，有的还投掷橘子、果子给他们。在游行马车上、群众的头顶上，到处能看见飞扬着的旗帜、闪闪发光的帽子以及摇摇摆摆的纸糊的头盔(kuī)。大喇叭呀、小鼓呀几乎闹得天翻地覆。当我们的马车进入空地时，恰好前面有一辆四匹马拉的马车，马上都戴着金镶的马具，并且用纸花装饰着。车中有十四五个绅士，都扮成法兰西的贵族，穿着发光的绸衣，头上戴着白发头套和有羽毛的帽子，腰间挂着小剑，胸间用花边、流苏等装饰着，样子很是好看。他们一起唱着法兰西歌曲，还把果子投给群众，群众都拍手喝彩起来。

这时，突然有一个男子从我们的左边过来，两手抱了一个五六岁的小女孩。小女孩被高高地举出群众头顶，那女孩已哭得不成样子，全身痉挛(jìng luán)着，两手战栗着。男子挤到绅士们的马车旁，见车中一个绅士俯身看着他，他就大声说：

“替我接了这小孩。她迷了路。请你将她高举起来。母亲大概就在这附近，就会寻着她了。除此也没有别的办法！”

绅士抱过小孩，其他的绅士们也不再唱歌了。小孩拼命地哭着，绅士把假面摘了，马车缓缓地前进。

事后听说，这时广场的另一边有一个贫穷的妇人，正发狂似的向群众中挤来挤去，哭喊着：“玛利亚！玛利亚！我看不见女儿了！被拐了去了！被人踏死了！”

她这样狂哭了好一会儿，被群众挤来挤去，着急死了。

车上的绅士把小孩抱在他那用花边、流苏装饰着的胸前，一边向四方寻找，一边哄着小孩。小孩不知自己落在了什么地方，用手遮住了脸，哭得几乎要把小胸膛胀破了。这哭声似乎击打着绅士的心，把绅士急得手足无措。其余的绅士们也都把果子、橘子塞给小孩，小孩却用手推拒，哭得愈加厉害了。

绅士向着群众叫说：“替我找找那母亲！”大家向四方留心察看，总不见有像她母亲的人。一直到了罗马街，才看见有一个妇人向马车追赶过来。啊！那时的情景，我永远不会忘记！那妇人已不像个人样，头发也乱了，脸也歪了，衣服也破了，喉咙间发出一种怪异的声音——差不多分辨不出是快乐的声音还是苦闷的声音。她奔近车前，突然伸出两手想去抱那小孩，马车停止了。

“在这里呢。”绅士说了将小孩吻了一下，递到母亲手里。母亲发狂似的将她抱着贴紧在胸前，可是小孩的一只手还在绅士的手里。绅士从自己的右手上脱下一个镶金刚石的指环来，很快套在小孩手指上：

“将这给你吧，当作将来的嫁妆吧。”

那做母亲的呆了，化石般立着不动，四面八方响起了群众的喝彩声。绅士于是重新把假面具戴上，同伴又唱起歌来，马车慢慢地从拍手喝彩声中离开了。

盲　童

（二十四日）

我们的先生生了大病，五年级的先生来代课了。这位先生以前曾经做过盲童学校的教师，是学校里年纪最大的先生，头发白得像棉花做成的假发，说话的调子很妙，好像在唱歌。而且，他讲话很巧妙，还熟悉各种人情世故。他一进教室，看见一个眼睛上缚着绷带的小孩，就走到他的身旁去问他情况。

“眼睛是要注意的！我的孩子啊！”他这样说。

“听说先生在盲童学校教过书，真的吗？”于是代洛西问先生。

“嗯，教过四五年。”

“可以将那里的情形讲给我们听听吗？”代洛西低声说。

先生回到自己的位上。

“盲童学校在维亚尼塞街哩。”可莱谛大声说。

先生于是静静地开口了：

“你们说‘盲童，盲童’，好像很平常。你们懂得‘盲’字的意味吗？请想想看，盲！什么都看不见，昼夜也不能分别，天的颜色，太阳的光，自己父母的面貌，以及自己周围的东西，自己手所碰着的东西，一切都不能看见。说起来竟好像一出世就被埋在土里，永久住在黑暗之中。啊！你们暂时把眼睛闭上，想象终身都非这样不可的情境看看！你们就会觉得心里难过起来，可怕起来吧！觉得无论怎样也忍耐不住，要哭泣起来，甚至发狂而死吧！可即便如此，你们初到盲童学校的时候，在休息的时间中，还是可以看见盲童在这里那里拉提琴呀、奏笛呀，大踏步地上下楼梯呀，在廊下或寝室奔跑呀，大声地互相谈话呀，你们也许觉得他们的境遇并不怎样不幸吧。其实，真正的情况非用心细察是不会明白的。他们在十六七岁之间，大多年少气盛，好像不怎么以自己的残废为痛苦。可是，越看了他们那种神情，我们就越知道等到将来他们觉悟到自己的不幸时会多么难过啊！其中也有一些可怜的脸色发青的人似乎已觉悟到自己的不幸，他们总表现出悲伤的样子，我们可以想见他们一定有暗自哭泣的时候。啊！各位！那里面有位患了两三日眼病就盲了的；也有经过几年的病痛，接受了可怕的手术，最终还是盲了的；还有一出世就盲的，竟像是出生于黑夜的世界，完全生活在一个大坟墓之中。他们不曾见过人的脸是怎样的。你们试想：他们一想到自己与别人的差别，自己问自己，‘为什么有差别？啊！如果我们眼睛是亮的……’的时候，将怎样苦闷啊！怎样烦恼啊！”

“在盲童学校生活过几年的我，永远记得那些闭锁着眼的无光明无欢乐的小孩们。现在见了你们，觉得你们之中无论哪一个都不能说是不幸的。试想：意大利全国有两万六千个盲人啊！就是说，不能见光明的有两万六千人啊！知道吗？如果这些人排成行列在这窗口通过，要花费四个小时的时间哩！”

先生讲到此，把话停了，教室立刻肃静。代洛西问：“盲人的感觉，说是比一般人灵敏，真的吗？”

先生说：

“是的，眼以外的感觉是很灵敏的。因为无眼可用，就用别的感觉来代替眼睛，当然是会特别熟练了。天一亮，寝室里的一个盲童就问。‘今天有太阳吧！’那最早穿好了衣服的孩子就跑到院里，用手在空中查察日光，跑回来回答说：‘有太阳的。’盲童还能听话声辨别出说话的人的高矮来。我们平常都是从眼色上去看别人的心，他们却听了声音就能知道。他们能把人的声音记忆好几年。一屋之中，只要有一个人在那里说话，其余的人虽不作声，他们也能辨别出屋里的人数来。他们能根据碰勺子就知其发光的程度，女孩子则能分辨出染过的毛线与没染过的毛线。排成两列在街上行走的时候，他们能因气味就知道哪家是普通的商店。陀螺旋转的时候，他们只听了那‘呜呜’的声音，就能一直走过去取在手里。他们能滚铁环、跳绳、用小石块堆筑屋子，还能采花，用各种草很巧妙地编成席或篮子。他们的触觉练习很敏捷，触觉就是他们的视觉。他们最喜欢触摸物品的形状，领他们到工业品陈列所去的时候，那里是许可他们摸索一切的，他们就热情地奔去捉摸那陈列的几何形体呀、房屋模型呀、乐器呀等诸如此类的东西，用着惊喜的神气从各方面去抚摸，或是把东西都翻个身，探测其构造的式样！在他们这叫作‘看’。”

卡洛斐把先生的话头打断，问盲人是否真的精于计算。

“真的啰。他们也学算法与读法。读本也有，那文字是突出在纸上的，他们用手摸着读，读得很快呢！他们也能写，只是不用墨水，用针在厚纸上刺成小孔，那小孔的排列式样，就可代表各个字母。只要把厚纸翻身，

你知道吗

盲文是1824年由法国盲人路易·布莱叶根据拉丁字母创造的，中国的盲文是黄乃以汉语拼音文字创造的。

那小孔就突出在背后，可以摸着读了。他们用这种方法写作、通信，数字也用此来计算。他们心算很巧，这是眼睛一无所见、心专一了的缘故。盲孩读书很热心，一心把它记熟，连小小的学生也能互相议论历史、国语上的事情。四五个人在长椅上坐了，彼此看不见谈话的对手在哪里，第一位与第三位组成了一组，第二位与第四位又成了一组，大家提高了声音间隔着同时谈话，一句都不会误听。”

“盲童比你们更看重试验，与先生也很亲近。他们能凭借脚步声与气味认识先生。只听了先生一句话，就能辨别先生心里是高兴还是懊恼。先生称赞他们的时候，都来扳着先生的手或胳膊，高兴又快乐。他们的同伴友情也好，总在一处玩耍。在女子学校中，还根据乐器的种类自己结成团体，有什么提琴组、钢琴组、管乐组，各自集在一处玩，要使她们分离可不是容易的事。他们判断也正确，善恶见解也明白，听到真正善行的话，会发出惊人的热情来。”

华梯尼问他们是不是善于使用乐器。

“他们非常喜欢音乐，弄音乐是他们的快乐，音乐是他们的生命。才入学的小小的盲孩站着听三小时的演奏，他们就能立刻学会，而且会用火一样的热情去演奏。如果对他们说‘你演奏得不好’，他们就很失望，因此更拼了命去学习。每每都把头后仰了，嘴上绽着微笑，红了脸，很激动，在那黑暗中全神贯注地听着和谐的曲调。你们见了他们那种神情，就可知音乐是何等神圣的安慰了。如果对他们说‘你可以成为音乐家’，他们就会发出欢声、露出笑脸来。提琴拉得最好或是钢琴弹得最好的人，被大家敬爱得有如王侯。一碰到争执，就一同到他那里求他批判，跟他学音乐的小学生把他当作父亲一样看待，晚上睡觉的时候，大家都要对他说了‘请安息’才去睡。他们一味谈着音乐的话，夜间在床上固然这样，日间疲劳得要打盹的时候，也仍用了小声谈论音乐剧、音乐家、乐器或乐队的事。禁止读书与禁止音乐，对他们来说是最严重的处罚，那种悲哀使人见了都不忍再将那种处罚加于他们。好像光明在我们的眼睛里是不能缺的东西一样，音乐在他们那里也是不能缺的东西。”

代洛西问：“我们可以到盲童学校里去看吗？”

“可以去看的。但是现在还是不去的好。要等到你们对他们的不幸有了彻底的了解，对他们抱有深切的同情时才能去。那会让你们难过，孩子们。你们只要经过盲童学校，常可看见有小孩坐在窗口，一点不动地享受着新鲜空气。平常看去，好像他们正在眺望那开阔的绿野或苍翠的山峰，然而一想到他们什么都不能见，永远不能见这美的自然，这时你们的心就好像受了压迫，觉得你们自己也成了盲人了。其中生出来就盲了的因为从未见过世界，苦痛也就轻些。至于两三月前新盲了的，心里记着各种事情，明明地知道现在都已不能再见了，并且记在心中的可喜的印象也逐日地消退下去，自己所爱的人的面影渐渐退出记忆之外，就觉得自己的心一日一日地黑暗了。有一天，有一个非常悲哀的孩子和我说：‘就是一瞬间也好，让我眼睛再亮一亮，再看看我母亲的脸，我已记不清母亲的面貌了！’母亲们来看望他们的时候，他们就将手放在母亲的脸上，从额头至耳朵，处处抚摸，还反复地呼喊着：‘母亲，母亲！’见了那种光景，心怎样硬的人也不能不流着泪走开！离开那里，觉得自己的眼睛能看见，实在是一件多么幸运的事！觉得能看得见人脸、房屋、天空，是过分的特权了啊！我料想你们见了他们，如果可以，谁都宁愿分出自己的一部分视力来给那些太阳不替他们发光、看不到母亲面容的可怜的孩子们吧！”

病中的先生

（二十五日）

今日下午从学校回来，顺便去看望先生。先生是因过于劳累得病的，每日教五小时的课，运动一小时，再去夜校上课两小时，吃饭只是草草地吞咽，从早到晚一直没有休息，所以把身体弄坏了，这些都是母亲说给我听的。母亲在先生家门口等我，我一个人进去，在楼梯间看见黑发的考谛先生，他就是位只吓唬小孩从不加罚的先生。他张大了眼看着我，毫无笑容地用了狮子样的声音开玩笑。我觉得可笑，一直到四楼去按门铃的时候还是在笑着。仆人把我带进那狭小阴暗的房间里时，我才停止了笑。先生卧在铁制的床上，胡须长长的，一只手遮在眼旁。看见了我，他用含着深情的声音说：

“啊！安利柯吗？”

我走近床前，先生一手搭在我的肩上：

“来得很好！安利柯！我已病得这样了！学校里怎样？你们大家怎样？好吗？啊！我虽不在那里，先生虽不在那里，你们也可以好好地用功的，不是吗？”

我想回答说“不”，先生拦住了我的话头：

“是的，是的，你们都看重我的！”说着叹息了一下。

我的眼看着墙上挂着的许多相片。

“你看见了吗？”先生说给我听，“这都是二十年前的，都是我所教过的孩子呢。个个都是好孩子，这就是我的纪念品。我预备将来死的时候，看着这许多相片断气。我的一生是在这帮勇敢淘气的孩子中度过了的。你如果毕了业，也请送我一张相片！能送我吗？”说着他从桌上取过一个橘子塞在我手里，又说：

“没有什么给你的东西，这是别人送来的。”

我凝视着橘子，不觉悲伤起来，自己也不知道为什么。

“我和你讲，”先生又说，“我还盼望病好起来，万一我病不好，希望你用心学习算术，因为你算术不好。要好好地用功啊！困难只在开始的时候，世上绝没有做不到的事。所谓不能，无非是用力不足的缘故罢了。”

这时先生呼吸急促起来，神情很痛苦。

“发热呢！”先生叹息说，“我差不多是没用了！所以期望你将算术、习题好好地做！做不出的时候，暂时休息一下再做，要一一地做，但是不要心急！勉强是不好的，不要过于拼命！快回去吧！向你母亲问好！不要再

来了！将来在学校里再见吧！如果不能再见面，你要时时记起我这爱着你的四年级的先生啊！”

我要哭了。

“把头伸过来些！”先生说了自己也从枕上翘起头来，在我头发上吻了一下，并且说：“可以回去了！”就将头转向了墙壁。我飞快地跑下了楼梯，急于想投到母亲的怀里去。

街 道

（二十五日）

今日你从先生家里回来，我在窗口望你，你碰撞了一位妇人。走路最要当心呀！在路上也有我们应守的义务，既然知道在家样子要好，那么在路上也同样。道路就是万人的家呢！安利柯不要把这忘了！遇见老人、贫困者、抱着小孩的妇人、拄着拐杖的瘸腿的人、背着重物的人、穿着丧服的人总要亲切地让路。我们对于衰老、不幸、残废、劳动和慈爱的母亲应表示敬意。见人将被车子碾(niǎn)轧的时候，如果是小孩，应去救援他；如果是大人，应注意关照他。见有小孩独自在那里哭，要问他原因；见老人手杖落了，要替他拾起；有小孩在打架，要把他们拉开；如果是大人，不要靠近。暴乱人们是看不得的，看了自己也不觉会残忍起来了。有人被警察抓住了走过的时候，虽然有许多人聚在那里看，你也不该加入，因为那人或是冤枉被抓也说不定。如果有医院的担架正在通过，不要和朋友谈天或笑，因为在担架上的或是临终的病人，或是正要办丧事的人都说不定。明天自己家里或许也要有这样的人哩！遇着排成两列走的福利院的小孩，要表示敬意。无论所见的是盲人，还是驼背的小孩，是孤儿，或是弃儿，都要想到此刻我眼前通过的不是别的，是人间的不幸与慈善。如果那是可厌可笑的残废者，装作看不见就好了。路上有未熄的火柴梗(gěng)，应随即踩熄，因为弄得不好要酿成大事，伤害人的生命。有人问你路，你应亲切而仔细地告诉他。在路上不要奔跑或高叫。

总之，道路是应该尊敬的，一国国民的教育程度可以从街上行人的举动看出来。如果在街上有不好的样子，在家里也必定同样有不好的样子。

还有，研究城市街道的事，也很重要，自己所住着的城市，应该加以研究。如果将来不得已离开了这个城市，还能把那地方明白记忆起来，能把某处某处一一都记出来，这是何等愉快的事呢！你的出生地是你许多年里的全部世界。你曾在这里随着母亲学步，在这里学得第一步的知识，养成最初的情绪，求觅最初的朋友。这地方实在是生你的母亲，它教过你，爱过你，保护过你。你要研究这街道及其居民，而且要爱。如果这街道和居民遭逢了侮辱，你应该竭力防御。

——父亲

三月

夜　校

（二日）

昨晚，父亲领我去参观夜校。校内已亮了灯，学员渐渐从四面聚集而来。进去一看，校长和别的先生们正在发怒，说方才有人投掷石子，把玻璃窗打破了。校工奔跑出去，从人群中捉了一个小孩。这时，住在对门的斯带地跑来说：

“不是他，我看见的。投掷石子的是勿兰谛。勿兰谛曾对我说：‘你如果说出去，我决不放过你！’但我不怕他。”

校长先生说勿兰谛非除名不可。这时，学员已聚集了二三百人。我觉得夜校真有趣，有十二岁光景的小孩，有才从工厂回来的留着胡须拿着书本和笔记本的大人，有木匠，有黑脸的伙大，有手上沾了石灰的石匠，有头发上满是面粉的面包店里的徒弟，还有漆的气息、皮革的气息、鱼的气息、油的气息……一切职业的气息都有。还有炮兵工厂的职工也穿了军服样的衣服大批地由队长率领着来了。大家都急忙寻着个座位，俯了头就用起功来。

有的翻开了笔记本到先生那里去请求解答，我看见那个平常被叫作“小律师”的穿美服的先生正被四五个学员围着用笔批改着什么。有一个染料店里的人把笔记本都用红色、青色的颜料装饰了起来，引得那跛脚的先生都笑了。我的先生病已初愈了，明日就可依旧授课了。教室的门是开着的，由外面可以望见一切，我看到上课以后，学员们眼睛都不离书本，那种热情真使我佩服。据校长说他们为了不迟到，大概都没有正式吃晚餐，有的甚至空着肚子来的。

可是过了半小时时间，年纪小的就要伏在桌上打盹了，有一个竟将头靠在椅子上睡去了，先生用笔杆触动他的耳朵，使他醒来。大人都不打瞌睡，只是目不转睛地张着口注意听讲。见了那些有了胡须的人坐在我们的小椅子上用功，真使我感动。我们又上楼去到了我这一班的教室门口，见我的座位上坐着一位大胡须的手上绑着绷带的人，手大概是在工厂中被机器轧伤了，正在慢慢地写字呢。

最有趣的是“小石匠”他高大的父亲，他就坐在“小石匠”的座位上，把椅子挤得满满的，托着头，一心地在那里看书。这不是偶然的，据说他第一夜到学校里来就和校长商量：

“校长先生！请让我坐在我们‘兔子头’的位子上吧！”他无论何时都称儿子为“兔子头”。

父亲一直陪我看到下课。走到街上，见妇人们都抱着儿女等着丈夫从夜校出来。在学校门口，丈夫从妻子手里抱过儿女，把书本和笔记本交到妻子手里，大家一起回家。一时街上满是人声，过了一会才渐渐静下来，最后只见校长那高长瘦削的身影在前面消失了。

打架

（五日）

这原是意料之中的事，勿兰谛被校长命令退学。勿兰谛想向斯地报仇，有意在路上等候斯带地。斯带地要每日到大街的女学校去领了妹妹回家，雪尔维姐姐一走出校门，见他们正在打架，就吓慌了逃回家里。据说情形是这样：勿兰谛把那蜡布帽子歪戴在左耳旁，悄悄地赶到斯带地背后，故意向后猛拉他妹妹的头发。他妹妹几乎要仰天跌倒，就哭叫了起来。斯带地回头一看是勿兰谛，勿兰谛的神色好像在说："我比你大得多，你这家伙是不敢作声的，如果你敢说什么，我就把你打倒。"

不料斯带地毫不害怕，他身材虽小，竟跳过去抓住敌人，举拳打去。但是他没有打着，反给敌人打了一顿。这时街上除了女学生没有别的人，没有人前去把他们拉开。勿兰谛把斯带地翻倒在地上，乱打乱踢。只一瞬间，斯带地耳朵也破了，眼睛也肿了，鼻子也流出血来。虽然这样，斯带地仍不屈服，怒骂着说：

"要杀就杀，我饶不了你！"

两人或上或下，互相扭打。一个女子从窗口叫道："但愿小的那个胜！"别的也叫说："他是保护妹妹的，打呀！打呀！打得再厉害些！"又骂勿兰谛："欺负弱小者！卑鄙的东西！"勿兰谛发狂似的扭着斯带地。

"服了吗？"

"不服！"

"服了吗？"

“不服！”

斯带地忽然掀起身来，拼命扑向勿兰谛，用尽力气把勿兰谛按倒在石阶上，自己骑在他身上。

“啊！这家伙带着小刀呢！”旁边一个男子叫着，跑过来想夺下勿兰谛的小刀。斯带地愤怒极了，已忘了自己，这时他用双手捉住敌人的手臂，咬他的手，小刀也就落下了。勿兰谛的手上流出血来，恰好有许多人跑来把二人拉开，勿兰谛狼狈地逃走了。斯带地满脸都是伤痕，一只眼睛漆黑，站在正哭着的妹妹身旁。有两三个小女孩替他把散落在街上的书册和笔记本拾起来。

“能干！能干！保护了妹妹。”旁人说。

斯带地把书包看得比打架的胜利还重。他将书本和笔记本等检查了一遍，看有没有遗失或破损的，用袖子擦过书又把钢笔的数目点过，仍旧放在原来的地方。然后像平常一样向妹妹说：

“快回去吧！我还有一门算术没有演算出来哩！”

学生的父母

（六日）

斯带地的父亲为了防止自己的儿子再遇着勿兰谛，今天特来迎接。其实勿兰谛已经被送进了教养院[①]，不会再出来了。

今天来了很多学生的父母。可莱谛的父亲也到了，他的容貌很像他儿子，是个瘦小敏捷、留着胡子的人，他上衣的纽扣中还戴着勋章。我差不多已把学生的父母个个都认全了，有一个弯了背的老妇人，孙子在上二年级，不管下雨下雪，每日总到学校里来走四次，替孩子穿外套呀、脱外套呀、整好领结呀、拍拍灰尘呀、整理笔记本呀。这位老妇人除了这孙子以外，对于世界恐怕已经没有别的念想了吧。还有那位被马车碾伤了脚的洛佩谛的炮兵大尉父亲，他也是常来的。洛佩谛的朋友回去时拥抱告别洛佩谛，他父亲就去拥抱他们，当作还礼，对着粗布衣服的贫穷小孩，他更加爱惜，总是向他们道谢。

也有很可怜的事：有一个绅士原是每天接儿子们来的，因为有个儿子死了，他一个月来只叫女仆代他接送。昨天他偶然来到学校，看见了他孩子以前的朋友，于是躲在屋角里用手掩着面哭了起来。校长看见了，就拉了他的手，一同到校长室里去了。

这许多父母中，有的能记住自己儿子所有朋友的姓名。隔壁的女校或中学的学生们，也有领了自己的弟弟来的。有一位以前曾做过上校的老绅士，见学生们有书本、笔记本掉落了，

①教养院：是劳动改造机关的一种。实施以教育改造为主、轻微劳动为辅的改造方式。

就代为拾起。在学校里，时常看见有衣服华美的绅士和头上包着手巾或是手上提着篮子的人，共同谈着儿子的事情，说什么：

“这次的算术题目很难哩！”

“那个文法课今天是教不完了。”

同级中如果有学生生病了，大家就会都知道。病一痊愈，大家就都欢喜。今天克洛西那卖野菜的母亲身边，围着十个左右的太太正在探问和我弟弟同班的一个孩子的病情。这孩子就住在克洛西家附近，正生着危险的病呢。在学校里，无论什么阶级的人，都成了平等的友人了。

七十八号犯人

（八日）

昨天午后遇见一件很感动的事。这四五天来，那个卖野菜的妇人遇到代洛西，总是用敬爱的眼光注视他。因为代洛西自从知道了那七十八号犯人和墨水瓶的事，就格外爱护那卖野菜妇人的儿子克洛西——那个一只手残废了的赤发小孩。他在学校里时常帮克洛西忙，克洛西不知道的代洛西就教给他，或是送他铅笔和纸。代洛西很同情他父亲的不幸，所以像爱护自己弟弟一般地爱护他。

这四五天中，卖野菜的母亲见了代洛西总是盯着他看。这母亲是个善良的妇人，是只为儿子而活的。代洛西是个绅士的儿子，又是班长，竟能那样爱护自己的儿子，在她看来，代洛西已成了王侯或是圣人那样的人物了。她每次注视着代洛西，都好像有什么话要说而又不敢出口。到了昨天早晨，她终于在学校门口把代洛西叫住了，这样说：

“哥儿，真对不起你！你这样爱护我的儿子，肯不肯收下我这穷母亲的礼物呢？”说着从菜篮里取出一个小小的果盒来。代洛西脸上通红，坚定地谢绝说：“请给你自己的儿子吧！我是不收的。”

那妇人难为情起来了，支吾地辩解说：

“这不是什么了不得的东西，是一些方糖！”

代洛西仍旧摇着头说：“不。”

于是那妇人红着脸从篮里取出一根萝卜来：

“那么，请收了这个吧！这还新鲜哩——请送给你母亲！”

代洛西微笑着：

“不，谢谢！我什么都不要。我愿尽力帮克洛西的忙，但是什么都不能接受。谢谢！”

那妇人很惭愧地问：

“你可是生气了吗？”

“不，不。”代洛西说了笑着就走。

那妇人欢喜得不得了，自言自语说：

“哎呀！从没见过这样漂亮的好哥儿哩！”

总以为这事就这样完了，不料下午四点，做母亲的不来，克洛西那瘦弱而脸上有悲容的父亲却来了。他叫住了代洛西，好像觉得代洛西已经知道了他的秘密。他只管注视着代洛西，悄悄地用温和的声音对代洛西说：

“你爱护我的儿子。为什么竟这样地爱护他呢？”

代洛西脸红得像火一样，他大概想这样说吧：

“我之所以爱他，是因为他不幸。又因为他父亲是个不幸的人，是忠实地偿了罪的人，是有真心的人。”可是他究竟没有说这话的勇气。大约见了曾杀过人、坐过六年监牢的犯人，心里不免恐惧吧。克洛西的父亲似乎觉察到了这一层，就俯在代洛西的耳朵旁低声地说，说时他差不多颤抖着：

“你大概爱我的儿子，而不喜欢我这个做父亲的吧？”

“哪里，哪里！没有那样的事。”代洛西从心底里喊出来。

克洛西的父亲于是走近，想用手腕勾住代洛西的脖子，但终究不敢这样，只是用手指轻轻地抚摸了那金黄头发一会儿。又眼泪汪汪地对着代洛西，将自己的手放在嘴上吻了一下，好像在说这吻是给你的。他拉着自己的儿子，急速地走了。

小孩的死亡

（十三日）

住在卖野菜人家附近的那个二年级的小孩——我弟弟的朋友——死了。星期六下午，代尔卡谛先生哭丧了脸来通知我们的先生。卡隆和可莱谛就自己请求抬那小孩的棺材。那小孩是个好孩子，上星期才领过奖牌，和我弟弟很要好。我母亲看见那孩子，总是要去抱他的。他父亲戴着有两条红线的帽子，是个铁路上的搬运工。昨天（星期日）下午四点半，我们因送葬都到了他的家里。

他们住在楼下。二年级的学生已都由各自母亲带着，手里拿了蜡烛等在那里了。先生来了四五人，此外还有附近的邻居们。由窗口望去，戴红色羽毛帽子的女教师和代尔卡谛先生在屋子里啜泣，那做母亲的则大声地哭叫着。有两个贵妇人（这是孩子朋友的母亲）各拿了一个花圈在那里。

葬礼于五点整开始。前面是执着十字架的小孩，其次是神父，再其次是棺材——小小的棺材，那孩子就躺在里面！棺材罩着黑布，上面装饰着两个花圈，黑布的一边挂着他此次新得的奖牌。卡隆、可莱谛与附近的两个孩子扛着棺材，棺材的后面就是代尔卡谛先生，她好像死了自己的儿子一样地在哭，其次是别的女教师，再其次是小孩们。还有许多年幼的小孩，一手拿着花，好奇地望着棺材；一手由母亲牵着，母亲们手里拿着蜡烛。我听见有一小孩这样说：

“我不能和他再在学校里相见了吗？”

棺材刚出门的时候，从窗户旁发出那哀哀欲绝的泣声的人就是那孩子的母亲了。有人立刻把她扶进屋里去。队伍到了街上，遇见排成两列走着的大学生，他们见了挂着奖牌的棺材和女教师们，都把帽子摘下。

啊！那孩子挂着奖牌长眠了！他那红帽子，我已不能再见了！他原是很健壮的，不料四天竟死了！听说：临终的那天还说要做学校的习题呢，曾想起身，又不肯让家里人将奖牌放在床上，说是会遗失的！啊！你的奖牌已经永远不会遗失了啊！再会！我们无论到什么时候也不会忘记你！安安稳稳地睡吧！我的小朋友啊！

三月十四日的前一夜

今天比昨天快乐，三月十三日，一年中最有趣的维多利亚·爱马努爱列馆奖品授予仪式的前夜！并且，这次挑选颁奖人员的方法很是有趣。今天将要下课时，校长先生到教室里来说：

“诸君！有一个很好的消息哩！”

说着又叫那个格拉勃利亚少年：

“可拉西！”

格拉勃利亚少年起立，校长说：

“你愿意明天做捧奖状递给长官的代表吗？”

“愿意的。”格拉勃利亚少年回答说。

“很好！”校长说，“那么，格拉勃利亚的代表者也有了，这真是再好不过的事。今年市政所方面想要从意大利全国选出十几个颁奖少年，而且说要从小学校的学生里选出。本市有二十个小学校和五所分校，学生共七千人，其中就能选出代表意大利全国十二区的孩子。本校担任的任务是派出詹(zhān)诺亚人和格拉勃利亚人，怎样？这是很有趣的办法吧。到时候十二个人一起上舞台，那时要热烈喝彩！这几个虽是少年，却和大人一样代表国家。小小的三色旗也和大三色旗一样，同是意大利的标志哩！所以要热烈喝彩，要表现出即使像你们这样的小孩子，在神圣的祖国前面，也是燃烧着热忱的样子！”

校长说完走了，我们的先生微笑着说：

“那么，可拉西做了格拉勃利亚的代表了！”说得大家都拍手笑了。到了街上，我们抱住了可拉西的腿，将他高高地扛起，大叫：“格拉勃利亚代表万岁！”这并不是戏语，因为要祝贺那孩子,是怀着好意说的。可拉西平时是朋友们喜欢的人。他笑了,我们扛了他到转弯路口,和一个有黑须的绅士撞了一下。

绅士笑着。可拉西说:“这是我的父亲哩!”

我们听见这话,就把可拉西交到他父亲手里,各自回家去了。

奖品授予式

(十四日)

两点钟,大剧场里人已满了。池座、厢座、舞台上都是人。好几千个面孔,有小孩、有绅士、有先生、有官员、有女人、有婴儿。头动着,手动着,帽子、丝带、头发动着,欢声悦耳。剧场内部用白色、红色、绿色的花装饰着,从池座位置上舞台有左右两个阶梯。领奖品的学生从右边上去,领了奖品再从左边下来。舞台中央排着一列红色椅子,正中的一把椅子上挂着两顶月桂冠,后面就是大批的旗帜。稍微旁边一点的地方,有一张绿色的小桌子,桌上摆着用三色带扎了的奖状。乐队就在舞台下面的池座里。学校里先生们的座席设在厢座的一角。池座正中排列着许多唱歌的小孩,后面及两旁是给接受奖品的学生们坐的,先生们正东奔西走地安排他们。许多学生的父母挤在他们儿女的身旁,替他们儿女整理着头发或衣领。

我同我家里人一同进了厢座。戴红色羽毛帽的年轻女教师在对面微笑,所有的笑容都现出来了。她的旁边有我弟弟的女教师，那穿黑衣服的“修女”以及我二年级时候的女教师都在那里。我的女教师脸色苍白可怜，咳得很厉害。我在池座里看到了卡隆的头和靠在卡隆肩膀上耐利的金色头发。再那边些，那鸦嘴鼻的卡洛斐已搜集了许多印着受奖者姓名的名单，这一定是拿去换什么的，到明天就知道了。入口的一旁，柴店里的夫妻穿了新衣服领着可莱谛进来了。可莱谛今天换去了猫皮帽和茶色裤，打扮得像个绅士，我见了不觉吃惊。在厢座中曾见到华梯尼的影儿，过了一会儿就不见了。靠舞台的围栏旁，人群中坐着那被马车碾跛了脚的洛佩谛的炮兵大尉父亲。

两点一到，乐队开始奏乐。同时市长、县长、局长及其他的绅士们都穿着黑礼服，从右边走上舞台，坐在正面的红椅子上。学校中教唱歌的先生拿了指挥棒站在前面，池座里的孩子听了他的信号一齐起立，一见那第二个信号就唱起歌来。七百个孩子一齐唱着，真是好歌，大家都肃静地听着，那是静穆(mù)开朗的歌曲，好像教会里的赞美歌。唱完了一阵鼓掌，接着又肃静了。奖品授予就此开始了。我三年级时的那个红发的矮身材的先生走到舞台前面来，预备着朗读领奖者的姓名。他等着十二个孩子进来把奖状交给他，因为报纸早已透露了这来自意大利各地的孩子们，所以从市长、绅士们到一般的观众都望眼欲穿地注视着舞台的入口，场内又肃静起来。

忽然，十二个少年上了舞台，一列排立，都在那里微笑。全场三千人同时起立，拍手如雷，十二个少年手足无措地站着。

“请看意大利的象征！”场中有人这样喊。格拉勃利亚少年仍旧穿着平常的黑色服装，和我们同坐的一位市政府的人完全认识这十二个少年，他一一地说给我母亲听。十二人之中，有两三个是绅士打扮，其余都是工人的儿子，服装很随便。最小的佛罗伦萨的孩子，缠着青色的围巾。少年们通过市长前面时，市长一一吻他们的额头，坐在旁边的绅士把他们的出生地告诉市长，每当一人通过时，全场都鼓掌。等这十二个孩子走近绿色的桌子去取奖状时，我的先生就朗读起来领奖者的学校名、班名、姓名。领奖者从右面上舞台去，第一个学生下去的时候，舞台后面远远地发出提琴的声音来，一直到领奖者完全通过才停止，那是柔婉(wǎn)平和的音调，听上去好像女人在低语。领奖者一个一个通过绅士们的前面，绅士们就把奖状递给他们，有的与他们讲话，有的用手抚摸他们。

每逢年龄小的孩子、衣服褴褛(lán lǚ)的孩子、头发蓬乱的孩子、着红衣或是白衣的孩子通过的时候，在池座及厢座的小孩都使劲鼓掌。有一个二年级的小学生上了舞台，突然手足无措起来，以至于迷了方向，不知向哪里走才好，满场见了大笑。又有一个小孩，背上打着桃色的丝带，他勉强地爬上了台，却被地毯一绊就翻倒了，县长扶他起来时大家又拍手笑了。还有一个在下台来的时候跌在池座里哭了，幸亏没有受伤。各式各样的孩子都有：有很敏捷的，有很老实的，有脸红得像樱(yīng)桃的，有见了人就要笑的。他们一下了舞台，父亲或母亲都立刻领了他们去。

轮到我们学校的时候，我真开心得不得了。可莱谛从头到脚都换了新服装，露齿微笑着通过了。谁知道他今天从早晨起已经背了多少捆柴了呢！市长把奖状授予他时，问他额上为何有红印，他把原因说明，市长就把手扶在他肩上。我朝池座去看他的父母，他们都在掩着嘴笑呢。接着，代洛西来了。他穿着纽扣发光的青色上衣，昂首挺胸抬起满是金发的头悠然上去，那种风采真是高贵，我恨不得远远地送给他一个吻。绅士们都和他说话，或是握他的手。

接着，先生叫着叙利亚·洛佩谛。大尉的儿子于是拄了拐杖上去了。许多小孩都曾知道前次的灾祸，说话声从四方响起来，拍手喝彩之声几乎把全剧场都震动了。男子都起立，女子都挥着手帕，洛佩谛立在舞台中央大惊。市长拉他过去，给他奖品，吻他面颊，取了椅上悬着的月桂冠，替他系在拐杖头上。又送他到他父亲——大尉坐着的舞台的围栏旁去。大尉抱过自己的儿子，在满场像雷般的喝彩声中，让他坐在自己的身旁。

和缓的提琴声还继续奏着。别的学校的学生上场了，有全是商人儿子的学校，又有全是工人或农民儿子的学校。全数通过以后，池座中的七百个小孩又唱起有趣的歌。接着是市长演说，其次是局长演说。局长演说到后来，向着小孩们道：

“但是，在要离开这里以前，你们要感谢为你们费了非常多劳力的人！有许多人为你们尽了全部心力，为你们而生存，为你们而死亡！这许多人就在那里，你们看！”说时手指着厢座中的先生席。于是在厢座和在池座的学生都起立了，把手伸向先生席方向呼喊，先生们也站了起来挥手或举着帽子、手帕回应他们。接着，乐队又奏起乐来。代表意大利各区的十二个少年来到舞台中央，手拉手排成一列站着，满场就响起喉管欲裂似的喝彩声，花朵从少年们的头上纷纷落下。

争 吵

（二十日）

今天我和可莱谛吵架了，并不是因为他领了奖品而嫉妒他，而是因为我的过失。我坐在他的一旁，正誊写这次每月例话《洛马格那的血》——因为“小石匠”病了，我就替他誊写——他碰了一下我的肩膀，墨水把纸弄污了。我骂了他，他却微笑着说：“我不是故意如此的啰。”我是知道他的品性的，照理应该信任他，不再与他计较。可是他的微笑实在使我不快，我想：这家伙领了奖品，就像煞有介事了哩！于是忍不住也在他的肩膀上撞了一下，把他的习字帖也弄污了。可莱谛涨红了脸：“你是故意的！”说着就举起手来。恰巧先生把头转了过来，他缩住了手说：“我在外面等着你！”

我难过了起来，等怒气消了，觉得实在是自己不好。可莱谛不会故意做那样的事的，他本是好人。同时记起自己到可莱谛家里去看望过他，把可莱谛在家劳动、服侍病重母亲的情形以及他到我家里来的时候大家欢迎他，父亲看重他的事情，都一一记起来了。自己想：我不说那样的话，不做那样对不住人的事，该多么好啊！又想到父亲平日教训我的话来：“你觉得错了，就立刻谢罪！”可是谢罪总有些不情愿，觉得那样屈辱的事，无论如何是做不到的。我用眼神扫了扫可莱谛，见他上衣的肩部已破了，大概是背了许多柴的缘故吧。我见了这个就自己对自己说：“哎呀！谢罪吧！”但是口里总说不出“对不起”的话来。可莱谛时不时把眼斜过来看我，他那神情好像不是恼怒我，倒似在怜悯我呢。但是我因为要表示不怕他，仍用白眼回答他。

“我在外面等着你吧！”可莱谛反复说着。我答说：“好的！”忽然又记起父亲说：“如果人来加害你，只要防御就好了，不要争斗！”我想：“我只是防御，不是战斗。”虽然如此，不知为什么心里总不好过，先生讲的一些都听不进去了。终于，放学的时间到了，我走到街上，可莱谛在后面跟来。我拿着尺子站住，等可莱谛走近，就把尺子举起来。

“不！安利柯啊！”可莱谛说，一边微笑着用手把尺子拨开，并说：“我们再像从前一样，大家和好吧！”我颤抖着站着。忽然觉得有人将手拍在了我的肩上，我被他抱住了。他吻着我的脸颊，说：

“吵架就此算了吧！好吗？”

“算了！算了！”我回答他说，于是两人很要好地分开了。

我到了家里，把这事告诉了父亲，意思要使父亲欢喜。不料父亲把脸板起来，说：

“你不是应该先向他谢罪的吗？这原是你的不是呢！”又说：“对比自己高尚的朋友——而且对军人的儿子，你可以举起尺子去打吗？”说着从我手中夺过尺子，折为两段，扔在一旁。

我的姐姐

（二十四日）

安利柯啊！因为可莱谛的事，你受了父亲的责骂，就向我泄愤，对我说了非常不堪的话。为什么如此啊？我那时怎样地痛心，你恐怕不知道吧？你在婴儿的时候，我连和朋友玩耍都不去，终日在摇篮旁陪着你。你有病的时候，我总是每夜起来，用手拭摸你那火热的额头。你不知道吗？安利柯啊！你虽然待你的姐姐不好，但是如果一家人遭遇了大的不幸，姐姐会代替母亲，像爱护自己儿子一样地来爱护你的！你不知道吗？将来父亲母亲去世了以后，和你做最要好的朋友来慰藉你的人，除了你的这个姐姐，再没有别的人了！如果到了不得已的时候，我会替你劳动去，替你张罗面包，替你筹划学费的。我终身爱你，你如果到了远方去，我虽看不见你，心总远远地向着你。啊！安利柯啊！你将来长大了以后如果遭遇不幸，没有人再和你做伙伴，你一定会到我那里去，和我这样说："姐姐！我们一块儿住着吧！让我们一起回忆那快乐的时光，让我们常常谈起家里的情形，回忆爸爸妈妈在世时幸福的情景。"安利柯！你姐姐无论在什么时候总是张开了两臂等着你来的！安利柯！我以前叱(chì)责你，请你宽恕我！你的不好，我早已都忘记了。你无论怎样地使我受苦，有什么呢！无论如何，你总是我的弟弟！我只记得你小的时候，我抱过你，与你一同爱过父亲母亲，眼看你渐渐成长，长久地和你做过伙伴，除此以外，我什么都忘了！所以，请你在这本子上也写些亲切的话给我，我晚上再到这里来看。还有，你所要写的那《洛马格那的血》，我已替你誊清了。你好像已经疲劳了！请你抽开你那抽屉来看吧！这是趁你睡熟的时候，我熬了一个通宵写成的。写些亲切的话给我！安利柯！我希望你！

——姐姐雪尔维

我没有吻姐姐手的资格！

——安利柯

洛马格那的血

（每月例话）

那夜，费鲁乔的家里特别冷清。父亲经营着杂货铺，到市上配货去了，母亲因为幼儿有眼病，也随了父亲到市里去看医生，明天以前不能回来。时候已经到了夜半，日间帮忙的女佣早已在天黑时回家了，屋中只剩下脚有残疾的老祖母和十三岁的费鲁乔。他的家离洛马格那街没有多少路，是沿着大路的平屋。附近只有一所空房，那所房子在一个月前遭了火灾，只剩下客栈的招牌。费鲁乔家的后面有一小天井，周围围着篱笆，有木门可以出入。杂货铺门朝着大路，也就是家的出入口。周围都是寂静的田野，这里那里都是桑树。

夜渐渐深了，天忽然开始下雨，又刮起风来，祖母还在厨房里没有睡觉。厨房和天井之间有一小小的堆物间，堆着旧家具。费鲁乔到外游玩，到了十一点钟才回来。祖母担忧睡不着，要等他回来，只是在大安乐椅上一动不动地坐着。他祖母常是这样度日的，有时竟这样坐到天明，这是她呼吸急促、躺不下的缘故。

> **阅读导航**
> 将文中能够体现费鲁乔形象特点的句子画出来吧！

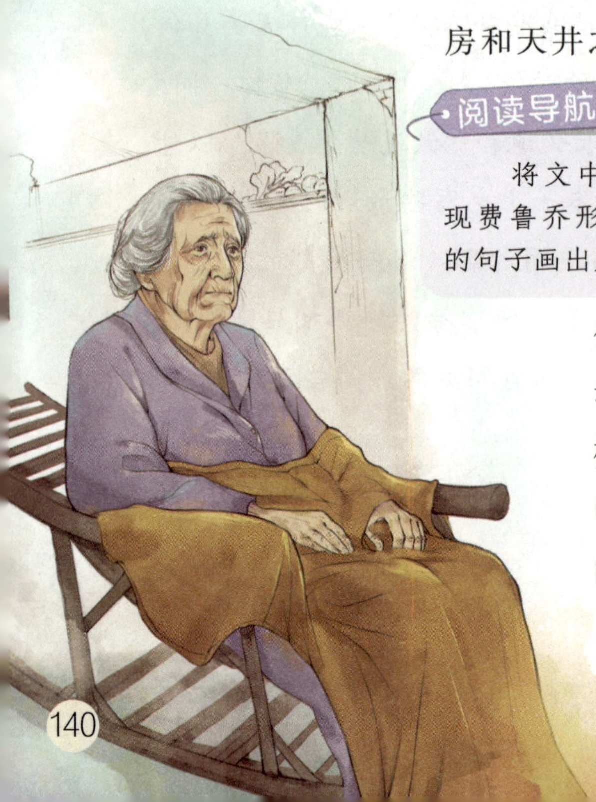

雨不停地下着，风吹雨点

打着窗门，夜色暗得没一些光。费鲁乔回来了，他疲劳极了，身上沾满了泥，衣服破碎了好几处，额上还有伤痕。这是他和朋友扔石头打架的缘故。他今夜又和人吵架了，并且赌博把钱输光了，连帽子都落在沟里了。

厨房里只有一盏小小的油灯，点在那安乐椅的一角上。祖母在灯光中看见她孩子狼狈的光景，已大略地推测到八九分，却仍讯问他，让他供出所做的坏事来。

祖母是全心全意爱着孙子的。等明白了一切情形，就不觉哭泣起来。过了一会儿，又说：

“啊！你全不念着你祖母呢！没有良心的孙子啊！趁你父母不在，就这样地使祖母受气！你冷落我一天了！全然不顾着我吗？留心啊！费鲁乔你走上坏路了！如果这样下去，立刻要受苦呢！孩子时你做了这样的事，长大后会变成恶汉的。你现在终日在外游荡，和别的孩子打架、花钱，甚至于用石头、刀子打架，恐怕结果将由赌棍变成可怕的盗贼呢！”

费鲁乔远远地靠在橱柜旁站着听，下巴碰着前胸，双眉紧皱，似乎打架的怒气还未消除。那栗色的头发覆盖了额角，青碧的眼垂着不动。

“由赌棍变成盗贼呢！”祖母啜泣着反复地说，“稍微想想吧！费鲁乔啊！但看那无赖汉维多·莫左尼吧！那家伙现在在街上游荡着，年纪不过二十四岁，已进过两次监牢。他母亲终于为他忧闷而死了，那母亲是我一向认识的，父亲也愤恨极了，逃到瑞士去了。像你的父亲，即使看见了他，也不愿和他打招呼。你试想想那恶汉吧，那家伙现在和他的党徒在附近逛荡，将来总是保不牢头颅的啊！我从他小时候就知道他，他那时也和你一样。你自己去想吧！你要使你父亲母亲也受那样的苦吗？”

费鲁乔坦然地听着，毫无懊悔觉悟。他的所作所为原出于一时的血气，并无恶意。他父亲平常也太宽纵他了，因为知道自己的儿子有优良的品性，有时候会做出很好的行为，所以故意注意看着，等他自己觉悟。这孩子的性质原不坏，不过很刚硬，就是在心里悔悟了的时候，要想让他说“如果我错了，下次就不如此了，请原谅我”这样的话来谢罪，也是非常困难的。有时心里虽充满了柔和的情感，但是骄傲心总使他表示不出来。

“费鲁乔，”祖母见孙子默不作声，于是继续说，“你连一句认错的话都没有吗？我已患了很重的病了，不要再这样使我受苦啊！我是你母亲的母亲！不要再把已经命在旦夕的我，这样虐待啊！我曾怎样地爱过你啊！你小的时候，我曾每夜起来替你推那摇床，因为要使你欢喜，我曾省下食物给你吃，你或者不知道，我时常说：‘这孩子是我将来的依靠呢。’现在你居然要逼死我了！就是要杀我，也不要紧，横竖我已没有多少日子可活了！但愿你给我变成好孩子就好！但愿你变成温顺的孩子，像我带你到教堂里去的时候的样子。你还记得吗？费鲁乔！那时你曾把小石子呀、草呀，塞满在我怀里呢，我等你睡熟，就抱了你回来。那时，你很爱我哩！我虽然身体已不好，仍总想你爱我；我除了你以外，在世界上别无可以依靠的人了！我已一脚踏入坟墓里了！啊！天啊！”

费鲁乔心中充满了悲哀，正想把身子投到祖母的怀里去。忽然朝着天井的隔壁的屋里有轻微的声音，听不出是风打窗门呢，还是什么。

费鲁乔侧了头注意去听。

雨正如注地下着。

声音又来了，连祖母也听到了。

“那是什么？”祖母过了一会儿很担心地问。

“是雨。”费鲁乔说。

老人拭了眼泪：

“那么，费鲁乔！以后要规规矩矩，不要再使祖母流泪啊！”

那声音又来了，老人苍白了脸说：“这不是雨声呢！你去看看！”继而又牵住了孙子的手说：“你留在这里。”

两人屏息不出声，耳中只听见雨声。

隔壁屋中好像有人的脚步声，两人不觉战栗起来。

“谁？”费鲁乔勉强恢复了呼吸怒叫。

没有回答。

“谁？”费鲁乔又战栗着问。

话犹未完，两人不觉惊叫起来，两个男子突然跳进屋里来了。一个捉住了费鲁乔，用手掩住他的口，另一个卡住了老妇人的喉咙。

“一出声，就没命！”第一个说。

“不许声张！”另一个举着短刀说。

两个人都用黑布罩着脸，只留出眼睛。

室中除了四人粗急的呼吸声和雨声，一时什么声音都没有。老妇人喉头咯咯作响，眼珠几乎要爆裂出来。

那捉着费鲁乔的一个，俯在费鲁乔的耳边说：“你老子把钱藏在了哪里？”

费鲁乔颤抖着牙齿，用很细的声音答道：“那里的——橱柜中。”

“随了我来！”那男子说着紧紧抑住他的喉咙，拉了他同到堆物间里去。地板上摆着昏暗的玻璃灯。

“橱柜在什么地方?”那男子催问。

费鲁乔喘着气指示橱柜的位置。

那男子怕费鲁乔逃走，将他推倒在地，用两腿夹住他的头，如果他一出声，就用两腿把他的喉头夹紧。男子嘴上衔了短刀，一手提了灯，一手从袋中取出钉子样的东西来塞入锁孔中来回转，锁坏了，橱门也开了，于是急急地翻来倒去到处搜索，将钱塞在怀里。一时把门关好，忽而又打开重新搜索一遍，然后仍卡住费鲁乔的喉咙，回到那捉住老妇人的男子的这边来。老妇人正仰了面扭动着身子，嘴张开着。

“得了吗?”另一个低声问。

“得了。”第一个回答。“留心进来的地方!”又接着说。那捉住老妇人的男子，跑到天井门口去看，知道了没有人在那里，就低声地说:“来!”

那捉住费鲁乔的男子留在后面，把短刀举到两人面前:“敢出一声吗?当心我回来割断你们的喉管!”说着又怒目盯视了两人一会儿。

这时，听见街上大批行人的歌声。

那强盗的头一转，面罩就在这瞬间落下了。

“莫左尼啊!”老妇人叫。

“该死的东西!你给我死!”强盗因为被认出了,怒吼着说，举起短刀扑向前去。老妇人立刻吓倒了，费鲁乔见这光景，悲叫起来，跳上前去用自己的身体趴在祖母身上。强盗碰了一下桌子逃走了，灯被碰翻，火也熄灭了。

费鲁乔慢慢地从祖母的身上溜了下来，跪倒在地上，两只手抱住祖母的身体，头触在祖母的怀里。

过了好一会儿，周围黑暗，农夫的歌声缓缓地向田野间散去。

“费鲁乔！”老妇人恢复了神志，用了几乎听不清的低音叫着，牙齿震动着。

“祖母！”费鲁乔答叫。

祖母原想说话，却被恐怖噤（jìn）[1]住口了，身上只是剧烈地颤抖，不作声了好一会儿。继而问：

“那些家伙走了吧？”

“是的。”

“没有将我杀死呢！”祖母急促地低声说。

“是的，祖母是平安的！”费鲁乔压低了声音说，“平安的，祖母！那些家伙把钱拿了去，但是父亲把大部分的钱带在身边哩！”

祖母深深地呼吸着。

“祖母！”费鲁乔仍跪着紧抱着祖母说，“祖母！你爱我吗？”

“啊！费鲁乔！爱你的啊！”说着把手放在孙子头上。“啊！怎样地受了惊了啊！啊！仁慈的上帝！你把灯点着吧！哎哟，还是暗的好！不知为了什么，还很害怕呢！”

“祖母！我时常使你伤心呢！”

“哪里！费鲁乔！不要再说那样的话！我早已不记得了，什么都忘了，我只是仍旧爱你。”

“我时常使你伤心。但是我是爱着祖母的。饶恕了我！饶恕了我，祖母！”费鲁乔勉强困难地这样说。

“当然饶恕你的，欢欢喜喜地饶恕你呢。有不饶恕你的吗？

---

①噤：闭口不说话。

快起来！我不再骂你了。你是好孩子，好孩子！啊！点了灯！已不再害怕了。啊！起来！费鲁乔！”

“祖母！谢谢你！”孩子的声音越来越低了，“我已经——很开心了，祖母！你是不会忘记我的吧！无论到了什么时候，仍会记得我费鲁乔的吧！”

“啊！费鲁乔！”老妇人慌了，抚着孙子的肩头，眼光几乎要射穿面目似的注视着他叫。

“请不要忘了我！替我亲吻母亲，还有父亲，还有小宝宝！再会！祖母！”那声音已细得像丝了。

“什么呀！你怎样了？”老妇人震惊地抚摸伏在自己膝上的孙子的头，一面叫着。接着迸出她所能发的最大声音：

“费鲁乔呀！费鲁乔呀！费鲁乔呀！啊呀！啊呀！”

可是，费鲁乔已什么都不回答了。这小英雄代替了他祖母的生命，他的背被短刀刺穿，那壮美的灵魂已回到天国里去了。

病床中的“小石匠”

（二十八日）

可怜，“小石匠”患了大病！先生叫我们去看望，我就同卡隆、代洛西三人同往。斯带地本来也要去，因为先生叫他做《加富尔伯爵纪念碑记》，他说要去实地看了那纪念碑再细致地做，所以就不去了。我们试着约那高傲的诺琵斯，他只回答了一个“不”字，其余什么话都没有，华梯尼也谢绝不去。他们大概是怕被石灰沾污了衣服吧。

四点钟一下课，我们就去了。雨下得很大，卡隆在街上忽然站住，嘴里满满嚼着面包说：“买些什么给他吧。”一边去摸那衣袋里的铜币。我们也各凑了两个铜币，买了三个大大的橘子。

我们上那屋顶阁楼去。代洛西到了入口，把胸前的奖牌取下，放入袋里。

“为什么？”我问。

“我自己也不知道，总觉得还是不挂的好。”他回答。

我们一叩门，那位高大的父亲就把门打开了，他的脸歪着，见了都可怕。

“哪几位？”他问。

“我们是安托尼阿的同学，送三个橘子给他。”卡隆答说。

“啊！可怜，安托尼阿恐怕不能再吃这橘子了！”石匠摇着头大声说，且用手背去擦拭眼睛，引导我们到屋里。“小石匠”卧在小小的铁床里，母亲伏在床上，手遮着脸，也不看向我们。床的一角，挂有刷子、刀和筛子之类的东西，病人脚部盖着那白白的沾满了石灰的石匠的上衣。那小孩又瘦脸色又苍白，鼻头尖尖的，呼吸很短促。啊！安托尼阿！我的小朋友！你原是那样亲切快活的人呢！我好难过啊！只要你能再做一回鬼脸给我看，我什么都情愿！安托尼阿！卡隆把橘子给他放在枕旁，使他可以看见。橘子的芳香把他熏醒了。他抓住了橘子，不久又放开手，频频地向卡隆看。

“是我呢，是卡隆呢！你认识吗？”卡隆说。

病人略现微笑，勉强地从床上伸出手来，伸向卡隆。卡隆用两手握了过来，贴到自己的脸颊上：

“不要怕！不要怕！你赶紧好起来，就可以到学校里去了。那时请先生让你坐在我的旁边，好吗？”

可是，“小石匠”没有回答，于是母亲哭叫起来：

“啊！我的安托尼阿呀！我的安托尼阿呀！安托尼阿是这样的好孩子，天要把他从我们手里夺去了！”

“别说！”那石匠父亲大声地呵止，“别说！我听了心都碎了！”又很忧虑地对我们说：

“请回去！哥儿们！谢谢你们！请回去吧！你们在这也不能做什么，谢谢！请回去吧！”这样正说着，那小孩又把眼闭上了，看上去好像已经死了。

“有什么可帮忙的事情吗？”卡隆问。

“没有，哥儿！多谢你！”石匠说着将我们推出廊下，关了门。我们下了一半的楼梯，忽又听见后面叫着“卡隆！卡隆！”

我们三人再急回上楼梯去，见石匠已改变了脸色叫着说：

“卡隆，安托尼阿叫着你的名字呢！已经两天不开口了，这会儿倒叫了你名字两次。想和你见见哩！快来啊！但愿就从此好起来！天啊！”

“那么，再会！我暂时留着吧。”卡隆向我们说着，和石匠一同进去了。代洛西眼中充满了眼泪。

“你在哭吗？他会说话哩，会好的吧？”我说。

“我也是这样想呢。但我方才想的并不是这个，我只是想着卡隆。我想卡隆为人是多么好，他的精神是多么高尚啊！”

四月

春

（一日）

今天四月一日了！像今天这样的好时节，一年中没有多少，不过三个月罢了。可莱谛后天要和父亲去迎接国王，叫我也去，我很高兴。听说可莱谛的父亲和国王相识哩。今天母亲还说要领我到幼儿园去，这也是我喜欢的事。“小石匠”病也好了许多了，还有昨晚先生走过我家门口时，我听见他和父亲这样说：“他功课很好，他功课很好。”

今天是个很爽快温暖的春日，从学校窗口能看见青蓝的天，含蕊的树木，和家家敞开的窗槛上摆着的新绿的盆花。先生虽是一向没有笑容的人，可是今天也很高兴，脸上的皱纹几乎已经看不出来了，他在上课的时候还讲着笑话呢。一吸这窗外来的新鲜空气，就闻得出泥土和树叶的气息，好像已身在乡间了，先生当然也快乐。

在先生上课的时候，我们耳中听见那近处街上铁匠的打铁声，对门妇人安抚婴

孩熟睡的儿歌声，以及兵营里的喇叭声。忽然间，铁匠打得更响亮，妇人也更大声地唱了起来。先生停止授课，侧了耳看着窗外，静静地说：

“天晴，母亲唱着歌，正直的男子在劳动着，孩子们学习着，好一幅美丽的图画啊！”

下了课走到外面，大家都觉得很愉快。排好了队用脚重重地踏着地面走，好像从此有三四日假期似的，齐唱着歌儿。女教师们也很高兴，戴红羽毛帽子的先生跟在小孩后面，自己也像个小孩了。学生的父母彼此谈笑着，克洛西的母亲的野菜篮中满装着花，校门口因此都充满了香气。

一到街上，母亲依旧在等我了，我欢喜得不得了，跑上前去，说：

“啊！好开心！我为什么这样开心啊？”

“这是因为时节好，而且心里没有亏心事！”母亲说。

幼儿园

（四日）

昨日早餐后，母亲如约带了我到幼儿园去，因为要把泼来可西的妹妹嘱托给园长。我还未曾到过幼儿园，那情形真是有趣，小孩共约二百人，男女都有，都是很小很小的孩子。和他们相比，国民小学的学生也成了大人了。

我们去的时候，小孩们正排成了两列进食堂去。食堂里摆着两列长桌，桌上镂（lòu）有许多小孔，孔上放着盛了饭和豆子的黑色小盘，锡制的瓢摆在旁边。他们进去的时候，有的孩子忙乱得弄不清方向，先生们就过去照顾他们。其中有的走到一个位置旁，就以为是自己的座位，停住就用瓢去取食物。先生走来说：“再走点。”走了四步五步，又取一瓢食，先生再来叫他往前走，等到了他自己的座位，他已经吃了半个人的食物了。先生们用尽了力来整顿他们，饭前开始祈祷，祈祷的时候头是不许对着食物的，但他们心为食物所吸引，总转过头来看向后面。大家合着手，眼向着屋顶，心不在焉地说完祈祷的话，才开始就食。啊！那种可爱的模样，真是少有！有拿了两个瓢吃的，有用手吃的，还有将豆子一粒一粒地装入口袋里去的，有用小围裙将豆包子捏得糨糊样的，有看着苍蝇飞的，有因为旁边的孩子咳嗽把食物喷在桌上竟一口不吃的。食堂好像成了养着鸡和鸟的庭院，真是可爱。小小的孩子都用了红的绿的青的丝带绑着头发，排成两列坐着，真好看哩！一位先生向着一列坐着的八个小孩问：“米是从哪里来的？”八个人一边嚼着食物，一边齐声说：“从水里来的。”先生对他们说“举手”！许多小小的白手一起举起来，闪闪地好像白蝴蝶。

吃完以后要出去休息。在走出食堂以前，大家照例各自取走挂在墙上的小食盒。等一走出食堂，就四处散开，各自从盒中把面包呀、牛油小块呀、煮熟的蛋呀、小苹果呀、熟豌豆呀、鸡肉呀取出。一时间，院子里到处都是面包屑，像给小鸟喂食似的。他们有种种可笑的吃法：有的像兔、猫或老鼠样地咀（jǔ）嚼着，有的把饭涂抹在胸口，有的用小手把牛油捏糊了，牛油像乳汁似的滴在袖子里，自己仍不觉得。还有许多小孩像小狗似的在追赶着嘴里衔着苹果或面包的小孩。又有三个小孩用小草的茎秆在挖掘蛋壳，说要发掘宝贝哩。后来把蛋的一半倒在地上，再一粒粒地拾起，好像拾珍珠似的。小孩之中，只要有一人拿着什么好东西，大家就把他围住了来窥探他的食盒。一个拿着糖的小孩旁边，围着二十多个人，都在叽叽喳喳地说个不休；有的要他抹些在自己的面包上，也有的只求用手指去尝一点。

母亲走到院子里，一个个地去抚摸他们。于是大家就围聚在母亲身旁，要求吻一下，大家都像望三层楼似的把头仰着，口中呀呀作声，那情形似在求喂乳。孩子中有想将已吃过的橘子送与母亲的，有剥了小面包的皮给母亲的。一个女孩拿了一片树叶来，另外一个很郑重地把食指伸到母亲前面，原来食指上有一个小得看不太出的疱(pào)，据说是昨晚在蜡烛上烫伤的。又有拿了小虫呀、破的软木塞子呀、衬衫的纽扣呀、小花呀等诸如此类的东西，都要很郑重地给母亲看。一个头上绑着绷带的小孩，说有话对母亲说，不知说了些什么。还有一个请母亲转过头去，把嘴巴贴到母亲的耳朵上，轻轻地说："我的父亲是做刷子的哩。"

事件这里那里一个接一个地发生，先生们走来走去照料着他们。有因解不开手帕的结急哭的，有两人因为夺半个苹果打闹哭的，有和椅子一起翻倒了爬不起来而哭的。

快回来的时候，母亲把他们里面的三四个各抱了一会儿。于是大家就从四面聚过来，脸上涂满了蛋黄或是橘子汁，围着求抱。一个拉紧了母亲的手，一个拉紧了母亲的手指头，说要看手指上的戒指。还有来扯表链的，拉头发的。

“当心被他们弄破衣服！”先生说。

可是，母亲毫不管衣服会不会损坏，只是将他们拉近了来吻。他们越加聚了过来，在身旁的张了手想爬到身上去，再远一点的挣扎着挤进来并且齐声叫喊：

“再会！再会！”

母亲终于逃出了院子。小孩们追到栅栏旁，脸被栅栏缝挡住了，就把小手伸出来，纷纷递出面包呀、苹果片呀、牛油小块呀等东西来。一齐叫说：

“再会，再会！明天再来，请再过来！”

母亲又去摸他们花朵似的小手，到了街上的时候，身上已沾满了面包屑还有各种油迹，衣服也皱得不成样子了。可她手里握满了花，眼睛闪着泪光，仍很高兴。耳旁还能远远地听见鸟叫似的声音：

“再会！再会！请再过来！夫人！”

体　操

（五日）

连日都是好天气，我们停止了室内体操，去操场做器械体操。

昨天，卡隆到校长室的时候，耐利的母亲——那个穿着黑衣服的妇人也在那里。她想要请求免除耐利的器械体操，但好像很难开口的样子，然后抚着儿子的头说：

“因为这孩子是不能做那样的事的。”

耐利却似乎以不能加入器械体操为耻，不肯承认这话。他说：“母亲！不要紧，我可以的。”

母亲怜悯地默视着儿子，过了一会儿，踌躇地说：“恐怕别人……”话未说完就止住了。大概她想说，“恐怕别人嘲弄你，很不放心。”

耐利拦住话头说：“他们不会怎么着，并且有卡隆在一起呢。只要有卡隆在，谁都不会笑我的。”

耐利到底还是加入器械体操了。那个曾在格里波底将军部下服役过、脖子上有伤痕的体育老师领我们到那有立柱的地方。今天的科目是要攀到柱的顶上，在顶上的平台上直立。代洛西与可莱谛都猴子似的上去了，泼来可西也敏捷地登上去了，只是他那齐膝的长上衣有些妨碍，他却毫不为意，竟也上去了。大家都想笑他，他只反复地说他那句平日的口头禅：“对不住，对不住！”斯带地上去的时候，脸红得像火鸡，他咬紧嘴唇，一口气登上去了。诺琵斯立在平台上，像帝王似的骄傲地顾盼着。华梯尼穿了件新制的有水色条纹的运动服，可是中途却溜下来了两次。

为了能攀登得容易些，大家手里都擦着树胶。预备了树胶来卖的不用说就知道是那商人卡洛斐了。他把树胶弄成了粉，装入纸袋，每袋卖一铜币，赚了许多钱。

轮到卡隆了。他若无其事地一边嚼着面包，一边轻捷地攀登。我想，他即使再带一个人，也是可以上去的，他真有小牛那样的力气呢。

卡隆的后面就是耐利。他用那瘦削的手臂抱住直柱的时候，许多人都笑了起来。卡隆把粗壮的手叉在胸前，向笑的人盯视过去，气势汹汹地，好像在说："当心挨打！"大家都止住了笑。耐利开始向上爬，几乎拼了命，慢慢地脸色也发紫了，呼吸也急促了，汗珠雨似的从额上流下。先生说："下来吧。"他仍不退下来,无论如何都想挣扎上去。我很替他担心,怕他中途坠落。啊！如果我成了耐利那样的人，将会怎样呢？母亲看见了这光景，心里将怎样啊！越想到此，越觉得耐利可怜，恨不得从下面推他一把。

"上！上！耐利！用力！只一步了！用力！"卡隆与代洛西、可莱谛齐声喊。耐利吁吁地喘着，用尽了力，爬到离平台二英尺的地方了。

"好！再一步！用力！"大家喊。耐利已攀住平台了，大家都拍手。先生说："爬上去了！好！可以了，下来吧。"

可是耐利还想和别人一样，爬到平台上去。他又挣扎了一会儿，才用胳膊肘靠住了平台，再以后就很容易地把膝盖移上去,又伸上去了脚,最后居然直立在平台上了。他喘着,微笑着,俯视我们。

我们又鼓起掌来。耐利向街上看，我也向那方向转去，忽然见他母亲正在篱笆外低了头不敢抬头哩。他母亲把头抬起来了，耐利也下来了，我们大声一起喝彩。耐利脸红如桃，眼睛闪烁着光，他似乎不像从前的耐利了。

放学的时候，耐利的母亲来接儿子，她抱住了儿子，很担心地问："怎么样了？"儿子的朋友都齐声回答说：

"做得很好呢！同我们一样地上去了……耐利很能干哩……很勇敢哩……一点都不比别人差。"

这时他母亲简直开心得不得了。她想说些道谢的话，可是嘴里却说不出来。他母亲和其中三四人握了手，又亲切地将手放在卡隆的肩头抚摸了一会儿，之后领了儿子回去了。我们目送他们母子二人有说有笑地回了家。

父亲的先生

（十三日）

昨天父亲带我去旅行，真快乐啊！那是这样一回事：

前天晚餐时，父亲正看着报纸，忽然吃惊地说："哎呀！我以为二十年前就死去了！我国民小学一年级的克洛赛谛先生还活着，今年八十四岁了！他做了六十年教员，教育部大臣现在要给他授予勋章。六——十——年呢！你想！并且据说他两年前还在学校教书啊！可怜的克洛赛谛先生！他住在从这里出发乘火车要一小时距离的孔特甫那个地方。安利柯！明天我们去拜望他吧。"

当夜，父亲只说了那位先生的事。因为看见旧时先生的名字，父亲把各种儿时的事，从前的朋友，死去了的祖母，全都回忆了起来。父亲说：

"克洛赛谛先生教我的时候，正四十岁。他的样貌我至今还记着，是一位身材矮小、腰稍前屈、眼睛炯炯有神、胡须干净的先生。他虽严格，却是位很好的先生，爱我们如自己的孩子，常宽恕我们的过失。他原是农民家的儿子，因为自己用功，后来做了教师。真是优秀的人哩！我母亲很佩服他，父亲也和

他要好得和朋友一样。他不知怎么住到这近处来了，现在即使见了面，恐怕也不认识了，但是不要紧，我是认识他的。已经四十四年不曾相见了，四十四年了哩！安利柯！明天去吧！”

昨天早晨九点钟，我们坐了火车去。原想叫卡隆同去，他因为母亲病了，最终不能同去。天气很好，原野一片绿色，杂花满树，火车经过时空气也香喷喷的。父亲很愉快地望着窗外，用手勾住我的脖子，像和朋友谈话似的和我说：

“啊！克洛赛谛先生！除了我父亲以外，先生算是最初爱我和为我操心的人了。先生对于我的种种教训，我现在还记着。因为做了不好的事受了先生的责骂，悲哀地回家的情景我到现在还记得。先生那时的神情都好像在我眼前哩：他总是静静地进了教室，把手杖放在屋角，把外套挂在衣钩上。无论哪天，态度都是一样，总是很真诚很热心，什么事情都用起全部精神，从开学那天起，一直都这样。我现在的耳朵里，还像有先生的话声：‘勃谛尼啊！勃谛尼啊！食指和中指要这样地握笔杆啊！’已经四十四年了，先生恐怕也和从前不同了吧。”

到了孔特甫，我们去打听先生的住所，立刻就打听到了，原来在那里谁都认识先生。

我们出了街区，折向那篱间有花的小路。

父亲默然地似乎在沉思往事，时时微笑着摇着头。

突然，父亲站住了说：“这就是他！一定是他！”我一看，小路的那边来了一个戴大麦秆帽的白发老人，正拄着手杖走下坡来，脚似乎有点跛，手在颤抖。

“果然是他！”父亲反复说，急步走上前去。到了老人面前，老人也站住了向父亲注视。老人脸上还有光彩，眼中露着光辉。

父亲脱了帽子：

“您就是平善左·克洛赛谛先生吗？”

老人也把帽子摘了，用颤动而粗大的声音回答说：“是的。”

“啊！那么……”父亲握了先生的手，“对不起，我是从前受教于您的学生。先生好吗？今天专从都灵来拜望您的。”

老人惊异地注视着父亲！

“真难为你！我不知道你是哪时候的学生？对不起！你名字是——”

父亲把亚尔培脱·勃谛尼的姓名和曾在什么时候什么地方上学说明了，又说：“也难怪先生记不起来，但是我总记得先生的。”

老人垂了头沉思了一会儿，把父亲的名字念了三四遍，父亲只是微笑地看着先生。

老人忽然抬起头来，眼睛张得大大的，徐徐地说：

“亚尔培脱·勃谛尼？技师勃谛尼君的儿子？曾经住在配寨·代拉·孔沙拉泰，是吗？”

“是的！”父亲说着伸出手去。

“原来这样！真对不起！”老人跨近一步抱住父亲，先生的白发垂到父亲的头上。父亲自己的脸颊贴住了先生的脖子。

“请跟我到这边来！”老人说着移步向自己的住所走去。不久，我们走到小屋前面的一个花园里，老人开了自己的房门，引我们进去。四壁粉刷得雪白，屋的一角摆着小床，另一角排放着桌子、书架和四张椅子，墙上挂着旧地图，屋里充满了苹果的香气。

“勃谛尼君！”先生注视着地砖上的日影说，“啊！我还记得很清楚呢！你母亲是个很好的人，你在一年级的时候坐在窗口左侧的位置上。慢点！是了，是了！你那卷曲的头发还如在眼前哩！”

先生又追忆了一会儿：

“你曾是个活泼的孩子，非常活泼。不是吗？在二年级那一年，曾患过喉痛病，回到学校来的时候非常消瘦，还裹着围巾。到现在已四十年了，居然还没忘记我，真难得！以前的学生来看望我的很多，其中有做了上校的，做牧师的也有好几个，此外，还有许多已成了绅士。”

先生问了父亲的职业，又说：“我真开心！谢谢你！近来已经不大有人来访问我了，你恐怕是最后一个了！”

“哪里！您还健康呢！请不要说这样的话！”父亲说。

“不，不！你看！手这样颤抖呢！这是很不好的。三年前患了这毛病，那时还在学校就职，最初也不注意，总以为就会痊愈的，不料竟渐渐重起来，终于字都不能写了。啊！那一天，我做教师以来第一次把墨水撒在学生笔记本上的那一天，真是钻心似的难过啊！虽然这样，总还暂时支持着。后来真的尽力了，在做教师的第六十年，我和我的学校、我的学生、我的事业分别了，真难过啊！在最后授课的那天，学生一直送我到了家里，还恋恋不舍。我难过极了，以为我的生涯从此完了！不幸的是妻子刚刚在前一年亡故，家中的独子不久也跟着死了，现在只有两个做农夫的孙子。我靠着些许的养老金生活，终日里也不做什么事情。日子长长的，好像怎样也到不了夜晚似的！我现在的工作就是每日重读以前学校里的书，或是翻读日记，或是阅读别人送给我的书，在这里呢。”说着指向书架，“这是我的记录，我的全部生涯都在里面。除此以外，我没有留在世界上的东西了！”

说到这里，先生突然带着快乐的调子说：“是的！吓了你一跳吧！勃谛尼君！”说着走到书桌旁把那长抽屉打开。其中有许多卷纸，都用细细的绳绑着。上面一一记着年月。翻寻了好一会儿，先生从中取了一束打开，翻出一张黄色的纸来，递给父亲。这是四十年前父亲的成绩。

纸的最顶上记着“听写，一八三八年四月三日，亚尔培脱·勃谛尼”等字样。父亲带着笑读着这写着小孩笔迹的纸片，眼中浮出泪来。我立起来问那是什么，父亲一手抱住了我说：

“你看这纸！这是母亲给我修改过的。母亲常替我这样修改，最后一行全是母亲给我写的。我疲劳了睡着在那里的时候，母亲仿了我的笔迹替我写的。”父亲说了在纸上吻了吻。

先生又拿出另一束纸来：

“你看！这是我的纪念品。每学年，我都把每个学生的成绩各取一张留下来。这里边记有日期，是依着顺序排列的。每当打开来一一翻阅时，就追忆起许多的事情来，好像我又回到那时的光景了一样。啊！已过去这么多年了，可每次把眼睛一闭，就像有许多的孩子、许多的班级回到了面前。那些孩子，有的已经死去了吧，许多孩子的事情，我都记得，像最好的和最坏的，都记得格外明白，使我快乐的孩子，使我伤心的孩子，尤其不会忘记。许多孩子之中，有很坏的哩！但是，我好像在另一个世界，无论坏的好的，我都同样地爱他们。”

先生说完了重新坐下，握住我的手。

“怎样？您还记得我那时的恶作剧吗？”父亲笑着说。

“你吗？”老人也笑了，“不，不记得什么了。你原也算是淘气的。不过，你是个伶俐的孩子，并且与那个年龄段的孩子相比，也算是稳重。记得你母亲很爱你哩。这姑且不提，啊！今天你来得很难得，谢谢你！难为你在繁忙中还能来看我这衰老的苦教师！”

“克洛赛谛先生！”父亲用很高兴的声音说，“我还记得母亲第一次领我到学校里去的情景。母亲和我分开第一次超过两小时那么久，母亲将我从自己手里交给别人，觉得似乎母子就从此分离了，心里很是悲哀，我也很是难过。我在窗边和母亲说再会的时候，眼中充满了泪水。这时先生用手招呼我，先生那时的姿势、脸色，都好像洞悉了母亲的心情似的。先生那时的眼色，好像在说：‘不要紧！’我看了那时先生的神情，就明白地知道了先生是来保护我的。先生那时的样子，我不会忘记，它永远刻在我心里了。今天，是这个记忆把我从都灵拉到了此地来。因为想要在四十四年后的今天再见见先生，向先生道谢，所以来的。”

先生不作声，只是用那颤抖着的手抚摸我的头。那手从头顶移到一侧，又移到肩上。

父亲环视屋内那粗糙的墙壁、粗制的床铺、还剩一点的面包以及窗间搁着的小小的油壶。父亲见了这些，似乎在说：“啊！可怜的先生！勤劳了六十年，所得的报酬只是这些吗？”

老先生自己却很满足。他高高兴兴地和父亲谈着我家里的事，还有从前的先生们和父亲同学们的情形，话说不完。父亲想拦住先生的话头，请他到街上去吃午餐。先生只一味说谢谢，似乎迟疑不决，父亲拉起先生的手，催促他去。先生于是说：

“但是，我怎么吃东西呢！手这样颤动，恐怕妨害别人呢！”

“先生！我会帮助您的。”

先生见父亲这样说，也就应允了，微笑着摇着头。

“今天好天气啊！”老人一边关门一边说，“真是好天气。勃谛尼君！我一生不会忘了今天呢！”

父亲搀着先生，先生拉着我的手一同下坡。途中遇见拉着手走着的两个赤脚的少女，又遇见担草的男孩子。据先生说，那是三年级的学生，午前在牧场或田野劳作，饭后才到学校里去。时候已经正午，我们进了街上的一家餐馆，三人围坐着一张大桌子开始用午餐。

先生很快乐，可是因为快乐的缘故，手愈加颤抖了，几乎不能吃东西了。父亲代他割肉，代他切面包，代他把盐加在盘子里。汤是用玻璃杯盛了捧着喝的，可喝起来还是当当地与牙齿相碰。先生很健谈，什么青年时代读过的书呀，现在社会上的新闻呀，自己被先辈称赞过的事呀，现代的制度呀，种种都说。他微红了脸，像位年轻人似的快乐地聊天。父亲也微笑着看着先生，那神情和平日在家里注视着我的时候一样。

先生打翻了酒，父亲立起来用餐巾替他擦干。先生笑着说：“哎呀！哎呀！真对不起你！”后来，先生用了那颤抖着的手举起杯来，郑重地说：

“为了祝你和孩子健康，为了表达对你母亲的怀念，干了这杯！”

“先生！祝您健康！”父亲回答，握住先生的手。在屋角里的餐馆老板和服务员们都看向我们。他们见了这对师生的感情，似乎也很感动。

过了两点钟，我们出了餐馆。先生说要送我们到车站，父亲又去搀他。先生仍拉着我的手，我帮先生拿着手杖。街上行人有的站定了在看我们，本地人都认识先生，都和他打招呼。

正在街上走着，前面窗口传出小孩的读书声来。老人站住了悲哀地说：

“勃谛尼君！这最使我伤心！一听到学生的读书声，就想到我已不在学校，另有别人代我在那里，不觉地就悲伤起来了！那是我六十年来听熟了的音乐。我好像已是和家人分离，成了一个连小孩都没有了的人了！”

“不，先生！”父亲一边说着一边向前走，“先生有许多孩子呢！那许多孩子散布在世界各地，和我一样都记着先生呢！”

先生悲伤地说：

“不，不！我没有学校没有孩子了！没有孩子是不能生存的。我的末日大约就到了吧！”

“请不要说这样的话！先生已做过那么多好事，把一生都用在了很高尚的事情上了！”

老先生把那白发苍苍的头靠在父亲肩上，又紧紧握住我的手。到车站时，火车快要开了。

“再会！先生！”父亲在老人脸颊上吻别。

“再会！谢谢你！再会！”老人用颤动着的两手捧住了父亲的一只手贴在胸前。

我和老先生吻别时，老先生的脸上已满是眼泪了。

父亲把我先推入车内，待车要开动的时候，从老人的手中取过手杖，把自己拄着的镶着银头刻有自己姓名的华美手杖送给了老人：

"请收了这个，当作我的纪念！"

老人正想推辞，父亲已跳入车里，把车门关了。

"再会！先生！"父亲说。

"再会！你给我这穷老人以慰藉了！愿上帝保佑你！"先生在车将开动时说。

"再见吧！"父亲说。

先生摇着头，好像在说："恐怕不能再见哩！"

"可以再见的，再见吧！"父亲反复说。

先生把颤着的手高高地举起，指着天：

"在那上面！"

先生的影子就在那举起手的瞬间不见了。

痊　愈

（二十日）

和父亲快乐旅行回来，十天之中，我的生活竟昏天暗地了，这真是做梦也料不到的事情。我在这几天内，病得几乎没了命。只朦胧地记得母亲曾啜泣，父亲曾脸色苍白地守着我，雪尔维姐姐和弟弟低声说着话。戴眼镜的医生守在床前，向我说着什么，但我全听不明白了，只差一点儿，我就要和这世界永别了。其中有三四天我什么都不知道，像在做一场黑暗苦痛的梦！记得我二年级时的女老师曾到过我的床前，我的先生曾弯下身亲吻了我的脸颊，当时只感觉脸上被胡须触碰着觉得痛。克洛西的红发、代洛西的金发以及穿黑上衣的格拉勃利亚少年都好像在云雾中。卡隆曾拿着一个带叶的橘子送给我，我记得他因母亲有病，待了一会儿就回去了。

现在我从一个长梦中醒来了，神志也清晰了，见父亲母亲在微笑，雪尔维姐姐在低声唱歌，我才知道自己的病已大好了。啊！真是可悲的噩(è)梦啊！

醒来以后，每日都有好转。等到“小石匠”来装鬼脸给我看，我才又一次展开了笑脸。那孩子自从病了以后，脸长了许多，鬼脸比以前似乎装得更像了。可莱谛也来了，卡洛斐也来了，他来时送了我两张他正在经营的彩票。昨天我睡着的时候，泼来可西来了，据说他拉起我的手在自己的脸颊上触了一下就出去了，他是从铁工场来的，脸上沾着煤炭，我袖子上也因此留下了些黑色印迹，醒来后见着它很是开心。

几天的工夫，树叶又绿了许多，我从窗口望去，见孩子们都挟(xié)了书到学校去，我真是羡慕！我也快要回到学校里去了，我想快些见到我的同学们，看看自己的座位、学校的操场以及街上的风景，听听在我生病期间发生的新闻，翻阅翻阅笔记本和书籍……这些都好像已有一年不见了哩。可怜我母亲已瘦得苍白了，父亲也很疲劳。来看望我的亲切的朋友们都跑过来亲吻我。啊！一想到将来要和这么多朋友分开，我就悲伤起来。我大约是可以和代洛西一起升学的，其余的朋友怎样呢？五年级完了以后大家就分离了，从此以后不能再相会了吧！遇到疾病的时候，也不能再在床前看见他们了吧！卡隆、泼来可西、可莱谛，都是很亲

你知道吗

当时意大利学制与我国不同，意大利初等教育只有五年学制哦。

切、很要好的朋友。可是都不长久！

工人朋友

（二十日）

安利柯！为什么“不能长久”呢？这都取决于你。你五年级毕了业升了中学，他们则要去当工人。几年之中，彼此都在同一城市，为什么不能相见呢？你即使进了高等学校或大学，不可以到工厂里去访问他们吗？在工厂中与旧友相见，是多么快乐的事啊！

无论在什么地方，你都可以去访问可莱谛和泼来可西，都可以到他们那里去学习种种知识。怎样？倘若你和他们不继续交往了，那么你将来就不能有这样的和自己阶级不同的友人了。到那时候，你就只能在一个阶级中生活了。只在一个阶级中交际的人，就像只读一本书籍的学生一样。

所以，要决心和这些朋友永远继续交往啊！并且，从现在起，就要注意多和工人子弟交流。上流社会好像将领，下流社会是士兵。社会和军队一样，士兵并不比将领轻贱。贵贱在能力，并不在于俸禄（fèng lù）；在勇气，并不在于阶级。正因为士兵与工人所得的报酬少，所以才更可贵。因此你在朋友之中应该特别敬爱工人的儿子，对他们父母的劳动与牺牲，应该表示尊敬，不应只着眼于财产和阶级的高下。以财产和阶级高下来区分人，是一种卑贱的心理。救济我国的那些神圣的血液正是从工厂、田园的劳动者的血管中流出来的。要爱卡隆、可莱谛、洑来可西、“小石匠”啊！他们的心中住着高尚的灵魂哩！将来无论命运怎样变动，绝不要忘了这少年时代的友谊，从今天就该这样发誓。再过四十年，如果到车站时看见脸上黝黑、穿着司机衣服的卡隆，你即使做着贵族院议员，也应立刻跑到车头上去，将手勾在他的脖子上，我相信你一定会这样的。

——父亲

卡隆的母亲

（二十八日）

回到学校里，我最初听见的是一个坏消息，卡隆因母亲大病，缺课好几天了。终于，他母亲于上星期六那天死了。昨天早晨我们一走进教室，先生对我们说：

“卡隆遭遇了莫大的不幸！母亲去世了！他明天大约要回到学校里来，望你们大家同情他的痛苦。他进教室来的时候，要亲切小心地招呼他，安慰他，不许说戏言或向他笑！”

今天早晨，卡隆略迟了一会儿来学校。我见了他，心里好像被什么塞住了。他脸孔瘦削、眼睛红红的、两脚微颤着，似乎自己生了一个月大病的样子。全身换了黑服，差不多一眼认不出他是卡隆来。同学们都屏了气注视着他。他走进教室，似乎突然记起母亲每日来接他，在椅背后看他、观察他、注意他的情形，就忍不住哭了起来。先生拉他过去，将他搂在怀里：

“哭吧！哭吧！苦孩子！但是不要灰心！你母亲已不在这世界了，但是她仍在照顾你，仍在爱你，仍在你身旁呢。你有时会和母亲相见的，因为你有着和母亲一样真正的精神。啊！你要自己珍重啊！”

先生说完，领他坐在我旁边的座位上，我不忍看卡隆的脸。卡隆取出自己的笔记本和久已不翻的书来看，翻到上次母亲送他来的时候折起做记号的地方，又掩面哭泣起来。先生向我们使个眼色，暂时不去理他，先上课。我想对卡隆说句话，可是也不知说什么好，只将手搭在卡隆肩上，低声地这样说：

“卡隆！不要哭了！啊！”

卡隆不回答，只把头埋在书桌上。下课以后，大家都沉默着恭敬地围在他周围。我看见我母亲来了，就跑过去想求母亲的拥抱，母亲却将我推开，只是看着卡隆。我莫名其妙，只看见卡隆独自站在那里默不作声，悲哀地看着我，那神情好像在说：

“你有母亲来抱你，我已不能够了！你有母亲，我已没有了！”

我才悟到母亲推开我的缘故，就不等母亲拉我，自己出去了。

寇塞贝·马志尼

（二十九日）

今天早晨，卡隆仍脸色苍白，眼睛红肿。我们堆在他桌上作为悼念的物品，他也没顾及。先生另外拿了一本书来，说是

预备念给卡隆听的。他先通知我们说：明天要授予勋章给上次在濮(pú)河救起小孩的少年，午后一点，大家到市政府去参观，星期一就做一篇参观笔记当作这月的每月例话。通告说完以后又向着那垂着头的卡隆说：

“卡隆！今天请忍住悲痛，和大家一同把我讲的话用笔记下来。”

我们都捏起笔来，先生就开始讲：

“寇塞贝·马志尼[①]，一八〇五年生于热那亚，一八七二年死于比萨，他是个伟大的爱国者、大文豪，又是意大利改革的先驱者。他为爱国精神所驱，四十年中一直在和贫苦斗争，他甘受放逐的迫害，宁愿沦为亡命者，也不肯变更自己的主义和决心。他非常敬爱母亲，将自己高尚纯洁的精神全归功于母亲的感化。他有一个知心好友丧了母亲，不胜哀痛，于是他就写了一封信去慰唁(yàn)。”下面就是他书中的原文：

朋友！你已不能在这世上再见你的母亲了。这实是痛苦的事。我目前不忍看见你，因为你现在正处在谁都躲不过的神圣的悲哀之中。‘悲哀非超越不可’，你了解我这话吗？悲哀不能改善我们的精神，反而会使精神陷于柔弱卑微中。我们对于悲哀的这一部分，必须战胜并且超越它。而在悲哀的另一面，有着使我们精神高尚伟大的东西。这部分应该永远保存，绝不可抛弃。在这世界中最可爱的莫过于母亲，在这世界所给你的无论是悲哀还是喜悦

①寇塞贝·马志尼：现多译为朱塞佩·马志尼。

之中，你都想起你的母亲吧。但是，你要纪念母亲、敬爱母亲、哀痛母亲的死，不可辜负你母亲的心啊！朋友！试听我言！死这东西是不存在的，它是空无所有的，甚至是难以了解的。生命就是生命，他是依从生命的法则的，而生命的法则就是进步。你昨天在这世上有母亲，你今天在别处有天使。在这个世界上，凡是善良的东西，都将强有力地永不消灭。你母亲的爱不也是这样吗？你母亲要比以前更爱你啊！因此，你对于母亲也就有比以前更重的责任了。你在另一个世界能否和母亲相会，完全要看你自己的行为了。所以，为了爱母亲的心情，也要改善自己以安慰母亲的灵魂。以后你无论做什么事，常须自己反省：'这是否是母亲所欢喜的？'母亲的去世实则是替你在这世界上遗留了一个守护神。你以后一生的行为，都非和这守护神商量不可。要刚毅！要勇敢！要在失望与忧愁中奋斗！要在大苦恼之中维持精神的平静！因为这是母亲所欢喜的。

先生再继续着说：

“卡隆！要刚毅！要平静！这是你母亲所欢喜的。懂了吗？”

卡隆点头，大粒的泪珠簌簌地落在手背上、笔记本上和桌上。

少年受勋章

（每月例话）

午后一点钟，先生领我们到市政所去，参观给上次在河里救起小孩的少年的授勋仪式。

大门上飘着大大的国旗，我们走进院内，那里已是人山人海。院子前面摆着用红色桌布罩着的桌子，桌子上放着文件。后面是市长和议员的席位，有许多华美的椅子。礼宾人员穿着青色背心和白袜，已在那里准备就绪。再右边是一队挂勋章的警察，税务局的官员都在一旁。另一边排着许多盛装的消防队，还有许多骑兵、步兵、炮兵。其他绅士呀、一般平民呀、妇女呀、小孩呀，都围在这周围。我们和别的学校的学生一起聚集在一角，旁边有一群十岁到十八岁左右的少年正在谈笑，据说这是今天受勋章少年的朋友，特地从故乡来参会的。市政府的人员大多正在从窗口往下望，图书馆的走廊上也有许多靠着栏杆观看的人。在正门的楼上，满满地聚集着小学的女学生和戴着面纱的军人女眷。这情形正像一个剧场，大家高兴地谈说着，时时向有红毡的桌子的地方望，看有谁出来没有。乐队在廊下一角静奏乐曲，日光明亮地照射在高墙上。

忽然，鼓掌声四起，从院子里，从窗口，从廊下。

我踮起脚来张望。看见红桌子后面的人们已分为左右两排，另外来了一个男子和一个女子，男子正拉着一个少年的手。

这少年就是那救助朋友的勇敢少年。那男子是他的父亲，原是一个泥瓦匠，今天打扮得很整齐。女人是他的母亲，身材小小的，白皮肤，穿着黑衣服。少年也是白皮肤，穿着灰色的上衣。

三人见了这许多人，听了这许多的鼓掌声，只是站着不动，眼睛也不向别处看，礼宾人员领他们到桌子的右侧。

过了一会儿，鼓掌声又响起了。少年望望窗口，又望望廊下，好像不知自己在什么地方。少年长得略微像可莱谛，只是面色比可莱谛红润些。少年的父母注视着桌子。

这时候，在我们旁边的少年的老乡朋友接连向少年招手。或是轻轻地唤着“平！平！平诺脱！”以引起少年的注意。少年好像听见了，向他们点头微笑。

隔了不一会儿，守卫整顿了一下秩序，市长和许多绅士一起进来了。

市长穿着纯白的衣服，围着三色的披肩。他站到桌子前，其余的绅士都在他两旁或背后就座。

乐队停止奏乐，市长做了个手势，满场肃静了。

市长开始演说。开头大概叙说了少年的功绩，听得不是很清楚。后来声音渐渐升高，语音遍布全场，一句都没漏：

“这少年在河岸上看见自己的朋友将要沉下去，就毫不犹豫地脱去衣服，跳入水中去救他。旁边的孩子想拦住他，说：‘你也要同他一起沉下去哩！’他像没听见似的跃入水中。河水正涨着，连大人下去也不免有危险，但他尽了力与急流斗争，竟捞着了快在水底淹死的朋友，提了他浮上水面，中途几次险遭沉没，最终还是凭借着勇气游到岸边。那种坚忍和决死的精神，几乎不像是少年的行为，竟像大人救自己爱子的情景。上帝鉴于这少年勇敢的行为，使他成功了，使他将快要死的朋友从死亡中救出。事后，他若无其事地回到家里，轻描淡写地把经过告诉了家人。”

“诸君！勇敢对于大人来说已是难能可贵的美德，至于在没有名利之念的小孩身上，在一个体力尚弱，无论做什么都需要大人引导的小孩身上，并没有什么必要的社会义务和责任的。即使不做什么，只要他能理解人，不忘恩，已足够是一个令人喜欢的小孩了。所以他的这一勇敢行为真是神圣之至的了。诸君！我不再说什么了！我对于这样高尚的行为，不愿再加多余的赞美！现在诸君的面前，就立着这位高尚勇敢的少年！军人们啊！请像对待弟弟一样地待他！做母亲的太太们啊！请像祝福自己儿子一样地祝福他！孩子们啊！请记住他的名字，将他的样子雕刻在心里，永不忘记！请过来！少年！我现在以意大利国王的名义，将这勋章授予给你！”

市长从桌上取了勋章，替少年挂在胸前，又抱了他吻了一下。母亲挡住了两眼，父亲的下巴垂到了胸口。

市长和少年的父母握手，将那用丝带绑着的奖状递给少年的母亲。又向那少年说：

“今天是你最荣耀的日子，对于父母来说是最幸福的日子。请你终生不要忘记今天，走上你光明远大的人生之路！再会！”

市长说完退了下去，乐队又奏起乐来，我们以为仪式就此结束了。这时，从消防队中走出一个八九岁的男孩子来，跑到那受勋的少年身边，投入他张开的双臂中。

掌声又响起来了。那是在濮河被救起的那个小孩，这次来是为感谢救命之恩的。被救的小孩与恩人接吻拥抱以后，两个少年拉着手，父母跟在他们后面，勉强从人群中挤向大门。警察、小孩、军人、妇女都朝着一个方向，踮起了脚想看看这少年，靠近他的人有的还去握他的手。他们从学生的队伍旁通过时，学生都把帽子高高地举在空中摇动。和少年同乡的孩子们都纷纷地前去握住少年的胳膊，或是拉住他的上衣，狂叫“平！平！万岁！平君①万岁！”少年通过我的身旁时，我看见他脸上还带着红晕，似乎很是开心，他那勋章上附有红、白、

①平君：此译版是由日译版翻译而来，此处的“君”是日语中对男性的尊称。

绿三色的丝带，他父亲用颤颤的手在抹胡须。立在窗口及廊下的人们见了他们过来，都在向他们喝彩，他们通过大门时，女眷们纷纷从廊下抛下鲜花或野菊花来，落在那少年和他父母头上，有的花落在了地上，旁边的人都俯下去拾了再交付给他母亲。这时，院子里的乐队静静地奏出幽婉的乐曲，那音调好像无数银铃般的歌声逐渐消失在了遥远的河岸上。

五月

畸(jī)形儿

（五日）

今天从学校请了假，母亲领我到畸形儿学校去了。母亲是为门房儿子入校的事去的。到了那里，母亲叫我留在外面，不让我入内。

安利柯！我为什么不叫你进学校去，你怕是还不知道原因吧？因为我把你这样健康的小孩带进去，给不幸的残疾的他们看，是不好的。即使不是这样，他们已经时时痛感自己的不幸哩！那真是可怜啊！将心比心，我的眼泪就要忍不住涌出来。男女小孩约有六十人，有的骨骼不正，有的手足歪斜，有的身体扭转不开。其中也有许多相貌伶俐、眉目可爱的孩子。有一个孩子，鼻子高高的，只是脸的下半部分已像老人似的又尖又长了，可是他还挂着可爱的微笑呢！有的孩子从前面看上去很端正，不像是有残疾，一叫他背过身来，就觉得非常可怜。医生恰好在这里，叫他们一个一个站在椅子上，脱去衣服，检查他们膨大的肚子或是粗大的关节。他们时常这样脱去衣服给人看，已经习惯了，一点也不觉得难为情，可是以后，他们在初次发现自身残疾的时候该有多么难过啊！随着病情渐渐加重，他人对于他们的爱就会渐渐减退，有的整整几小时地被弃置在屋角，吃粗劣的食物，有的还要被嘲弄，有的也许白白受了几个月无用的绷带和治疗的痛苦。现在靠着学校的照料和适当的食物及运动，已恢复许多了。今天，我看见那伸出来的绑着绷带或是夹着木板的孩子们的手和脚，真是可怜呢。有的在椅子上不能直立，用胳膊托住了头，一手抚摸着拐杖；有的手臂虽勉强向前伸直了，呼吸却急促起来，脸色苍白地倒下地去了。虽然这样，他们还在装着用微笑来隐藏痛苦呢！安利柯啊！像你这样健康的小孩，还不知自己感谢自己拥有的健康，我见了那可怜的畸形的孩子，一想到世间做母亲的把抱在怀中的自己的壮健的小孩当作自己的荣耀，就替那些残疾小孩难过。我恨不能一个一个去抚摸和拥抱他们。如果周围没人，我就要这样说：

“我不离开此地了！我愿一生为你们牺牲，做你们的母亲！”

可是，孩子们还唱歌哩，那种细而可悲的声音，使人听了肝肠寸断。先生称赞他们，他们就非常快活。先生通过他们座位的时候，他们都去吻先生的手，大家都爱着先生呢。据先生说，他们头脑很好，也很用功。那位先生是一个年轻的态度温和的女人，脸上充满了慈爱，她大概每天和不幸的孩子们作伴，脸上常常带着一种忧伤。可真令人敬佩啊！生活辛劳的人虽有很多，但像她那样做着神圣职务的人是不多的吧。

——母亲

牺 牲

（九日）

雪尔维姐姐像母亲一样，也有着高尚的精神。昨夜，我正抄写每月例话《六千英里寻母》的一段，姐姐静悄悄地走过来，压低了声急忙说：

“快到母亲那里去！母亲和父亲刚才在说什么呢，好像发生了什么不幸的事，很是悲痛。母亲在安慰他。说家里要困难了。懂吗？家里快要没有钱了！父亲说，要做若干牺牲才能恢复呢。我们也一同做牺牲好吗？非牺牲不可的！啊！让我和母亲说去，你要赞成我，并且，要照姐姐所说的样子，向母亲立誓，要什么都答应做啊！”

姐姐说完，拉着我的手一同到了母亲那里。母亲正一边做着针线，一边沉思着。我在长椅子的一端坐下，姐姐坐在那一端，就说：

“母亲！我有一句话要和母亲说。我们两个有一句话要和母亲说。”

母亲吃惊地看着我们。姐姐继续说：

“父亲不是说没有钱了吗？”

“说什么？”母亲红了脸回答。“没有钱的事，你们知道了？这是谁告诉你们的？”

姐姐大胆地说：

“我知道哩！所以，母亲！我们觉得非一同牺牲不可。你不是说过到了五月要给我买扇子吗？还答应给安利柯弟弟买颜料盒呢。现在，我们什么都不要了。一分钱也不想用，不给我们也可以。啊！母亲！”

母亲刚要回答什么，姐姐制止住了她：

“不，非这样不可。我们已经这样决定了。在父亲没有钱的时候，水果什么的都不要，只要有汤就好，早晨单吃面包也就够了。这么一来，饭费是可以多少省些出来的吧。以前给我们吃得实在太好了！我们决定只要这样就满足了。喂，安利柯！不是吗？”

我回答说是。姐姐用手遮住母亲的嘴，继续说：

“还有，无论是衣服或是什么，如果有可以奉献的，我们也都欢欢喜喜地拿出来。把人家送给我们的东西卖了也可以，帮母亲劳动也可以。终日劳动吧！什么事情都做，我，什么事情都做！”说着又用胳膊搂住了母亲。

“如果能帮助父亲母亲，父亲母亲再像从前那样露出快乐的面目给我们看，无论怎样辛苦的事情，我也都愿意做的。”

这时母亲脸上的快乐，是我所未曾见过的。母亲热烈地亲吻着我们的额头，她什么都不说，笑脸上还挂着泪珠。后来，母亲对姐姐说明家中并不缺钱，叫她不要误听，还屡次称赞我们的好意。这一夜很开心，等父亲回来，母亲就一五一十地把这事告诉了他。父亲也没说什么。

今天早晨我们吃早饭时，我的餐巾下面藏着颜料盒，姐姐的餐巾下面藏着扇子。

火　灾

（十一日）

今天早晨，我抄完了《六千英里寻母》，正想着这次作文的素材。忽然楼梯上有陌生人的说话声。过了一会儿，有两个消防员走进屋来，和父亲说要检查屋内的火炉和烟囱。因为屋顶的烟囱冒出了火，辨不出是从谁家发出来的。

“请检查！”父亲说。其实我们屋子里并没有燃着火。消防员仍在客室巡视，把耳朵贴近墙壁，听有没有火喷出的声音。

在他们各处巡视时，父亲对我说：

“哦！这不是作文的好题目吗？叫作《消防队》。我讲，你写！

“两年以前，我深夜从剧场回来，在路上见过消防队救火。我才要走入罗马街，就见有猛烈的火光，许多人都聚在那里。一间屋子正在烧着，像舌的火焰，像云的烟气，从窗口和屋顶喷出。男人和女人从窗口探出头来正拼命地呼喊，忽而又不见了。门口挤满了人，齐声叫喊说：‘要烧死了哩！快救命啊！消防队！’

“这时来了一辆马车，四个消防员从车中跳出。他们最先赶到，一下车就冲进屋子里去了。他们一进去，就发生了可怕的事情。一个女子在四楼的窗口叫喊着奔出，手拉住了栏杆，背正朝外在空中挂着。火焰从窗口喷出，几乎要卷着她的头发了。群众惊恐地叫喊着，方才进去的消防员弄错了方向，已打破了三楼的墙壁要进去。这时群众齐声狂叫：‘在四楼，在四楼！’

“他们急忙爬上四楼，在那里听见了恐怖的叫声，只见梁木从屋顶落下，门口满是浓烟。要到有人的屋子里去，除了从屋顶走，已没有别的路了。他们急忙跳上屋顶，这时只见从烟里露出一个黑影，这就是那最先跑到的队长。可是，要从屋顶到那被火包着的屋里去，非通过屋顶的窗和檐缝间极狭小的地方不可。因为别处都被火焰包住了，只有这狭小的地方，还积着冰雪，但却没有可攀缘[①]的东西。

“‘那里无论如何通不过去！’群众在下面叫。

“队长沿着屋顶边走，群众战栗地看着他。他终于通过了那狭小的地方。下面的喝彩声几乎要震荡起天空。队长走到危急的现场，用斧子把梁椽(chuán)斩断，砍出一个可以钻进去的窟窿。

“这时，那女子仍在窗外挂着，火焰快要卷到她的头上了，眼见她就要落下来了。

“队长把身子缩紧了通过窟窿就跳进了屋里去，跟着他的消防员也跳了进去。

“刚刚运到的长梯子架到了屋外。窗口不断地冒出凶险的浓烟来，耳边听到可怕的号叫声，危急得几乎无从着手了。

①攀缘：指攀拉援引他物而上。

"'不好了！连消防员也要烧死了！完了！早已死了！'群众叫着。

"忽然，队长的黑影在有栏杆的窗口又出现了，火光在他头上照得红红的。女子抱着他的脖子，队长两手抱着那位女子，走进了屋里。

"群众的叫声在火烧声中沸腾：'还有别人呢，怎样下来呀？那梯子离窗口很远，怎样接得着呢！'

"在群众的叫喊声中，突然来了一个消防员，他右脚踏着窗沿，左脚踏住梯子，身子悬空站着，屋里的消防员把被困者一一抱出来递给他，他又一一递给在下面的消防员，下面的又一一递给更下面的同伴。

"最先被救下来的是那个曾挂在栏杆上的女子，其次是个小孩，再次的也是个女子，最后的是个老人。被困者全部下来了，屋里的消防员也就一一下来了，最后下来的是那个最先上去的队长。他们下来的时候，群众喝彩欢迎，等到那拼了生命最先上去最后下来的勇敢的队长下来时，群众欢声雷动，都张开了手，好像在欢迎凯旋的将军似的在喝彩。一瞬间，他那寇塞贝·洛辟诺的名氏在数千人的口中传遍了。

"知道吗？这就叫作勇气。勇气这东西不是讲理由的，是不犹豫的，是见了人有危难就会像电光似的不顾一切地跳过去的。过几天，我带你去看消防队的演习，领你去见洛辟诺队长吧，了解他是怎样一个人。你想知道他吗？"

我回答说很想知道。

"就是这一位啰！"父亲说。我不觉吃了一惊，回过头去，见那两个消防员已检查完毕，准备出去了。

“快和洛辟诺队长握手！”父亲指着那位衣上缀有金边的短小精悍(hàn)的人说。队长立住了伸手过来，我去和他握了手。他行了个礼，便告辞而去了。

父亲说：

“好好地记住！你在一生中，握手的人当有几千，但像他这样豪勇的人恐怕不上十个吧！”

六千英里寻母

（每月例话）

几年前，有一个工人家的十三岁的儿子，独自从意大利的热那亚到南美洲去寻找他的母亲。

这少年的父母因遭了种种不幸，陷于穷困，背负了许多债。母亲想赚些钱，两年前到遥远的南美洲的阿根廷共和国的首都布宜诺斯艾利斯市去做女仆。勇敢的到南美洲去工作的意大利妇女实属不少，那里工资丰厚，去了不到几年，就可积攒(zǎn)几百元回来。这位苦难母亲在和她十八岁与十三岁的两个儿子分别时，悲痛得几乎要流出血泪，可是为了一家生计，还是忍痛勇敢地去了。

那妇人平安地到了布宜诺斯艾利斯，她丈夫有一个堂兄在那里经商，经由他的介绍，妇人到了市里某上流人的家中做了女仆。工资丰厚，待遇也很不错，她安心地工作着。初到时，她常有消息寄到家里来。他们彼此在分别时约定：从意大利去的信，交由堂兄转递，妇人寄到意大利的信，也先交给堂兄，堂兄附写几句，再转寄到热那亚丈夫那里去。妇人每月工资十五元，她一文不用，隔三月就寄钱给丈夫一次。丈夫虽是做工的，但很重名誉，他用这钱清偿了债款，一边自己奋发劳动，忍耐一切的辛苦和困难，一边等他的妻子回国。自从妻子出国以后，家里就冷落得像个空屋，小儿子尤其想念着母亲，一刻都忘不掉。

光阴如箭，不觉一年过去了。妇人自从来过了一封内容说自己略有不适的短信以后，就再没有了消息。他们写信到堂兄那里去问了两次，也没回信来。再直接写信到那妇人的雇主家里去，仍不得回复。后来才知道是因为地址弄错了，未曾寄到。于是全家更不安心了，特请求驻布宜诺斯艾利斯的意大利领事代为探访。

过了三个月，领事回答说连新闻广告都登过了，没有人来承认。或许那妇人以为做女仆是一家的耻辱，所以把自己的本名隐瞒了吧。

又过了几月，仍如石沉大海，终究没有消息。父子三人没有办法，小儿子尤其思念母亲，几乎要病了。既无方法可想，又没有人可商量。父亲想亲自到美洲去寻妻，但第一件事就是非把职务抛了不可，并且又没有可以寄托儿女的地方。大儿子似乎是可以派遣的，但他已能赚钱贴补家用了，无法叫他离家，大家每天只是面面相对地反复商量着。有一天，小儿子玛尔可一脸决心说：“我到美洲寻母亲去！”

父亲不回答什么，只是悲伤地摇着头。在父亲看来，小儿子的勇气虽可嘉（jiā），但以十三岁的年龄，经一个月的旅程独自到美洲去，究竟是不可能的事。幼子却坚持着自己的主张，从这天起，每天都谈起这事，总是坚持到底，而且总是神情沉着地述说可以去的理由，其懂事的程度正像大人一样。

“别人不是也去了吗？比我再小的人去的也多着哩！只要上了船，我就会和大家一同到那里的。一到了那里，我就跑去找寻伯父的住所，意大利很多人在那里，一问就可以问明白。等找到了伯父，不就可以寻着母亲了吗？如果再寻不着，那就去请求领事，托他代访母亲做工的主人的住所。无论中途有怎样的困难，那里也有许多工作可以做，只要能去劳动，回国的路费是用不着担忧的。”

父亲听他这样说，就渐渐赞成他了。父亲原本就深知这儿子有惊人的头脑和勇气，并且习惯了艰苦和贫困。这次去是为了找寻自己的慈母，必然会比平时生出加倍的勇气来。凑巧，父亲有一朋友曾是某船船长，父亲和船长商量，船长答应了替玛尔可弄到一张去阿根廷的三等船票。

父亲踌躇了一会儿，就答应了玛尔可的要求。到出发的日子，父亲替他包好衣服，拿几块钱塞入他的衣袋，又写了堂兄的住址交给他。在四月中天气很好的一个傍晚，父兄送玛尔可上了船。

船快开了，父亲在吊梯上和儿子作最后的吻别：

“玛尔可，去吧！不要害怕！上帝会守护着你的孝心的！”

> **阅读导航**
> 试着将少年一路上经历的磨难和收获的帮助画出来吧！

可怜的玛尔可！他虽已生出勇气，不以任何风波为意，但眼见故乡美丽的山渐渐消失在水平线上，举目只见汪洋大海，船中又无相识者，只是自身一个人，所带的财物只有行囊一个，一想到此，不觉悲愁了起来。最初二日①，他什么都不想吃，只是蹲在甲板上暗自哭泣,心潮翻涌,想起种种事来。其中最可悲可惧的，就是忧虑母亲万一已经死了。这忧虑不绝地缠绕着他，有时恍然如梦，眼前会出现一个素不相识的人，很怜悯地注视着他，那人趴在他耳边低声说:“你母亲已死在那里了！”他惊醒后方知是梦，才咽住了正要出口的哭声。

船行驶过直布罗陀海峡，一进大西洋，玛尔可才略微振作起来，可这不过是暂时的。茫茫的洋面上，除了水天以外什么都看不见，天气渐渐转热，周围这些离开故国的工人们可怜的身影和自己孤独的背影，都足以使他心中罩上一层暗云。一天一天，总是这样无聊地过去，正如床上的病人已忘记了时日，玛尔可觉得自己在海上好像已住了一年。每天早晨睁开眼来，他一看到自己仍在大西洋中，在独自赴美洲的途中，就深感惊讶。甲板上时时落下的美丽飞鱼，焰血一般的热带地方的日落，以及夜空中火山似的漂满海面的粼（lín）光，在他看来都好像是在梦境中看见的，不觉得这些是实物。天气不好的日子，他整日整夜卧在屋里，听器物的滚动声、磕碰声，周围人们的哭叫声、呻吟声，觉得似乎末日都已到了。而当那静寂的海转成黄色的时候，天气炎热如沸，人越发觉得倦怠无聊，在这种时候，疲弱极了的乘客都死了似的卧倒在甲板上不动。海不知何日才可行尽,满眼只见水与天,天与水，昨天，今天，明天，都是这样。

玛尔可一边倚在船舷上茫然地看海，一边想着母亲，往往就

---

①二日：现代汉语中“二”和“两”有明确的使用规范,“二”多与序数搭配,比如第二。此处在现代汉语中,应该用“两”。

不知不觉闭眼入了梦。梦见那不相识者很怜悯地贴耳告诉他："你母亲已死在那里了！"他一听这话声就会惊醒过来，仍对着水平线做梦似的空想。

轮船连续航行了二十七日，最末的一天天气很好，凉风拂拂地吹着。玛尔可在船中已熟识了一位老人，这老人是隆巴尔地的农夫，说是到美洲去看儿子的。玛尔可和他谈起自己的情形，老人大发同情，常用手拍着玛尔可的肩，反复地说：

"不要紧！马上就可以见到你母亲了！"

有了这同伴，玛尔可也就增加了勇气，觉得前途是有望的。美丽的月夜里，他站在甲板上，夹杂在大批离国的工人中，靠近那吸着烟的老人坐着，就想象已经到了布宜诺斯艾利斯的情景：自己在街上行走，忽然找着了伯父的店，扑向前去。"母亲怎样？""啊！一同去找她吧。""立刻去吧！"二人急匆匆地跨上了主人家的石阶，主人就开了门……他每次想象都中断于此，心中充满了说不出的挂念。自己暗暗地把脖子上悬挂着的奖牌拉出来，用嘴吻了吻，细语祈祷。

到了第二十七天，轮船在阿根廷共和国的首都布宜诺斯艾利斯港口下锚了。那是五月中阳光很好的一个早晨，到港碰着这样的好天气，真是好兆头。玛尔可高兴得忘了一切，只希望母亲就在距此几英里以内的地方，数小时内便可见面。自己已到了美洲，独自从原来的世界到了一个新世界，今天回顾起来，长期的航海旅程竟像只有一礼拜的光阴，觉得像是从梦中飞到此地来的，现在才梦醒。乘船时为防失窃，他把所带的钱分作两份藏着，今天一看，一份已不知在什么时候不见了，但因为心中有所期待，也并不介意。钱大概是在船行驶中被偷走了，虽已所剩无几，但怕什么呢，立刻就可以见到母亲了。玛尔可提起了包裹，随着大批的意大利人下了轮船，再由拖船渡到码头上了岸，和那亲切的隆巴尔地老人告别后，急忙大步地朝着街道走去。

到了市里，玛尔可向行人询问亚尔忒斯街在哪。那人恰巧是个意大利工人，向玛尔可打量了一会儿，问他能不能读文字。玛尔可说：“能的。”

那工人指着自己刚才走来的那条街道说：

“那么，沿着那条街道一直走，转弯的地方都标着街名，一一读过去，就会到你所要去的地方了。”

玛尔可道了谢，依着那人指的方向走去。坦直的街道连续不断，两旁都是别墅式的又白又低的住房，街上的行人和车辆混杂在一起，喧扰得耳朵都要聋了。街上到处都飘扬着大旗，旗上用大字写着轮船出口的广告。每走十几丈，必有个十字街口，左右望去都是又直又宽阔的街道，两旁也都是又低又白的房屋。路上满是人和车，一直望过去，就是像海一样的美洲平原。这城市竟好像没有尽头，一直扩张到全美洲似的。他注意着每一个地名，有的很奇怪，非常难读。碰见女人都注意着去看一眼，万一她就是自己的母亲。有一次，前面走过的女人有点像母亲，他就不觉地心跳血沸起来，急追上去看，虽有些相像，却是个有黑痣(zhì)的。玛尔可急急忙忙走了又走，到了一处十字街口，他看了一眼地名，就像被钉住了似的立定不动，原来这就是亚尔忒斯街了。转角的地方，写着一百一十七号，伯父的店址是一百七十五号，玛尔可急忙跑到一百七十五号门口，暂时立住定了定神，自言自语道：“啊！母亲，母亲！居然就可以见面了！”走近去，见是一家小杂货铺。这一定是了！进了店门，里面走出一个戴眼镜的白发老妇人来：

“孩子！你要什么？”她用西班牙语问。

玛尔可几乎说不出话来，勉强地才发声问：“这是勿兰塞斯可·牟里的店吗？”

“勿兰塞斯可·牟里已经死了啊！”妇人改用意大利语回答。

“几时死的？”

“很久了。大约在三四个月以前。他因为生意不顺，逃走了，据说到了离这里很远的叫作勃兰卡的地方，不久就死了。这家店现在已由我接手了。”

少年的脸色苍白了，急忙说：

“勿兰塞斯可，他是知道我母亲的。我母亲在名叫美贵耐治的人那里做工，除了勿兰塞斯可，没有人知道母亲的所在。我是从意大利来寻找母亲的，平日里的通信，都是托勿兰塞斯可转交的。我无论如何非寻着我的母亲不可！”

“可怜的孩子！我不知道，姑且问问附近的小孩们吧。哦！他认识勿兰塞斯可的伙计。问他，或许可以知道一些。”

说着她到店门口叫了一个孩子进来。

妇人问他：“还记得在勿兰塞斯可家里的那个青年吗？他不是常送信给在他人家里做工的那个女人的吗？”

“就是美贵耐治先生家里，夫人，他是时常去的，就在亚尔忒斯街尽头。”

玛尔可快活地说：

“多谢！请把门牌告诉我，要是不知道，那么请他领我去！喂，朋友，请你领我去，我身上还有些钱哩。”

玛尔可太激动了，那孩子不等老妇人回答，就先说：“我们去吧。”

两个孩子跑似的走到街尾，到了一所小小的白屋门口，在那华美的铁门旁停住。从门缝里可望见里边是一个有许多花木的小庭园。玛尔可按铃，一个青年女人从里面出来。

“美贵耐治先生是住在这里吗？”他很不安地问。

“以前在这里的，现在这屋归我们住了。”女人用西班牙语调子的意大利语回答。

“美贵耐治先生到哪里去了？”玛尔可问，他内心紧张极了。

“到科尔多瓦去了。”

“科尔多瓦？科尔多瓦在什么地方，还有在美贵耐治先生家里做工的人也一同去了吗？我的母亲——他们的女仆，就是我的母亲。我的母亲也被带去了吗？”

女人注视着玛尔可说：

“我不知道，我父亲或许知道，请等一等。”说完她走进去，叫了一个高瘦白发的绅士出来。绅士打量了这位金发尖鼻的热那亚少年一会儿，用不纯粹(cuì)的意大利语问：

“你母亲是热那亚①人吗？”

“是的。”玛尔可回答。

“那么，就是那个在美贵耐治先生家里做女佣的热那亚女人了。她随主人一家一同去了，我知道的。”

“到什么地方去了？”

“科尔多瓦市。”

玛尔可叹一口气，继而说：

---

①热那亚：利古里亚大区首府，意大利重要的工业中心和商港。

“那么，我就到科尔多瓦去！”

“啊！可怜的孩子！这里离科尔多瓦有好几百英里路呢。”绅士用西班牙语向他说着。

玛尔可听了这话，急得几乎要死去，一只手撑住铁门。

绅士很怜悯他，开了门说：“先请到里面来！让我想想看有没有什么法子。”说着自己坐下，叫玛尔可也坐下，详细问了一切经过，考虑了一会儿说：“没有钱了吧？”

“略微带着一些。”玛尔可回答。

绅士又思索了一会，就走到桌前坐下，写了封信，封好了交给玛尔可说：

“拿了这信到勃卡去。勃卡是一个小镇，从这里去，两小时就可以走到。那里有一半是热那亚人，路上自会有人给你指路的。到了勃卡，就去找这信上所写的人，在那里谁都知道他。把信交给这人，这人第二天就会送你到罗萨里奥去，到时候把你再托给别人，设法让你去到科尔多瓦。只要到了科尔多瓦，美贵耐治先生和你的母亲，你就都可以见到了。还有，这也拿了去。”说着把一些钱交到玛尔可手里，又说：

“去吧，大胆些！无论到什么地方，同国的人很多，怕什么！再会。”

玛尔可不知要怎么道谢才好，只说了一句“谢谢”，就提着包裹出来，和领路的孩子告了别，向勃卡行进。他心里充满着悲哀和惊异，向着那宽阔而喧扰的街道走去。

夜里，这一天中的事件就像梦魔一般在他的记忆中混乱浮动。他已疲劳、烦恼、绝望到了这地步了。

玛尔可在勃卡的小旅店和码头工人一起住了一夜，次日几乎一整天坐在木堆上，梦似的盼着来船。到了夜里，他乘着满载着水果的大船去往罗萨里奥。这船由三个热那亚水手驾驶，水手的脸都晒得铜一样黑。他听了三人的乡音，心中才略得些慰藉。

船程要三日四夜，这对这位小旅客来说，又是一番惊奇的旅程。国内所谓的大河和这见了令人惊心动魄的巴拉那河相比，只不过是一条小水沟，就是意大利全国的大河加起来的四倍也不及这条河长。

船日夜徐徐地逆流而上，有时绕过长长的岛屿，这些岛屿以前是蛇和豹的巢穴，现在橘树和杨柳成荫，看上去好像浮在水上的园林；有时穿过狭窄的运河，那是不知要多少时候才走得尽的长运河；有时又行过寂静的汪洋似的大湖，行不多时，忽又弯曲地绕过岛屿，或是穿过壮大繁茂的树丛，转眼寂静又占领周围，几英里之中只剩下了陆地和寂寥(liáo)的水，竟似未曾知名的新地。这小船好像在探险似的，越前进，妖魔样的河越使人绝望！母亲不是在这河的源头吗？这船程莫不是要连续走好几年吧？他不禁这样痴想着。他和水手一天只吃两次小面包就着咸肉，水手见他面有愁容，也不和他谈说什么。玛尔可夜里睡在甲板上，每次睡醒睁开眼来，望着那青白的月光，这时汪洋的水和远处的岸都被照成银色，对着这光景，他心里沉静下来，时时反复念着科尔多瓦，像是小时候在故事中听见过的魔境的地名。“母亲也曾走过这些地方吧，也曾见过这些岛屿和岸吧。”一想到此，他就觉得这一带的景物不似异乡了，寂寥也减去了许多。有一夜，一个水手唱起歌来，他因这歌声记起了小时候母亲逗他睡去时唱的儿歌。到了最后一夜，他听了水手的歌哭了。水手停了歌唱，说：

“当心！当心！怎么了？热那亚的男儿到了外国可以哭吗？热那亚男儿应该环行世界，无论到什么地方都充满勇气。”

他听了这话，身子颤抖了。他因为这热那亚精神，高高地昂起头来，用拳头击着舵说：

“好！是的！无论在世界上环行多少次我也不怕！就是徒步行几百英里也不要紧！直到寻着母亲为止，只管向前走去，死也不怕，只要最后倒在母亲身旁就好了！只要能够看见母亲就好了！就是这样，就是这样！”他存了这样的决心，于黎明时到了罗萨里奥。那是一个寒冷的早晨，东方被旭日烧得血一样红。这城市在巴拉那河岸，港口泊着上百艘各国的船只，旗影纷落在波中。

他提了包裹一上岸，就去拜访勃卡绅士所介绍给他的当地某绅士。一走入罗萨里奥的街道，他就觉得像是曾经见过的地方，到处都是又直又宽的街道，两侧接连排列着又低又白的房屋，屋顶上电线密如蛛网，人马车辆喧扰得人头昏眼花。他心想这不是又回到布宜诺斯艾利斯了吧，心里似乎竟要去寻访伯父住址的样子。他在街上乱转了大约有一个小时，可无论转几次弯，好像仍旧在原处，问了好几次路，总算找到了绅士的住所。一按门铃，里面出来了一个侍者样的身材肥大、长相可怕的男子，用外国语调问他来这里有什么事情。听到玛尔可说要见主人，就说：

“主人不在家，昨天和家属同到布宜诺斯艾利斯去了。”

玛尔可言语不通，强忍着情绪说：

“但是我——我在这里没有别的熟悉的人！我只是一个人！”说着把带来的介绍名片交给他。

侍者接了，生硬地说：

“我不晓得。主人过一个月就回来的，那时替你交给他吧。”

“但是，我只是一个人！怎样好呢！”玛尔可恳求说。

“哦！又来了！你们国家不是有许多人在这罗萨里奥吗？快走！快走！如果要乞讨，到意大利人那里去！”说着把门关了。

玛尔可化石似的站在门口。

没有办法，过了一会儿，他只好提了包裹懒懒地走开。他悲哀得很，心乱得如旋风，各种忧虑同时涌上心来。怎样好呢？到什么地方去好呢？从罗萨里奥到科尔多瓦需一天的火车路程，身上只有一块钱，除去今天的费用更是所剩无几了。怎样去张罗路费呢？劳动吧！但是向谁去求工作呢？求人施舍吗？不行！难道再像方才那样地被人驱逐辱骂吗？不行！如果这样，还是死了好！他一边这样想，一边望着没有尽头的街道，勇气慢慢消失了。于是他把包裹放在路旁，倚着墙壁坐下，两手捧着头，露出绝望的神情。

街上行人的脚碰在他身上，车辆轰轰地来往经过。孩子们站在一旁看他，他只是不动，忽然听得有人用隆巴尔地土音的意大利语问他：

“怎么了？”

他抬起头来看，不觉惊跳起来："你在这里！"

原来这就是航海中要好的隆巴尔地老人。

老人的惊讶丝毫不亚于他。他不等老人询问，急忙把经过告诉了老人：

"我没有钱了，非找个工作不可，请替我找个什么可以赚钱的工作，无论什么都愿做。搬垃圾、扫街道、做杂役、种田都可以。我只要有黑面包吃就好，只要得到路费能够去寻母亲就好。请替我找找看！我已没有别的方法了！"

老人环视了四周，挠着头说：

"这可为难了！工作也不是容易寻找的，另外想办法吧。有许多同胞在这里，一些金钱也许有法可想的吧。"

玛尔可因为有了希望，心里得了安慰，抬头对着老人。

"随我来！"老人说着迈开脚步，玛尔可提起包裹跟在后头。他们默然地在长长的街上走，到了一旅馆前，老人停住了脚。招牌上画着星星,下面写着"意大利的星"。老人向内张望了一会儿，回头来对着玛尔可高兴地说："真幸运。"

进了一间屋子，里面排着许多桌子，许多人在饮酒。隆巴尔地老人走近第一张桌前，依他和席上六位客人谈话的样子，似乎在不久以前，老人曾在这里和他们一起。他们都红着脸，在杯盘狼藉之间谈笑。

隆巴尔地老人不加叙说，立刻把玛尔可介绍给他们：

"诸位，这孩子是我们的同胞，为了寻找母亲，从热那亚到布宜诺斯艾利斯来的。到了布宜诺斯艾利斯，才知道母亲不在那里，在科尔多瓦。因为别人的介绍，就乘着货船，费了三天四夜的时间才到这罗萨里奥。不料到了以后，他把带来的介绍名片递出去的时候，对方却驱逐不理。他既没有钱，又没有认识的人，很困苦呢！有什么法子吗？只要有到科尔多瓦的车费，能寻到母亲就好了。有什么法子吗？像对狗一样置之不理，是不应该的吧。”

“哪里可以这样！”六人一齐击桌叫着说，“是我们的同胞哩！孩子！到这里来！我们都是在这里做工的。这是何等可爱的孩子啊！喂！有钱大家拿出来！真能干！说是一个人来的！好大胆！快喝一杯吧！放心！送你到母亲那里去，不要担忧！”

一人说着抚摸着玛尔可的头，一人拍着他的肩，另外一人替他取下了包裹。别的桌上的工人也聚拢过来，隔壁有三个阿根廷客人也出来看他。隆巴尔地老人拿了帽子出来，不到十分钟，已集得了八元四角钱。老人对着玛尔可说：

“你看！到美洲来，什么都容易哩！”

另外有一客人举杯递给玛尔可说：

“喝了这杯，祝你母亲健康。”

玛尔可举起杯来反复地说：

“祝我母亲健……”他心里高兴得说不出话来。他把杯子放在桌上以后，就去拥抱住了老人。

第二天天未明，玛尔可就向科尔多瓦出发了，他心中充满了欢喜，脸上也生出光彩。美洲的平原到处是荒凉，毫无悦人的景色，天气又闷热。火车在空旷而没有人影的原野上行驶，长长的车厢中只有他一个人，好像这是载伤兵的车子。左看右看，都是无边的荒野，只有枝干弯曲的树木，如怒如狂地到处散立着。一种看不惯的凄凉的光景，竟感觉像在败冢（zhǒng）①丛里行走。

---

①冢：坟墓。

睡了半小时，再看看四周，景物仍和先前一样。中途的车站人影稀少，竟像是神仙的住处，车虽停在那里也听不到人声。自己不是被弃在火车中了吧？每到一个车站，就觉得好像人境已尽于此，再前进就是怪异的荒蛮之地了。寒风拂着面孔，四月末从热那亚出发的时候，何尝料到在美洲会逢着冬天呢？玛尔可还穿着夏服。

数小时以后，玛尔可冷得受不了了。不但冷，并且几日来的疲劳也都一时全现了出来，于是就蒙头睡了过去。睡了很久，醒来身体都冻僵了，很不好受。这时漠然的恐怖无端袭来，他感觉自己不会病死在旅行中吧？自己的身体不会被弃在这荒野中作鸟兽的粮食吧？昔时曾在路旁见犬鸟撕食牛马的尸骸，他不觉地背过面去。现在自己不是要和那些东西一样了吧？在暗而寂寞的原野中，他被这样的忧虑缠绕着，被这样的空想刺激着，他只能看见事情的黑暗一面了。

到了科尔多瓦就见到母亲了，这靠得住吗？如果母亲不在科尔多瓦，怎么办呢？如果是那个亚尔忒斯的绅士听错了，怎么办呢？如果母亲死了，怎么办呢？玛尔可在空想之中又睡去了。梦中自己已到了科尔多瓦，那是夜间，各家的门口和窗口都传出这样的回答："你母亲不在这里啰！"惊醒起来，见车中对面有三个穿外套的有胡须的人正注视着他在低声说什么。这是强盗！他们要杀了我取走我的行李。疑虑像电光似的在头脑中闪着，精神不好，又寒冷，又加之恐怖，玛尔可的思维愈加错乱。三人仍注视着他，其中一个竟走近他。他几乎发狂了，张开两手奔到那人前面叫喊道：

"我没有什么行李，我是个穷孩子！是独自从意大利来寻母亲的！请不要把我怎样！”

三个旅客因玛尔可还是个孩子，就起了怜悯之心，甚至还去安慰他，和他说种种话，可是他也不懂。他们见玛尔可冷得牙齿发抖，就用毛毡给他盖了叫他躺下睡觉。玛尔可到傍晚又睡去了，等三个旅客叫醒他时，火车已到了科尔多瓦了。

他深深地吸了一口气，飞跑下车，向铁路职员问美贵耐治技师的住址。职员告诉他一个教会的名称，说技师就住在这教会的近处。他急忙地走了。

天已黑了。走在街上，好像又回到了罗萨里奥，这里仍是街道纵横，两旁也都是又白又低的房子，可是行人极少，只偶尔在灯光中看见黑黑的怪异的人影罢了。他一边走，一边抬头张望，忽见异样建筑的教会高高地耸立在夜空中。街上虽寂寞昏暗，但他在荒漠中走了一整日，眼里看到这些仍觉得热闹。途中他遇见一个僧(sēng)侣，问了问路，就急忙地寻到了教会和那家的住处，用战栗着的手按了门铃，另一只手按住那快要跳到喉间的鼓动的心。

一个老妇人携了洋灯出来开门，玛尔可一时说不出话来。

“你找谁？”老妇人用西班牙语问。

“美贵耐治先生。”玛尔可回答。

老妇人摇着头。

“你也找美贵耐治先生吗？真讨厌极了！这三个月中，不知费了多少无谓的口舌。早已登过报纸哩，如果看不见，街的转角里还贴着他已移居到图库曼的告示哩。”

玛尔可绝望了，心乱如麻地说：

“有谁在诅咒我！我若再看不见母亲，就要倒在路上死了！要发狂了！还是死了吧！那叫什么地名？在什么地方？从这里去有多少英里路？”

老妇人悯怜地回答道：

“可怜！那不得了，四五百英里至少是有的吧！”

“那可叫我怎样办好呢！”玛尔可掩面哭着问。

“叫我怎样说呢？可怜！有什么法子呢？”老妇人说着忽然像想到了一个方法：

“哦！有了！我想到了一个法子。你看怎样？向着这街朝右走下去。第三间房子前有一块空地，那里有一个叫作‘头儿’的人，他是一个商贩，明天就要用牛车载货到图库曼去了。你去帮他点什么忙，求他带你去好吗？大概他总肯在货车上载你去的吧，快去！”

玛尔可提了包裹，还没有说完道谢的话就走到了那空地。只见灯火通明，大批人正在把谷物装到货车上。一个穿着外套与长靴的有胡须的人正在一旁指挥着搬运。

玛尔可走近那人，恭恭敬敬地陈述了自己的愿望，并说明从意大利来寻母亲的经过。

“头儿”用尖锐的目光把玛尔可从头到脚打量了一会儿，冷淡地回答说：“没有空位。”

玛尔可哀求他：

“这里差不多有三元钱。我都交给你，路上情愿再帮你劳动，替你搬牲口的食料和刍(chú)草[1]。面包只吃一点儿就好了，请‘头儿’带了我去！”

“头儿”又打量了他一遍，态度略为亲切地说：

①刍草：喂牲畜的草。

“实在没有空位。并且我们不是到图库曼去，而是到圣地亚哥·德尔埃斯特罗去。就是带你同去，你也非中途下车再走许多路不可。”

“啊，无论走多少路也不要紧，我愿意。请你不要替我担心。到了那里，我自会设法到图库曼去。请你发发慈悲留个空位给我。我恳求你，不要把我留在这里！”

“喂，车要走二十天呢！”

“不要紧。”

“这是很艰苦的旅行呢！”

“无论吃多少苦都情愿。”

“将来要一个人独自步行呢！”

“只要能寻到母亲，什么我都愿忍受，请你应许我。”

“头儿”移过灯来，照着玛尔可的脸再注视了一会儿说：“可以。”玛尔可在他手上吻了一下表示感谢。

“你今夜就睡在货车里，明天四点钟就要起来。再会。”“头儿”说完走了。

第二天早晨四点钟，长长的载货车队在星光中嘈杂地行动了。每车计划用六头牛拖，最后的一辆车里又装着许多供替换的牛。

玛尔可被叫醒以后，坐在一车的谷袋上面，不久仍又睡去，等醒来，车已停在冷落的地方，太阳正猛烈地照着。车夫正焚起野火，烤炙(zhì)小牛蹄，大家都集坐在周围，火被风煽(shān)扬着。大家吃了食物，睡了一会儿，再次出发。这样一天一天地过着，规律的作息好像在行军。每天早晨五点出发，

到九点暂停，下午五点再开始行动，十点休息。车夫在后面骑马执着长鞭驱牛前进。玛尔可帮他们生火烤肉，给牲口喂草，或是擦油灯、打水。

大地的景色幻影似的在他面前展开，有褐色的小树林，有红色屋宇散列的村落，也有像咸水湖的遗迹似的满目亮晶晶的盐原。可无论向何处望，无论行多少路，都是寂寥荒漠的空野。偶然也可逢到两三个骑马的旅客，他们都像旋风一样很快过去了。一天又一天，好像仍在海上，倦怠不堪，只有天气不坏，才算是幸事。车夫们对待玛尔可渐渐凶悍，故意强迫他搬拿不动的刍草，到远处去打水，竟把他当作奴隶。他疲劳极了，夜里也睡不着，身体随着车的摇动颠簸着，车轮声轰得耳朵都发聋。风还不绝地吹着，把又细又带有油气的红土卷入车内，扑到嘴里眼里，红土使得眼不能张开，呼吸也困难，真是苦不堪言。因为劳累过度与睡眠不足，他的身体弱得像棉花一样，满身都是灰土，还要忍受责骂或是殴(ōu)打，他的勇气也就一天一天地消退下去。如果没有那“头儿”时时亲切的慰藉，他的气力或许早就全部消失了。他躲在车角里，背着人用包裹掩面哭泣，所谓包裹，其实也只包着些烂絮。每天起来，他自觉身体比前日更弱，元气也比前日更衰，回头四望，那无垠的原野就像土色的大洋一样展示在眼前。“啊！恐怕不能再度过今夜了，恐怕不能再度过今夜了！今天就要死在这路上了！”他不觉地这样自言自语着。劳役也渐渐地在增加，虐待也愈加厉害。有一天早晨，“头儿”不在，一个车夫怪他打水太慢，就开始打他，大家又轮流用脚踢他，还骂说：

“挨了这脚去！把这带给你母亲！”

他心都要碎了，终于大病了，连发了三日的高烧，胡乱拉了些什么当作被盖，就卧在车里。除“头儿”有时来递汤水给他或是替他把脉外，谁都不去顾着他。他自以为快死了，反复地叫母亲：

“母亲！母亲！救救我！快到我这里来！我快要死了！母亲啊！不能再见了啊！母亲！我快要死在路旁了！”

他将两手交叉在胸前祈祷。从此以后，病竟渐减退了，又因得了“头儿”的善遇，竟又恢复了原状。病虽好了，可这旅行中最难过的日子也到了，他就要下车独自步行了。车行了两个多星期，现在已到了图库曼和圣地亚哥·德尔埃斯特罗岔路的地方。“头儿”说了声再会，指了指路径，又替他将包裹搁在肩上，使他走路方便些，“头儿”一时好像起了怜悯之心，但接着又和他告了别，弄得玛尔可连在“头儿”手上吻别的工夫都没有。其中，要对那一向虐待他的车夫告别原是痛心的事，可真的到了走开的时候，玛尔可也一一向他们打了招呼，他们也都举手回复了。玛尔可目送他们一队人马在平野上消失后，才蹒跚(pán shān)地独自登上旅程。

旅行中有一事使他的心得到些许安慰。玛尔可在荒凉无边的荒野里过了几日，路上却看见高高的青山，它们的顶上和阿尔卑斯山一样地积着白雪。一见到此，就如见到了故乡意大利。这山属于安第斯山脉，为美洲大陆的脊梁，北从特立尼达岛绵延到接近南极的冰海，像连锁似的纵亘(gèn)着，南北跨着一百一十纬度。日日向北行进，气候渐和热带接近，空气逐步温暖了，这也使他觉得愉悦。路上时逢村落，他就在那小店中买食物来充饥。有时也碰到骑马的人，又有时会见到妇女或小孩坐在地上注视他，他们脸色黑得像土一样，眼睛斜竖着，颊骨高突，是印第安人。

第一天，玛尔可尽力前行，夜宿于树下。第二天就觉得力乏了，行路不多，靴子破了，脚也痛，又因食物不足，胃也受了病。看看天已将晚，自己不觉就恐惧起来，在意大利时曾听人说这地方有毒蛇，耳朵边时常听得见有像蛇爬行一样的声音。听到这声音时，方才停止的脚又开始向前奔走，真是吓得不得了。有时他也被悲哀所缠绕，一边走一边哭泣。他想：啊！母亲如果知道我在这里这样惊恐，将怎样悲哀啊！这样一想，勇气就恢复了几分。为了忘记恐惧，他就把关于母亲的事从头一一记起：母亲在热那亚临别时的吩咐，自己生病时母亲替他把被盖在胸口，以及在婴幼儿时母亲抱着自己，贴在自己的头上说："在我的怀里睡觉吧！"他自言自语道："母亲！我还能和您相见吗？我能达到这旅行的目的吗？"一边想，一边在那陌生的森林、广漠的栗子丛、无垠的原野上行走着。

前面的青山依旧高高地耸在云际，四天过去了，五天过去了，一星期过去了，他气力渐弱，脚上流出血来。有一天傍晚，他向人问路，那人和他说："到图库曼只有五十英里了。"他听了欢呼急行，可这终究不过是一时的兴奋，终于他筋疲力尽，倒在了沟边。虽然这样，胸中却跳跃着满足的心绪，灿然散在天空的星辰这时也显得分外美丽。他仰卧在草上想睡着，天空好像母亲在俯视。他说：

"啊！母亲！你在哪里？现在在做什么？也想念着我吗？想念着近在咫(zhǐ)尺的玛尔可吗？"

可怜的玛尔可！如果他知道了母亲现在的情形，他将用尽全力急奔前进了！他母亲正病着，躺在美贵耐治家的下人房里，美贵耐治一家素来爱她，曾尽了心力加以调护。当美贵耐治技师突然离开布宜诺斯艾利斯的时候，她就已经病了。科尔多瓦的好空气对她也没有什么功效，并且丈夫和堂兄方面都消息全无，好像有什么不吉利的事要落在她身上似的，她每天忧愁着，病也因此越来越重，终于演变成可怕的绞窄性肠疝(shàn)。睡了两星期，还未见好，如果要挽回生命，就非做外科手术不可。玛尔可倒在路旁呼叫母亲的时候，那边主人夫妇正在她病床前劝她接受医生的手术，她总是坚持拒绝。图库曼的一位名医虽在一星期中每天都临诊劝告，终究因病人不听而徒然回返。

“不，主人！不要再替我操心了！我已没有气力了，与其死在做手术的时候，还不如让我平平常常地死去！生命已没有什么可惜，横竖命该如此，在我未听到家里信息以前死了倒好！”

主人夫妇反对她的话，叫她不要自暴自弃，还说已直接替她寄信到热那亚，回信就快到了，无论怎样，总是接受手术的好，即便为自己的儿子打算也该这样。他们再三劝说，可是一提起儿子，她的失望更大，苦痛也愈厉害。终于哭了：

“啊！儿子吗？大约已经不在世上了！我还是死了好！主人！夫人！多谢你们！我不信做了手术就会好，害你们天天操心，从明天起，无须再劳医生来看了。我已不想活了，死在这里是我的命运，我已预备安然忍受这命运了！”

主人夫妇又安慰她，握着她的手，再三劝她不要说这样的话。

她疲乏极了，闭眼昏睡，竟像已经死了。主人夫妇从微弱的烛光中注视着这正直的母亲，也是怜悯不忍。像她那样正直善良而不幸的人，为了救济自己的一家人而离开本国，远远地到六千英里外来尽力劳动，真是少有的了，可怜终究要这样病死。

第二天早晨，玛尔可背着包裹，身体前屈着，跛着脚走到图库曼市。这城市在阿根廷的新城市中算是繁盛的都市了，但玛尔可看去仍像回到了科尔多瓦、罗萨里奥、布宜诺斯艾利斯一样，依旧都是又长又直的街道，又低又白的房屋。在这里，奇异高大的植物，芳香的空气，奇丽的光线，澄碧的天空，随处所见的都是意大利所没有的景物。进了市里，那在布宜诺斯艾利斯时经历过的想象再一次袭来。玛尔可每走过一家，总要向门口张望，以为这样或许就可以见到母亲，遇到妇女，也总要仰视一会儿，以为或许就是母亲，想询问别人，可是没有勇气大着胆子讲出来。站在门口的人们都惊异地注视着这衣衫褴褛满身尘垢的少年。少年想找一个看起来亲切的人询问一下，正行走时，忽然见有一旅店，招牌上写有意大利人的姓名。旅店里面有个戴眼镜的男子和两个女人。玛尔可徐徐地走近门口，鼓起了全部勇气问：

“美贵耐治先生的家在什么地方？”

“是做技师的美贵耐治先生吗？”旅店主人问。

“是的。”玛尔可回答，声细如丝。

“美贵耐治技师不住在图库曼哩。”主人答。

这时刀割剑刻一般的叫声，随着主人的回答响起。主人、两个女人，以及近旁的人们，都聚拢了来。

“什么事情？怎么了？”主人拉玛尔可入店，叫他坐下，“那也用不着失望，美贵耐治先生家虽不住在这里，但距这里也不远，费五六点钟[①]就可到的。”

---

①五六点钟：这里指五六个小时。

"什么地方？什么地方？"玛尔可像重生似的跳起来问。

主人继续说："从这里沿河过去十五英里，有一个地方叫作赛拉地罗。那里有个大大的糖厂，还有几家住宅，美贵耐治先生就住在那里。那地方谁都知道，费五六个钟头工夫就可走到的。"

有一个青年见主人这样说，就跑过来：

"我一月前曾到过那里。"

玛尔可睁圆了眼注视着他，脸色苍白地急忙问：

"你见到美贵耐治先生家里的女仆了吗？那个意大利人？"

"就是那个热那亚人吗？哦！见到了的。"

玛尔可又似哭又似笑，痉挛般地啜泣，继而下定了决心：

"向什么方向走的？快，把路指给我！我这就去！"

人们齐声说：

"差不多有一天的路程哩，你不是已经很疲劳了吗？非休息不可，明天去好吗？"

"不好！不好！请把路指给我！我不能再等了！就是倒在路上也不怕，立刻就去！"

人们见玛尔可这样坚决，也就不再劝阻了。

"上帝保护你！路过树林时要小心！但愿你平安！意大利的朋友啊！"他们这样说，有一个还陪他到了街外，给他指示路径，及种种应注意的事，又从背后目送他远去。过了几分钟，见他已背着包裹，跛着脚，穿入路侧浓厚的树荫中去了。

这夜，玛尔可的母亲病重了，因患处剧痛，悲声哭叫，时时陷入不省人事的状态。护士们守在床前片刻不离，病人发了狂，美贵耐治先生的太太不时惊慌地赶来看视。大家都很焦虑，她现在即使愿意接受手术，医生也非明天来不可了，已来不及救治了。

她略为安静的时候，就非常苦闷，这并不是从身体上而来的苦痛，乃是她挂念远处家属的缘故。这苦闷使她骨瘦如柴、人相全无。她不时扯着头发疯也似的狂叫：

“啊！太凄凉了！死在这样的远处！见不到孩子的面！可怜的孩子。他们将没有母亲了！啊！玛尔可还小哩！只有那么点大，他原是好孩子！主人！我出来的时候，他抱住我的脖子不肯放手，哭得厉害呢！原来他已经知道此后将不能再见母亲了，所以哭得那样悲惨！啊！可怜！我那时心都要碎了！如果在那时死了，在那分别时死了，或许反而幸福。我一向那样地抚养他，他是顷刻不离开我的。万一我死了，他将怎样呢！没有了母亲，又贫穷，他就要流落为乞丐了！饿倒在路上！我的玛尔可！啊！我那永远的上帝！不，我不愿死！医生！快去请来！快替我做手术！把我的心割开！把我弄成疯人！只要他把我的性命留下！我想病好！想活命！想回国去！明天立刻！医生！救我！救我！”

在床前的女人们握着病人的手安慰她，使她心情平静些，并且对她讲上帝及来世的话。病人听了又绝望了，扯着头发啜泣，终于像小孩儿似的扬声号哭：

“啊！我的热那亚！我的家！那片海！啊！我的玛尔可现在不知在什么地方做什么！我的可怜的玛尔可啊！”

时间已到半夜，她那可怜的玛尔可沿河走了几个小时，力气已用尽了，只在大树林中蹒跚着。树干大如教堂里的柱子，在半空中繁生着枝叶，仰望月光闪烁如银。从暗沉沉的树丛里看去，不知有几千支树干交互纷杂，有直的、有歪的、有倾斜的，形态百出。有的像颓倒的塔似的倒卧在地，上面还覆罩着繁茂的枝叶；

有的树梢尖尖的像枪似的成群矗（chù）立着，千姿百态，真是植物界中最令人惊异的壮观景象。

玛尔可有时虽陷入昏迷，但心里一直想着母亲。疲乏至极，脚上还流着血，他独自在广袤（mào）的森林中踯躅（zhí zhú），时时看见散落的小屋，那屋在大树下就好像个蚁冢，有时也见野牛卧在路旁。渐渐地，他也忘了疲劳，也不觉得寂寞了，一见到那大森林，心就自然振奋起来，想到母亲就在近处，就自然地发出大人样的力气和气魄来。玛尔可回忆着以前所经过的大海，所受过的苦痛、恐怖、辛劳，以及自己对付这些苦难时钢铁般的心，眉毛不自觉地高扬了起来，他感觉到热血正在他欢喜勇敢的胸中跃动。真是奇怪，一向在他心中朦胧的母亲的面貌，这时竟清晰地在眼前出现了。他难得能清楚地看见母亲的脸，现在却在脑海中清晰地看见了，好像母亲正在他面前微笑，连眼睛、嘴唇动的表情，都一一清晰起来。他因此更加振奋起精神，脚步也加速了，胸中充满了欢喜，热泪不自觉地从脸颊上流下来，仿佛在黑暗的路上走着，正在和母亲谈话。继而玛尔可独自嘀咕着和母亲见面时要说的话：

“总算到了这里了，母亲，你看我。以后永远不再离开了。一起回国去吧。无论遇到什么事,我终生也不再和母亲分离了。”

早晨八点钟光景，医生从图库曼带了助手过来，站在病人床前，做关于手术的最后劝告，美贵耐治夫妇也跟着多方劝说，可是终究还是无效。她自觉体力已耗尽，早没有信赖手术的心了。她说做手术必死无疑，无非徒加可怕的苦痛罢了。医生见她如此执迷，仍劝她说：

“手术是可靠的，只要略微忍耐就好了。如果不做手术，总是无望的。”然而仍是无效，她细声说：

“不，我已预备死了，没有白白受苦痛的勇气，请让我平平静静地死吧。”

医生也失望了，谁也不再开口。她脸朝向美贵耐治太太，用细弱的声音嘱托后事：

“夫人，请将这一点钱和我的行李交给领事馆，让他们帮我转送回国去。如果一家平安地都生存着就好了。在我瞑目以前，总盼着他们平安。请替我写信给他们，说我一向念着他们，曾经为了孩子们劳动过了……说我只是再也不能和他们见一面了……说我虽然如此，却勇敢地自己忍受着，为孩子们祈祷了才死……请替我把玛尔可托付给丈夫和长子……说我到了临终，还不放心玛尔可……”话犹未尽，突然气冲上来，捶手哭泣：“啊！我的玛尔可！我的玛尔可！我的宝贝！我的性命……”

等她含着泪看向四周，女主人已不在了，有人进来把女主人悄悄地叫出去。她到处找主人也没找见，只有两个护士和医生助手在床前。听到隔壁屋里有急乱的脚步声和嘈杂的说话声后，病人注视着房门，以为发生什么了。过了一会儿，医生进来了，转变了脸色，后面跟着的女主人，脸上也都有惊色。大家用怪异的眼神望着她，互相私语。她恍惚听见医生对女主人说：“还是快些说吧。”可是不知究竟是什么事。

女主人颤抖地向她说：“约瑟华！有一个好消息说给你听，不要吃惊！”

她用迫切的眼神看着女主人。女主人小心地继续说：

“是你所最期盼的事呢。”

病人眼睛睁大了。女主人继续说：

“给你看一个人——是你最爱的人啊。”

病人拼命地抬起头来，目光炯炯地看向女主人，又看向门口。

女主人脸色苍白地说：

“现在有个万万想不到的人来到了这里。”

“是谁？”病人惊惶地问，呼吸也急促了。她忽然发出尖锐的叫声，跳起来坐在床上，两手捧住了头，好像见了什么鬼似的。

这时，衣衫褴褛、满身尘垢的玛尔可已出现在门口。医生携了他的手，叫他后退。

病人发出三次尖锐的叫声：

“上帝！上帝！我的上帝！”

玛尔可奔跑过去。病人张开枯瘦的两臂，使出了老虎似的大力将玛尔可抱紧在胸前。剧烈地笑，无泪地啜泣。终于呼吸接不上来，倒在枕上。

她即刻恢复过来了，狂喜得不停在儿子头上亲吻，并叫着说：

“你怎么来到这里的？怎么？这真是你吗？啊，大了许多了！谁带你来的？一个人吗？没有什么吗？啊！你是玛尔可？但愿我不是做梦！啊！上帝！你说些什么给我听吧！”

说着，又突然改了话语：

“哎哟！请安静，且等一等！”

接着，她对医生说：“快！快快！医生！现在立刻！我想病好。我已愿意了，越快越好。给我把玛尔可领到别处去，不要让他听见。玛尔可，没有什么的。以后再说给你知道。来，再吻一下。就到那里去，医生！快请。”

玛尔可被领出去了，主人夫妇和别的女人们也急忙避出去。屋里只留下医生和助手二人，门立刻关了。

美贵耐治先生想拉玛尔可到远一点的屋里去，可是却不能。玛尔可像长了根似的坐在石阶上一动不动。

“怎么？母亲怎样了？她在做什么？”他问。

美贵耐治先生仍想领开他，静静地和他说：

“你听着，我告诉你。你母亲病了，要做手术，快到这边来，我仔细说给你听。”

“不！”玛尔可抵抗，“我一定要在这里，就请在这里告诉我。”

技师一边强拉他过去，一边静静地和他说明经过。他恐惧地战栗起来。

突然，刺耳的尖叫声震动了全屋。玛尔可也应声叫喊起来：

“母亲死了！”

医生从门口探出头来：

“你母亲有救了！”

玛尔可注视了医师一会儿，继而投身到他脚边，啜泣着说：

“谢谢你！医生！”

医生搀住他说：

“起来！你真勇敢！救活你母亲的，就是你！”

思辨阅读

明明是医生动手术将母亲救活，为什么医生却说是玛尔可救活的母亲呢？

夏

（二十四日）

热那亚少年玛尔可的故事已讲完，这学年只剩六月份的一次“每月例话”以及两次月考了，还有二十六天课，六个星期四和五个周日。学年将要结束了，微风照例拂拂地吹着。庭院中的树木已是长满了叶和花，给体操器械投射着凉荫。学生都改穿夏衣了，放学的时候，觉得他们一切都已和从前不同，这是很有趣的事。垂在肩上的头发已剪得短短的，脚部和脖子部位也已完全露出。各种各样的帽子背后都垂着长长的丝带，各色的衬衣和领结上都缀有红红绿绿的东西，或是领章，或是花边，或是流苏。这种好看的装饰，都是做母亲的替他们的儿子缀上的，就是贫家的母亲，也想把自己的小孩打扮得像个样子。其中，也有许多不戴帽子就到学校里来的，看上去好像是由田里逃出来的，也有穿白制服的。在代尔卡谛先生那个班级的学生中，有一个从头到脚穿得红红的像熟螃蟹似的人，另外还有许多穿水兵服的。

最有趣的是“小石匠”，他戴着大大的麦秆帽，样子像在半截蜡烛上加了一个灯罩。再在这下面露出鬼脸，真是好笑极了。可莱谛也已把那猫皮帽改换成了灰色绸制的旅行帽，华梯尼穿着有许多奇怪装饰的苏格兰服，克洛西敞着胸，泼来可西被包在青色的工服中。

至于卡洛斐，他因为脱去了什么都可以藏的外套，现在改用口袋贮(zhù)藏一切了。他的衣袋中藏着什么，从外面都可看见。有用半张报纸做成的扇子，有手杖的把头，有打鸟的弹弓，有各种各样的草，金色甲虫从袋中爬出来，停在他的上衣上。

有些幼小的孩子把花束拿到女教师那里。女教师也穿上美丽的夏衣了，只有那个“修女”先生仍是一身黑装束。戴红羽毛的女老师仍戴了红羽毛，脖子上结着红色的丝带。她那个班的小孩要去拉她的丝带，她总是笑着避开。

现在又是樱桃成熟、蝴蝶纷飞和街上乐队野外散步的季节。高年级的学生都到濮河去沐浴了，大家都在等着暑假到来。每天到学校后，都高兴得一天胜过一天。见到穿丧服的卡隆，我不觉会升起悲哀。还有，使我难过的就是那二年级时教过我的女老师，她近日逐渐消瘦，咳嗽加重，走路时身子向前屈着，在路上相遇时那种打招呼的样子也很是可怜。

诗

安利柯啊！你似乎已渐能了解学校生活的诗意了。但你所见的还只是学校的内部。再过二十年，到你领了自己的儿子到学校里去的时候，学校将比你现在所见的更美，更为诗意了。那时，你恰像现在的我，能见到学校的外部。我在等你下课的时候，常到学校周围去散步，侧耳听听里面，很是有趣。从一个窗口里，听到女老师的话声：

“呀！有这样的T字吗？这不好。你父亲看见了要怎么说啊！”

从其他窗口里又听到男老师粗大的声音：

“现在买了五十英尺的布——每尺花钱三角——再将布卖出——”

后来，又听那戴红羽毛的女老师大声地读着课本：

“于是，彼得洛·弥卡用了那点着火的火药线……”

隔壁的教室里好像有无数小鸟在叫，大概先生偶然外出了吧。再转过墙角，看见一个学生正在哭，还听到女老师劝说他的声音。从楼上窗口传出来的是读诗篇的声调，各位伟人的名氏，以及奖励道德、爱国、勇气的声音。过了一会儿，一切都静了，静得像这座大楼中没有一人一样，叫人不相信里面竟有七百个小孩。这时，先生偶然说一句玩笑的话，笑声就会哄起，路上行人都会被吸引来，观望这有着大群前途无限的青年的校舍。突然间，合书或纸张的声响、脚步的声响，纷然地从这屋传到那屋，从楼上延到楼下，这是校工通知放学了。一听到这声音，在外面的家属都从四面向学校门口拥去，等待着自己的儿子、弟弟或是孙子出来。不一会儿，小孩们从教室门口像水一样向大门泻出，有的拿着帽子，有的拿着外套，跑着喧闹着。校工催他们一个一个地排队走出去，于是他们才排成长长的行列走出来，在外等候着的家属各自探问着：

“做好了吗？出了几个问题？明天要预备的功课有多少？本月月考在哪一天？”

连不识字的母亲，也翻开了笔记本看着，问：

“只有八分吗？复习是九分？”

这样，或是担心，或是欢喜，或是询问先生，或是谈论着前途与考试的事。

学校的将来是如何美好，如何广大啊！

——父亲

聋哑学校

（二十八日）

作为五月这一个月的圆满结束，今天早晨我参观了聋哑学校。今天清晨，门铃一响，大家跑出去看是谁。父亲惊异地问：

“呀！这不是乔治亚吗？”

我们家在支利[1]时，乔治亚曾给我家做过园丁，他现在在孔特夫生活，曾到希腊去做了三年铁路工人，昨天才回国，在热那亚上岸的。他带着一个大包裹，年纪已大了许多了，脸色仍是红红的，露着微笑。

父亲叫他进屋里来，他辞谢不进，突然担心似的问：

“家里不知怎样了？奇奇阿怎样？”

“最近知道她很好的。”母亲说。

乔治亚叹息着，说：“啊！那真难得！在没有听到这话以前，我实在没有勇气到聋哑学校去呢。这包裹先寄放在这里，我先去领了她再来取吧，我都已有三年没见女儿了。这三年中，也不曾见到其他亲人。”

父亲向我说：

---

①支利：意大利皮埃蒙特大区的城市。

“你跟着他去吧。”

“对不起，还有一句话要问。”园丁说到这里，父亲拦住了他的话头，问：

“在那里生意怎样？”

“很好，托您的福，总算赚了些钱回来了。我所要问的就是奇奇阿。那哑女受的教育不知怎样了？我出去的时候,可怜！她全然什么都不懂哩！我不是很相信那种学校，不知她把哑语手势学会了没有？妻子曾写信给我说那孩子的语法已大有进步，但是我自已想，那孩子学了语法有什么用处呢，如果我不懂得那哑语手势，要怎样才能彼此沟通呢？哑巴对哑巴能够说话，这已经算是了不起了。究竟她是怎样地在受教育？她现在怎样？”

“我现在且不和你说，你到了那里自会知道的。去，快去。”父亲微笑着回答。

我们就开步走去。聋哑学校离我家不远。园丁一边跨着大步，一边悲伤地说：

“啊，奇奇阿真可怜！生来就聋了，不知是什么命！我不曾听到过她叫我爸爸，我叫她女儿，她也不懂。她出生以来从未说过什么，也从未听到什么呢！因为碰到了善良慈善的人代为负担费用，我才把她送入了聋哑学校，这总算是再幸福不过的事了。她八岁那年进去的，现在已十一岁了，三年中我也不曾回过家，大概已长得很大了吧？不知究竟怎样。在那里好吗？”

我加快步伐(fá)回答说：

“就会知道的，就会知道的。”

“不晓得聋哑学校在哪里，当时是我的妻子送她进去的，我已不在国内了。大概就在这一带吧？”

我们到了聋哑学校。一进门，就有人来接应。

“我是奇奇阿·华奇的父亲，请让我见见我那女儿。”园丁说。

“此刻正在游戏呢，我这就去通告先生。”接应者急忙进去了。

园丁默默地环视着四周的墙壁。

门开了，一位穿黑衣的女先生带着一个女孩出来。父女一时间缄（jiān）默着相看了一会儿，继而彼此抱住了号叫在一起。

女孩穿着白底红条子的衣服和灰色的围裙，身高比我略高一些，两手抱住了父亲哭着。

父亲把女儿从头到脚打量了一会儿，好像才跑了步一样，呼吸急促地大声说：

“啊，大了许多了，好看了许多了！啊！我的可怜的可爱的奇奇阿！我的不会说话的孩子！你就是这孩子的先生吗？请你叫她做些什么手势给我看，我也许可以知道一些，我以后也用功略微学一点吧。请告诉她，叫她做些什么手势给我看看。”

先生微笑着低声向那女孩说：

“这位来看你的人是谁？”

女孩微笑着，像初学意大利话的外国人那样，用了粗糙而不合调子的声音，却明白地说道：

“这是我的父亲。”

园丁大惊，倒退一步发狂似的叫了出来：

“会说话！奇了！会说话了！你，嘴已变好了吗？已能听见别人说话了吗？再说些什么来看！啊！会说话了呢！”说着，再把女儿抱近身去，在额头上吻了三次：

“先生，那么，不是用手势说话的吗？不是用手势表达意思的吗？这究竟是怎么一回事？”

“不，华奇君，不用手势了，那是旧式的。这里所教的是新式的口语方法。你不知道吗？”先生说。

园丁惊异得呆了：

“我全然不知道有这方法。到外国待了三年，家里虽也曾写了信告诉我这样，但我全然不知道是怎么一回事。我真蠢呢。啊，我的女儿！那么，你懂得我的话吗？听得到我的声音吗？快回答我，听得到吗？我的声音你听到了吗？”

先生说：

“不，华奇君，你错了。她不能听到你的声音，因为她是聋的，她能懂得你的话，那是看了你的嘴唇动着的样子才悟到，并不曾听见你的声音，她也听不见自己的声音。她能讲话是我们一字一字地把嘴和舌的样子教给她，她才会的。她发一声，脸部和喉咙要费很大的力呢。”

园丁听了仍不懂所以然，只是张开了嘴站着，似乎不能相信。他把嘴附在女儿的耳朵旁说：

“奇奇阿，父亲回来了，你欢喜吗？”说了再抬起头来等候女儿的回答。

女儿默然地注视着父亲，什么都不说，弄得父亲没有法子。

先生笑着说：

“华奇君，这孩子没有回答，是未曾看见你嘴巴动的缘故。并且她的耳朵是听不见的。请站在她的面前再试一遍看。”

于是父亲正面朝向了女儿再说道：

“父亲回来了，你欢喜吗？以后不再去哩。”

女儿注视着父亲的嘴，仿佛连嘴的内部也可以望见，继而明白地回答：

“呃，你回——来了，以后不再——去，我很——欢——喜。”

父亲急忙抱住了女儿，为了证实，又问她种种的话：

“你母亲叫什么名字？”

“安——东——尼亚。”

“妹妹呢？”

“亚代——利——德。”

“这学校叫什么？”

“聋——哑——学——校。”

“十的二倍是多少？”

“二 —— 十。”

父亲听了突然转笑为哭，是欢喜的哭。

先生向他说：

“怎么了？这是应该欢喜的事，有什么可哭的。你不怕惹得你女儿也哭起来吗？”

园丁握住先生的手，吻了两三次：

“多谢，多谢！千谢，万谢！先生，请原谅！我除了感谢已不知要怎么说才好了。”

“且慢，你女儿不但会说话，还能写、能算，历史、地理也懂得一些，已升入正常班了。再过两年，知识能力必然更加充足，毕业后可以从事相当多的职业。这里的毕业生中就有很多做商店雇员的，和普通人同样地在那里劳动呢。”

园丁更加奇怪了，茫然若失地看着女儿只是挠头，好像不太懂。

先生向在旁的人说：

“去叫一个预科的学生来！”

那人去了一会儿，领了一个才入学的八九岁的聋哑生出来。先生说：

“这孩子才学初步的课程，我们是这样教的：我现在叫她发A字的音，你仔细看！”

于是先生张开嘴，做发母音A字的状态，示范给那孩子看，用手势叫孩子也做同样的口形。然后再用手势教她发音。那孩子发出来的音不是A，却变成了O。

“不是。”先生说，她拿起孩子的两手，叫她把一手按在先生的喉部，一手按在胸脯上，再反复地发A字的音。

孩子通过手了解了先生的喉部与胸部的运动，重新再开口，果然完全发出了A字的音。

先生又继续叫孩子用手按住自己的喉咙与胸部，教授C字与D字的发音。她再向园丁说：

“怎样？你明白了吧？”

园丁虽已明白许多，但似乎比没明白时更加惊异了：

“那么，是这样一一教给他们的吗？”说了以后又注视着先生，“是这许多孩子都这样费了如此长的时间逐渐这样教吗？呀！你们真是圣人，真是天使！在这世界上，恐怕没有可以报答你们的东西吧？啊！我应该怎样说才好啊！请让我跟女儿单独在一起一会儿！五分钟也好，把她暂时借给我！”

于是园丁把女儿领到一旁，问她种种事情。女儿一一回答。父亲用手敲击着膝盖，眯着眼笑。又拉了女儿的手仔细打量，听着女儿的声音入了魔，好像这声音是从天上落下来的。过了一会儿，园丁向着先生说：

“可以让我见见校长当面道谢吗？”

“校长不在这里。你应该道谢的人还有一个。这学校中，凡年幼的孩子，都由年长的学生来当作母亲或是姐姐在照顾着。照顾你女儿的是一个年纪十七岁的面包商人的女儿。她对你女儿那才真是爱呢。这两年来，每天早晨代你女儿的母亲为她着衣梳发，教她针线，真是好伴侣啊！奇奇阿，你朋友的名字叫什么？”

“卡——德——利那·乔尔——达诺。”女儿微笑着说，又向父亲说：

“她是一个很——好的人啊。”

刚刚那人受先生的指派，入内领了一个神情愉快、体格良好的哑女出来。一样地穿着红条纹的衣服，束着灰色的围裙。她到了门口红着脸站住，微笑着把头低下，身体虽已像大人，但仍有小孩的神态。

园丁的女儿走上前去，拉起她的手，与她一起到父亲面前，用粗重的声音说：

“卡——德——利那·乔尔——达诺。”

“呀！好一位端庄的姑娘！”父亲叫着想伸手去抚摸她，继而又把手缩回，反复地说：

“呀！真是好姑娘！愿上帝祝福，把幸福和安慰加在这姑娘身上！使姑娘和姑娘的家人都常常得到幸福！真是好姑娘啊！奇奇阿！这里有个正直的工人，贫家的父亲，用了真心在这样祈祷呢。”

那大女孩仍是微笑着抚摸那小女孩。园丁如看圣母像般地注视着她。

“你可以带了你女儿外出一天的。”先生说。

“那么我带她一同回到孔特夫去，明天就送她回来，请允许我带她同去。”园丁说。

女儿跑去换衣服了。园丁又反复地说：

“三年不见,已能说话了呢。暂时带她回孔特夫去吧。哎哟，还是带她在都灵的街上散散步，先给大家看看，再到亲友们那里去吧。啊，今天好天气！啊！真难得！喂！奇奇阿，来拉住我的手！”

女儿穿了小外套，戴了帽子，她拉着父亲的手。父亲到了门口，向大家说：

“诸位，多谢！真是多谢！改日再来道谢吧！”继而他一转念，站住了回过头来，放下了女儿的手，伸进口袋，发狂似的大声说：

“且慢，难道我不是人了吗？这里有十块钱呢，把这捐给学校吧。”说着，把钱掏出放在桌上。

先生感动地说：

“哎哟，钱请收了去，我们不收的，请收了去，因为我不是学校的主人,请将来当面交给校长,大概校长也决不肯收受的吧，这是您劳动换来的钱呢。我们已经心领了，同收了一样，谢谢您。”

“不，一定请收下，那么……”话还没有完，先生已把钱硬塞在园丁的衣袋里了。园丁没有办法，告别了先生和那大女孩，拉着女儿的手，急急地出门而去。

“喂，来啊！我的女儿，我的哑女，我的宝宝！”

女儿用缓慢的声音叫说：

“啊！好太——阳啊！”

六月

军　队

（十一日）

> **你知道吗**
>
> 今天的意大利国庆日是每年的6月2日，纪念意大利以民主投票形式废除君主制，建立共和制。

（因加里波第将军去世，国庆日延迟一周。）

今天到配赛·卡斯德罗广场去看阅兵式。司令官率领兵队从夹道观看的人群中通过，喇叭和乐队的乐曲和谐地合奏着。在军队前行的过程中，父亲将队名和军旗一一指给我看。首先来的是炮兵工校的学生：人数大约有三百，一律穿着黑衣服，勇敢地过去了。其次是步兵：有参加过哥伊托和桑马底诺战争的奥斯泰旅团，有在卡斯德尔费达度战斗过的勃卡漠旅团，共有四个联队。队伍一队一队地前进，无数的红带飘动着，其形状恰似花朵。步兵之后就是工兵，他们帽上装饰着黑色的马尾，缀着红色的丝边。工兵后面接着又是数百个帽上插有长羽毛装饰的兵士，这是意大利的山地狙(jū)击兵，他们身材高大而健壮，都戴着格拉勃利亚型的帽子，那鲜艳碧绿的帽檐表示山区的颜色。山地狙击兵还没有走完，群众就轰动起来了。接着来的是射击兵，就是那最先攻入罗马的有名的十二大队，他们帽子上的装饰迎风飘动着，全体像黑色波浪似的通过。军乐的喇叭声尖锐得如奏着凯旋的音调，可惜那声音不久就消失在隆隆的又粗又低的噪声中了，原来是炮兵队伍来了。他们乘在弹药车上，被三百对骏马牵引着前进，士兵头上都装饰着黄带，那长长的大炮闪着黄铜和钢铁的光，炮车车轮在地上滚得隆隆作响。后面山地炮兵肃然地通过，那强壮的士兵和牵引着大炮的强力的骡马，只要他们所到之处，就给敌人带去惊恐与死亡。最后是热那亚骑兵联队，他们的铠(kǎi)甲闪着日光，手握钢枪，队旗在阳光照耀下金碧辉煌，战马嘶鸣着快速走过，这是曾经像旋风一样在战场上扫荡过十次的联队。

“啊！多好看啊！”我叫着说。父亲告诫我：

“不要把军队当作玩具看！这许多充满力量与希望的青年，为了祖国，一旦被召集，就预备着在国旗之下饮弹而死的啊。你每次听到像今天这样的‘陆军万岁！意大利万岁！’的喝彩，须要想到在这军队后面就是尸山血河啊！如此，对于军队的敬意自然会从你心中流出，祖国的身影也就可以更庄严地看见了吧。”

意大利

（十四日）

在国庆节，应该这样祝福祖国：

“意大利啊，我所爱的神圣的国土啊！我父母曾生在这里、葬在这里，我也愿生在这里、葬在这里，我的子孙也一定要在这里生长、在这里死亡。华美的意大利啊！拥有几世纪的光荣，在数年中获得统一与自由的意大利啊！她曾将神圣的知识之光传给世界。为了这一切，无数的勇士在沙场战死，许多勇士化作断头台上的露珠而消逝。你是三百城市和三千万子女的高贵的母亲，我们做孩子的，虽不能完全知道你、了解你，却尽了心地爱着你呢。我能生在你的怀里，做你的儿子，真是足够令自己骄傲。我爱你那美丽的河和崇高的山，我爱你那神圣的古迹和不朽的历史，我爱你那光荣的历史和完美的国土。我把整个祖国与我初见初闻你的那部分同样地爱着，我以纯粹的情感感谢你，爱着你的全部——勇敢的都灵，华丽的热那亚，知识开明的博洛尼亚，神秘的威尼斯，伟大的米兰。就像您所有的孩子一样，爱温和的佛罗伦萨，威严的巴勒莫，宏大而

美丽的那不勒斯，以及永远令人惊叹的罗马。我的神圣的国土啊！我爱你！我立誓：凡是你的儿子，我必如兄弟一样爱他们；凡是你所生的伟人，不论是死的或是活的，我必都真心赞仰；我将努力成为勤勉正直的市民，不断地研磨智德，以期无愧于做你的儿子，竭尽我这小小的力量，防止一切不幸、无知、不正、罪恶来玷污你的面容。我誓以我的知识，我的腕力，我的灵魂尽忠于你；一旦到了要把血和生命贡献于你的时候，我就仰天呼唤你的圣名，向你的旗子做最后的吻别，我的鲜血将为你挥洒，我的生命将为你牺牲！”

酷 暑

（十六日）

国庆节以后，五日里温度增高了三度。时节已到了仲夏，大家都渐渐疲倦起来，春天那美丽的蔷薇脸色不见了。耐利的脖子和腿脚都消瘦了下去，头也抬不起，眼睛也昏眩（xuàn）了。可怜的耐利因受不住炎暑，那蜡样的脸色越来越苍白，不时趴着睡在笔记本上。但是卡隆常常留心照看耐利，耐利睡着的时候，他就把书翻开了竖在前面，替耐利遮住先生的眼睛。克洛西的红头发搭在椅背上，他的头好像和身子分开了似的。诺琵斯嘀咕着人多空气不好。啊，上课真苦啊！从窗口望见清凉的树荫，就想跳出去，不愿再在座位上受拘束。从学校回去，母亲总等着我，留心我的表情。我一看见母亲，精神又重新振作起来了。我用功的时候，母亲常问:“精神怎么样?”早晨六点叫我醒来的时候，也常说:“啊，要好好的啊！再过几天就要休假，可以到乡下去了。”

母亲不时给我讲在酷暑中做着工的小孩们的情形。她说有的小孩在田野上或如烧的沙地上劳动，有的在玻璃工厂中终日逼着火焰。他们早晨比我早起床，而且没有休假。所以，我们是非奋发不可的。说到奋发,仍要推代洛西为第一,他绝不叫热或想睡觉，无论什么时候都活泼快乐。他那长长的金发垂着，和冬天里一样，用功毫不觉得苦。只要坐在他身旁，听到他的声音，就能令人振作起来。

此外，拼命用功的还有两人。一是固执的斯带地，他怕自己睡去，就敲击着自己的头，热得实在昏倦的时候，就把牙齿咬紧，眼睛张开，那神气似乎要把先生也吞下去。还有一个是商人的卡洛斐。他一心一意用红纸做着纸扇，把火柴盒上的花纸粘在扇上，一个纸扇卖一个铜币。

但是最令人佩服的要算可莱谛。据说他早晨五点起床，帮助父亲运柴。到了学校里，每到十一点不自觉就已支持不住，把头垂在胸前睡着。等他惊醒起来，常常自己敲着颈背，或禀(bǐng)告了先生，出去洗脸，或托坐在旁边的人推醒他。可是今天他终于忍耐不住，呼呼地睡去了。先生大声叫:“可莱谛！”他也听不见。于是先生愤怒起来，“可莱谛，可莱谛！”反复地怒叫。坐在可莱谛邻座的一个卖炭者的儿子站起来说:

“可莱谛今天早晨五点钟起来去运柴，到了七点钟才停。”

于是，先生就让可莱谛继续睡，半小时以后才走到可莱谛的位置旁，轻轻地吹他的脸，把他吹醒了。可莱谛睁开眼来，见先生立在前面，惊恐得要退缩。先生两手托住了他的头，抚摸着他的头发说：

“我不责怪你，因为你睡着不是由于懒惰，乃是由于实在疲劳了。”

我的父亲

（十七日）

如果是你的朋友可莱谛或卡隆，像你今天那样回答你父亲的话，是绝不会说出口的吧。安利柯！为什么这样啊！快向我立誓，以后不要再有那样的事。因为父亲责备你，而从你口中吐出失礼的话的时候，你就应该想到将来有一天，父亲叫你到卧榻（tà）旁去，和你说：“安利柯！永别了！”啊！安利柯！当你不能再见到父亲，当你走进父亲的房间，看到父亲留下的书籍，回想到对不起父亲的事时，大概会自己后悔，对自己说：“那时我为什么这样！”到了那时，你才会知道父亲的爱，知道父亲叱责你时他自己也曾在心里哭泣，知道父亲给你的那些苦痛，完全是因为爱你。那时候，你会在你父亲的书桌上——为了儿女不顾生命地在这上面劳作过的书桌上，流下悔恨之泪吧。现在，你不会知道，父亲除了留下了慈爱，他把一切的东西都替你遮掩过了。你不知道吧，父亲因为操劳过度，自己觉得恐怕不能久在人世呢。每当这种时候，他总是提起你，对你放心不下。在这种时候，他常提着灯走进你的寝室，偷看你的睡态，回来再努力地继续工作。尽管世界上的忧患如此多，但父亲见你在侧也就把忧患忘了。他想在你和他的父子情中！求得安慰，恢复元气。所以，如果你待父亲冷淡，父亲失去了你的感情将多么悲哀啊！安利柯！切不可再以忘恩之罪把自己玷污了啊！你就算是个圣者，也不足以报答父亲的辛苦，并且人生无常，在什么时候发生什么事情，是料不到的。父亲或许在你还幼小的时候就不幸死了，在三年以后，两年以前或许就在明天，都说不定。

啊！安利柯！如果父亲死了，母亲穿丧服了，家中将非常寂寞，空虚得如空屋一样吧！快！到父亲那里去！父亲在房间里工作着呢。静静地进去，把头俯在父亲膝上，求父亲饶恕你、祝福你吧！

——母亲

乡野远足

（十九日）

父亲又宽宥了我，并且，还许可我赴了可莱谛父亲的约，一同乡野远足。

我们早想呼吸那小山上的空气了，昨天下午两点钟，大家在约定的地方集合。代洛西、卡隆、卡洛斐、泼来可西、可莱谛父子，连我总共是七个人。大家都预备了水果、腊肠、熟鸡蛋等东西，又带着皮袋和锡制的杯子。卡隆在葫芦里装了白葡萄酒，可莱谛在父亲的水瓶里装了红葡萄酒，泼来可西穿着铁匠的工服，拿着四斤重的面包。

我们坐车到了大马德雷·迪迪奥以后就开始走山路。山上满是绿

色的荫凉，很是爽快。我们或是在草上打滚，或是在小溪中洗脸，或是跳过灌木丛。可莱谛的父亲把上衣搭在肩上，衔着烟斗，远远地从后面跟着我们走。

泼来可西吹起口笛来，我从未听到过他吹口笛。可莱谛也一边走一边吹着。他拿手指般长的小刀，做着水车、木叉、水枪等种种东西，还强行把别的孩子的行李背在身上，他自己虽已遍身流汗，可还能像山羊似的走得很快。代洛西在路上时不时站住了，教给我有关草类和虫类的名称，不知他怎么能知道这么多东西啊！卡隆默然地嚼着面包，自从母亲去世以后，他吃起东西来已不像以前那么有滋味了，可是待人仍旧那样亲切。我们要跳过沟的时候，因为要准备发力，需先退几步，然后再跑上前去。他第一个跳过去，就伸手过来去搀别人。泼来可西幼时曾被牛撞过，见了牛就害怕。卡隆在路上见有牛来，就走在泼来可西的前面。我们上了小山，蹦着跳着，打着滚。泼来可西滚入荆棘中，把工服扯破了，很难为情地站着。卡洛斐不论什么时候都带有针线，就替他补好了。泼来可西只是说："对不起，对不起。"一等缝好，就立刻开步跑了。

卡洛斐在路上也不肯徒然路过。他或是采摘可以作生菜的草，或是拾起蜗牛来看，见有尖角的石块就拾了藏入口袋里，以为里边或许含有金银。我们无论在树荫下，还是在日光中，总是跑着，滚着，后来把衣服都弄皱了，喘息着到了山顶，坐在草上吃带来的东西。

前面可望见那广漠的原野和披着雪的亚尔普斯山。我们的肚子已饿得不堪，面包一到嘴里好像就溶化了。可莱谛的父亲用葫芦叶盛了腊肠分给我们吃，大家一边吃着，一边谈先生们的事、朋友们的事和考试的事。泼来可西怕难为情，什么都不吃，卡隆就挑出好的吃的塞入他的嘴里。可莱谛盘了腿坐在他父亲身旁，两人坐在一处，与其说他们是父子，不如说是兄弟。他们的相貌很相像，脸色都发红，都习惯露着白玉似的牙齿微笑。他父亲提起皮袋畅饮，把我们喝剩的也拿去了，像饮甘露似的喝着。他说：

“酒对于读书的孩子来说是有害的，可在柴店伙计这里，却是必要的。”说着，他捏住儿子的鼻头，面向我们摇晃着。

“哥儿们，请你们好好对待这家伙啊，这也是正直男子哩！这样夸口原是可笑的，哈哈哈哈！”

除了卡隆，大家都笑了起来。可莱谛的父亲又喝了一杯：

“惭愧啊！现在这样，大家虽然都是要好的朋友，可再过几年安利柯与代洛西成了法官或是博士，其余的四个，都到什么商店或是工厂里去，这样，彼此就分开了！”

“哪里的话！”代洛西抢先回答，“在我这里，卡隆永远是卡隆，泼来可西永远是泼来可西，别的人也都一样。我即使做了俄国的皇帝，也决不变，你们所住的地方，我总是要来的。”

可莱谛的父亲举着皮袋：

“难得！能这样说，就再好不过了。请把你们的杯子举起来。学校万岁！同学万岁！因为在学校里，不论富人穷人，都亲如一家。”

我们都举杯与那皮袋碰了杯喝了起来。可莱谛的父亲站起来，把皮袋中的酒倾底喝干：

“四十九联队第四大队万——岁！喂！你们如果入了军队，也要像我们一样出力地干啊！少年们！”

时候不早了，我们边跑边唱，一起携手下山。傍晚到了濮河，见有许多萤火虫飞着。分开时，大家相约星期日再在这里相会，前往参观夜校的颁奖仪式。

今天天气真好！如果我没碰到那可怜的女老师，我回家时将怎样地快乐啊。回家时天已昏暗，刚上楼梯，就碰到了女老师。她见了我，就拉起我的双手，附耳和我说：

"安利柯！再会！不要忘记我！"

我觉得先生说时在那里哭，上去就告诉母亲：

"我方才逢见先生了，她病得很不好呢。"

母亲已红着眼，注视着我，悲哀地说：

"先生是……可怜——很不好呢。"

夜校学员的颁奖仪式

（二十五日）

大家如约到公立剧场去看夜校学员的颁奖仪式。剧场的装饰和三月十四日那天一样。场中差不多都是学员的家属，音乐学校的男女生坐在池座里，他们齐唱着克里米亚战争的歌。他们唱得真好，唱完后大家都起立鼓掌。随后，各位受奖者走到市长和督学面前，领取书籍、银行存折、文凭或是奖牌。"小石匠"挨着母亲坐在池座一边，在另一边，坐着校长先生，我三年级时的先生的红头发正露在校长先生的后面。

最初出场的是图画科的夜校学生，里面有铁匠、雕刻师、石版师、木匠以及石匠。其次是商业学校的学生，再其次是音乐学校的学生，其中有大批的姑娘和劳动者，都穿着华美的衣裳，因被大家喝彩，都笑着。最后来的是夜间小学校的学生。

那光景真是好看，年龄不同，职业不同，衣服也各式各样——里面有白发的老人，有工厂的徒弟，也有蓄长头发的职工。年纪轻的毫不在意，老的却似乎有些难为情的样子。群众虽鼓掌欢迎他们，却没有一个人笑，每个人都露着真诚热心的神情。

受奖者的妻子或子女大多都坐在池座里观看。孩子中，有的一见到自己的父亲登上舞台，就尽力大声呼喊，笑着招手。农夫过去了，挑夫也过去了，我父亲所认识的擦鞋匠也登场到督学面前来领文凭。其次来了一个巨人样的大人，好像曾经在什么时候见过，原来就是那受过三等奖的“小石匠”的父亲。记得我去看望“小石匠”、上那房顶阁楼去的时候，他就站在病床旁。我回头去看坐在池座的“小石匠”，见他正双目炯炯地注视着父亲，扮着鬼脸来隐藏他的欢喜呢。突然，一时间喝彩声四起，我急向舞台看时，只见那小小的扫烟囱的孩子只洗净了面部，仍穿着漆黑的工服出场了。市长拉住他的手，和他说话。这里许多学员，一边为了家人辛苦工作，一边又于工作以外用功求学，甚至于得到奖品，真是难能可贵。我一想到此，就有一种说不出的感动。他们劳动了一日以后，还要再分出必要的睡眠时间，使用那不曾用惯的头脑，用那粗笨的手指拿起笔，这是怎样辛苦的事啊！

接着又来了一个工厂的徒弟。他一定是穿了他父亲的上衣来的，只要看他上台领奖时卷起的长长袖口就可以知道。大家都笑了起来，可是笑声终于立刻被喝彩声埋没了。随后，来了一个白发苍苍的老人，还有许多的炮兵也出现在这里，还有曾经在夜校上班的，税务局的保安、警察等等都出现在这里，我们学校的保安也在其中。

最后，夜校的学生又唱起了克里米亚战争歌。因为那歌声是真情流露，饱含着深情，所以这时的听众没有喝彩，只是感动地静静退场了。

霎时间，街上挤满了人。扫烟囱的孩子拿着获得的红色书册站在剧场门口时，绅士们都围在他周围和他说话。街上，学员、小孩、警察、先生、我三年级时的先生和两个炮兵，他们从群众间走出来，彼此互相打着招呼。一位学员的妻子抱着小孩，小孩用小手拿着父亲的文凭自豪地正在给群众看。

女先生之死

（二十七日）

当我们在公立剧场时，女先生去世了。她是在拜访我母亲的一周后，于下午二时逝世的。昨天早晨，校长先生到我们教室里来告诉我们这事，说：

“你们之中，凡曾受过先生教育的，都应该知道，先生真是个好人，曾像爱自己儿子般爱着学生。如今先生已不在了。她病了很久，可为了生计，她又不得不劳动，最终缩短了她本可以延续的生命。如果她能暂时休息养病，应该可以多延几个月吧。可是她总是不肯抛离学生，十七日那一天，星期六的傍晚，她说她将再也不能见到学生了，想亲自去告别，想最后再好好地训诫一次学生，于是一一与他们吻别后才哭着回去。先生现在已不能与大家再见了，大家不要忘记先生啊。”

在二年级时曾受过先生教诲的泼来可西，把头俯在桌上哭泣起来。

昨天下午放学后，我们去送先生最后一程。到了先生的寓所，见门口停着一辆双马的灵柩车，许多人都低声谈论等待着。我们学校从校长算起，所有的先生都到了。先生以前曾任职过的学校，也都有先生来。先生所教过的那些幼小的学生，也大都由手执蜡烛的母亲带领着来到现场。别的班级的学生到的也很多，有拿花环的，有拿蔷薇花束的。灵柩车上已堆着许多花束，车顶上放着大大的刺球花环，用黑字写着："五年级学生敬呈女先生"。大花环下那些挂着的小花环，都是小学生拿来的。群众之中有拿着蜡烛代主妇来送葬的仆人，有两个举着火把的男仆，还有一个学生的绅士父亲乘着装饰着青绸的马车过来。大家都聚集在门旁，女孩们流着泪。

我们静候了一会儿，棺木出来了。小孩们见棺木移入灵柩车就哭了起来。其中有一个，好像到这时才相信先生真走了似的，放声大哭起来，号叫个不停，人们悲伤地领了他走开。

行列徐徐出发，最前面是绿色装束的圣经会的姑娘们，其次是白色装束饰有青丝边的姑娘们，再其次是神父以及灵柩车，之后是先生们、二年级的小学生、别的年级的小学生，最后是普通的送葬者。街上的人们从窗口、门口张望过去，见了花环与小孩说："是学校的先生呢。"一些带领自己小孩来送葬的女士也情不自禁地哭了起来。

到了教堂门口，棺木从灵车移出，安放在大殿的大祭坛前面。女老师们把花环放在棺上，小孩们用花覆满棺的周围。在棺旁的人都点起蜡烛，大家在薄暗的教堂中开始祈祷。等神父一念出最后的"阿门"，就一齐把烛光熄灭了，最后大家都离开了教堂，只留下女先生一人独自在那里了！可怜！那样亲切、那样勤劳、那样尽职的先生！据说先生把书籍以及一切遗物都赠给学生们了，有的学生得了墨水壶，有的得了小画片。听说在死前的两天，她曾对校长说，小孩们不宜哭泣，不要叫他们参加葬礼了。

先生做了好多好事，也承受了许多痛苦，可最终她还是死了。可怜她独自留在那样昏暗的教堂里了！再会，先生！先生在我心里成了永远悲哀而爱慕的记忆！

感　谢

（二十八日）

可怜的先生曾经想支撑到这学年结束的，但是在只剩三天的时候去世了。明后天到学校去听了《难船》的讲话，这学年就此结束了。七月一日星期六起开始考试，不久就是四年级了。啊！如果先生不死，原本是很值得欢喜的事呢。

回忆去年十月开学到现在，的确学到了许多新知识。说、写都比那时好，算术也已能知道普通大人所不知道的了，可以帮助人家算账了，无论读什么，大抵都已能读懂了。我真开心。可是，我能到这种地步，不知有多少人在那里勉励我，帮助我呢。无论在家里，在学校里，在街上，还是在任何地方，只要是我待过的地方，必定有各种各样的人在用各种各样的形式教我。所以，我感谢一切的人。第一，感谢先生。感谢那样爱我的先生，我现在所知道的东西，都是先生用尽了心力教我的。第二，感谢代洛西，他替我解答种种问题，使我通过种种难关，所以考试才不至于失败。第三，感谢斯带地，他曾向我展示了一个“精诚所至，金石为开”的实例。还有那亲切的卡隆，他的温暖与同情心深深地感化着我。还有泼来可西与可莱谛，他们二人是在困苦中不失勇志、在劳作中不失和气的模范。所有一切朋友，我都感谢。但是要特别感谢的是我的父亲。父亲曾是我最初的先生，又是我最初的朋友，他给我以种种训诫，教我种种事情，平日为我操劳，有悲苦则向我隐瞒，他用种种方法想让我读书愉快，生活安乐。还有，感谢我那慈爱的母亲。母亲是爱我的人，是守护我的天使，她以我的快乐为快乐，以我的悲伤为悲伤，她和我一起用功，一起劳动，一起哭泣。母亲，谢谢你！谢谢母亲在十二年中，把爱和温暖注入了我的心中。

海　难

（最后的每月例话）

在几年前十二月的一天，一只大轮船从英国利物浦港出发。船中加上船员六十人，共载有二百余人。船长船员都是英国人，乘客中有几个是意大利人，船向马耳他岛航行。天色不佳。

> **阅读导航**
>
> 本篇例话中有多处环境描写，起到了铺垫情节和渲染氛围的作用，试着将它们画出来吧！

三等旅客中有一个十二岁的意大利少年。少年的身体与年龄相比虽比较矮小，却长得很结实，是个勇敢坚强的美少年。他独自坐在船头桅杆旁卷着的缆索上，身旁放着一个破损了的皮包，一只手搭在皮包上面，穿了件粗布上衣，套了件破旧的外套，腰上系着一条旧皮袋。他用沉思似的冷眼看着周围的乘客、船只、来往的水手以及汹涌的海水。好像他家中刚刚遭遇了大不幸，脸虽是孩子脸，表情却非常成熟。

开船后不久，一个意大利水手拉着一个小女孩来到少年前面，对他说：

“马利阿，有一个很好的同伴呢。”说着水手走开了，女孩在少年身旁坐下，他们互相观察着对方。

“到哪里去？”男孩问。

“到了马耳他岛后，再到那不勒斯去，父亲母亲正盼着我回去，我去见他们，我名叫寇列泰·法贵尼。”小女孩补充道。

过了一会儿，他从皮袋中取出面包和水果来，女孩带了饼干，两个人一同吃起来。

方才来过的意大利水手慌忙地从旁边跑过，叫着说：

“快看那里！有些不妙了呢！”

风渐渐加剧，船身大摇起来。可两个小孩却不眩晕，女孩还笑起来。她和少年年龄相仿，身材高挑，肤色呈褐色，看上去不那么健康，不过她穿的衣服很好，头发短而卷，头上包着红头巾，耳上戴着银耳环。

两个孩子一边吃着，一边互谈着身世。男孩已没有母亲，父亲原是做工的，几天前在利物浦去世了。男孩受意大利领事馆的照料，被送回故乡巴勒莫，因为他有远亲在那里。女孩于前年到了伦敦叔母家里，她父亲因为贫穷，暂时把她寄养在叔母处，期望到时候能继承一份遗产。几个月前，叔母被马车碾伤，突然死了，财产分文没留。于是她请求意大利领事馆送她回故乡。恰巧，两个孩子都是由那个意大利水手照顾的。

女孩说：

“所以，我的父亲母亲还以为我能带着钱回去呢，哪知道我一点都没有。不过，他们大约仍是爱我的，我的兄弟想必也这样。我的四个兄弟都还小呢，我是最大的。我在家每天替他们穿衣服。我一回去，他们一定很开心，一定会飞跑过来哩。呀，波浪好凶啊！”

随后她又问男孩：

“你就住在亲戚家里吗？”

“是的，只要他们收留我。”

“他们不爱你吗？”

“不知道怎样。”

“我到今年圣诞节恰好十三岁了。”

他们一同谈海洋和关于船中乘客的事，终日在一处，时时交谈。别的乘客以为他们是姐弟。女孩编着袜子，男孩沉思着。浪渐渐加重了，天色已黑。两个孩子分开的时候，女孩对着马利阿说：

“晚安！”

“谁都不得晚安哩！孩子啊！”意大利水手恰好从旁走过，这样说。男孩正想对女孩说“再会”，突然来了一个狂浪，将他晃倒了。

女孩飞跑过去：

“哎呀！你出血了呢。”

乘客各顾各地逃，没有人留心别人。女孩跪在马利阿身旁，替他擦干净头上的血。女孩从自己头上取下红头巾，当作绷带替男孩包在头上。打结时，她把男孩的头紧抱在自己胸前，以至自己上衣也染上了鲜血。马利阿摇晃着站起来。

“好些吗？”女孩问。

“没什么了。”马利阿回答。

“请安睡。”女孩说。

“再会。”马利阿回答。于是两人各自回到自己的舱位去了。

水手的话应验了。两个孩子还没有睡熟，可怕的暴风雨就爆发了，那气势猛如奔马。一根桅杆立刻被折断，三只舢（shān）板①也被吹走。船艄载着的四头牛也像木叶一般地被吹走了。船上顿时一阵喧嚣躁动，暴风雨似的悲叫声令人毛骨悚（sǒng）然。风势整夜不曾消减，到天明还是这样。山也似的怒浪从横面打来，

①舢板：是一种小船，也叫“三板”，原意是用三块板制成。

在甲板上激散，击碎了那里的器物，随之卷入海里去。机房的挡板也被击碎了。海水怒吼般地泼入，火被淹熄，司炉工也吓得逃走了，海水潮也似的从这里那里卷入。只听得船长雷一般的叫声：

“快拿抽水泵(bèng)来！”

船员奔着水泵方向去。这时又来了一个狂浪，那狂浪从横面扑下，把船舷、舱口全部打破，海水从破孔涌进。

乘客自知要没命了，都逃入客室去。等见到船长，齐声叫道：

“船长！船长！怎么了？现在到了什么地方？能有救吗？快救我们！”

船长等大家说毕，冷静地说：

“听天由命吧！”

一个女子在不停地祈祷，其余的默不作声，恐怖把他们吓住了。好一会儿，船中像墓里般寂静。乘客都脸色苍白，面面相觑(qù)。海波汹涌，船一高一低地摇晃着。船长放下救命舢板艇，五个水手下了艇，艇立刻沉了　　是浪冲沉的。五个水手淹没了两个，那个意大利水手也在内，其余三人拼了命缒(zhuì)[1]了绳逃上船。

这时候，船员也绝望了。两小时以后，水已齐到货舱口了。

甲板上出现了悲惨的光景：母亲们于绝望之中将自己的小儿紧抱在胸前；朋友们互抱相告永诀；因为不愿见海而死，回

①缒：用绳索拴住人或物从上往下放。

到舱里去的人也有；有一个人用手枪自击头部，从高处倒下死了；大多数人都狂乱地挣扎着；女人则可怕地痉挛着，哭声、呻吟声和不可名状的叫声，混合在一起；到处都见有人失了神，睁大无光的眼，石像似的呆立着，面上已没有了生气。寇列泰和马利阿二人抱住一根桅杆，目不转睛地注视着海。

风浪小了些，可是船已渐渐下沉，眼见不久就要沉没了。

“把那长舢板艇放下去！”船长叫道。

唯一仅存的一艘救命艇下水了，十四个水手和三个乘客坐在艇里。船长仍在甲板上。

“请快随我们来。”水手们在下面叫。

“我愿死在这里。”船长答。

“或许遇到别的船得救呢，快下救命艇吧！快下救命艇吧！”水手们反复劝。

“我留在这里。”

于是水手们向别的乘客说：

“还可乘一人，顶好是女的！”

船长搀扶一个女子过来，可是舢板离船很远，那女子无跳跃的勇气，就倒卧在甲板上了。别的妇女也都失神了，像死了一样。

“送个小孩过来！”水手叫喊。

像化石似的呆在那里的西西里少年和其伴侣听到这叫声，被那求生的本能所驱使，同时离开了桅杆，奔到船侧，野兽般挣扎着往前冲，齐声叫喊：

“救我！”

“小的！艇已满了，小的！”水手叫道。

那女孩一听到这话，就像触了电似的立刻把两臂垂下，注视着马利阿。

马利阿也注视着她。一见到那女孩衣上的血迹，记忆起前事，他脸上突然发出神圣的光来。

“小的！艇就要开行了！”水手焦急地等着。

马利阿情不自禁地喊出声来：

“你分量轻！应该是你！寇列泰！你还有父母！我只是独身！我让你！你去！”

“把那孩子掷下来！”水手叫道。马利阿把寇列泰抱了掷下海去。寇列泰从水泡飞溅声中叫喊了一声“呀”，一个水手就抓住她的手臂拖入艇中。

马利阿在船侧高高地抬起头，头发被海风吹拂，神情那么平静、那么安宁。

船沉没时，水面起了一次漩（xuán）涡，小艇侥（jiǎo）幸未被卷没。

女孩先像失去了知觉，到这时，才望着马利阿的方向泪如雨下。

“再会！马利阿！”她唏（xī）嘘（xū）着把两臂张开叫着说，“再会！再会！”

少年高举着手：

“再会！”

小艇掠着暴波在昏暗的天空之下驶去，留在本船的已没有一个人能作声了，水已浸到甲板的舷了。

马利阿突然跪下，合掌仰视天上。

女孩把头俯下，等她再抬起头来看时，船已不见了。

七月

学期末母亲的话

（一日）

安利柯啊！这学年已经结束了，你就要和先生、朋友们离别了，但在这以前，我还须告诉你一件悲哀的事情——这次的离别不单单是三个月的离别，乃是长久的离别。父亲因事务上的关系，要离开都灵到别处去了，我们也要一同前行。

一到秋天我们就要出发了，看来你以后非换新学校不可了。这对你来说实在是不愉快的事。你很爱你的旧学校呢。你在这儿的四年中，曾尝到过用功的快乐；在很长的时日中，每天能和同一位先生，同一个朋友以及同一个朋友的父母见面；并且，还可以每天见到父亲或母亲微笑着来接你放学。你的精神在这里开发，许多朋友也在这里遇到，还在这里获得了种种有用的知识。你也许曾有过苦楚，但这些对你都是有益的。

你应该从心坎里向大家告别啊！这些人里，有遭遇不幸的人吧，有失去了父亲或是母亲的人吧，有年幼就去世的人吧，也有在战争中流血壮烈而死的人吧，也有许多既是正直勇敢的劳动者又是勤勉正直的父亲的人吧。在这里面，说不定有着许多为国家立下大功、成就美名的人呢。所以，要用真心和这许

> **提问**
>
> 在阅读这段话时，你脑海中可有能对应上的角色吗？

多人告别，要把你精神的一部分留在这里啊。你在幼儿时加入了这个大家庭，现在成了一个壮健的少年。父亲母亲也因为这个大家庭爱护你的缘故，很爱这个大家庭呢。

学校是母亲，安利柯。她从我怀中把你接过去时，你差不多还不能讲话，她将你养育成强健、善良、勤勉的少年后又将你还给了我。这该怎样感谢呢？你切不可忘记啊！你怎能忘记啊！当你将来长大了去全世界旅行时，遇到大城市或是令人起敬的纪念碑时，自会记忆起许多的往事。那关着的窗，那白色的教学楼，还有那一座小小的花园，你知识萌芽的这个地方，将一生都会在你的心上浮现吧。

——母亲

考 试

（四日）

考试终于到了。学校附近一带，不论先生、学生还是家长，谈论的没有别的，只是分数、问题、平均、及格、落榜等类的话。昨天考过作文，今天是算术。我看见别的学生的父母在街上一件一件地嘱咐自己的儿子，就不觉愈加担心起来。有的母亲亲自送儿子到教室，替他看墨水瓶里有没有墨水，检查钢笔头是否能用，出教室时还在门口徘徊(pái huái)嘱咐：

“仔细啊！要用心！”

我们的监考老师是留着黑须的考谛先生，就是那位虽然声音如狮子咆哮般可怕，但却不责罚人的先生。在先生把从市政所送来的考卷封袋撕开，抽出题纸时，全场连呼吸声都没有了。先生用可怕的眼神瞥了我们一眼，接着大声地宣读考题。我们想：如果能把问题和答案都告诉我们，使大家都能及格，岂不是皆大欢喜。

试题很难，过了一个小时，大家都没有什么解答办法，有一个学生甚至哭泣起来。有许多人做不出来是可以理解的，因为他们受教育的时间本来就少，父母也未曾教导监督。

可是天无绝人之路，代洛西想了种种法子，在不被发现的情况下给大家传答案。他或画张图传递或写了算式给其他人看，动作真是敏捷。卡隆非常擅长算术，他也在尽其所能帮助别人。矜(jīn)持骄傲的诺琵斯今天也没办法了，只是规规矩矩地坐着，后来卡隆帮助了他。

斯带地的拳头撑住了头，注视了一个多小时的题目，后来忽然提起笔来，在五分钟内全部做完就走了。

先生在桌间巡视，一边说：

“静静地，静静地！要静静地做的啊！”

见到窘(jiǒng)急的学生，先生就张大了口装出狮子的样子来，这是想引诱他发笑，使他恢复元气。到了十一点光景，去看窗外，见学生的父母已在路上徘徊着等待了。泼来可西的父亲穿着工作服，脸上黑黑的从铁工场走来。克洛西的卖野菜的母亲，穿着黑衣服的耐利的母亲，都在那里。

将到正午的时候，我的父亲也来了。考试在正午结束，这时学校大门口的情景可真热闹——父母们都跑近自己儿子那里去，查问种种，翻阅笔记簿，或和在旁的小孩的彼此比较。

“几个问题？总分多少？减法这一章呢？小数点不曾忘记了？”

先生们被四围的人呼唤着，跑来跑去地回答他们。父亲从我手里取过笔记簿去，看了看说：

“好的，好的。”

泼来可西的父母在我们近旁，也在那里翻着他儿子的笔记。他看了好像不解，神情似乎有些慌急，他对我的父亲说：

“请问，这总和是多少？”

父亲把答数说给他听。铁匠知道了儿子的计算没有错，欢呼着说：

“做得不错呢！”

父亲和铁匠相对，像朋友似的莞(wǎn)尔而笑。父亲伸出手去，握住铁匠的手。

“那么我们在口语考试时再见吧。”二人分别时这样说。

我们走了五六步，就听到后面有人在哼小曲儿，回头去看，原来是铁匠在那里唱歌。

最后的考试

（七日）

今天是口试。我们八点就进了教室，从八点十五分起，我们就被分成四人一组，到大厅里接受考核。大厅里大大的桌子上铺着绿色的布。校长和四位先生围坐着，我们的先生也在里面。我被分到了第一组。啊，先生！先生是怎样爱护我们，我到了今天方才明白：在别的学生被口试时，先生只注视着我们；如果我们的答案模棱(léng)两可，先生就面露忧色；如果答得完整，先生就露出欢喜的样子来。他时时侧耳倾听着，用手和头来向我们发出暗示，好像在说：

“对呀！不是的！当心啰！慢慢地！仔细！仔细！”

如果先生在这时候可以说话，必会将什么都告诉我们了。即使学生的父母代替先生坐在这里，恐怕也不能像先生这样亲切吧。一听到别的先生对我说：“好了，可以回去了！”先生的眼里就充满了喜悦之光。

我立刻回到教室去等候父亲。同学们几乎都还在教室里，我就坐在卡隆旁边，一想到这是最后相聚的时光，就不觉地悲伤起来。我还没把自己将随父亲离开都灵的事告诉卡隆，卡隆毫不知情，正一心地伏在座位上，埋着头拿笔在他父亲的照片上画着花边。他父亲是机械师打扮，身材高挑，神情正直端庄。卡隆埋着头，身体向前弯曲着，敞开的衣服露出悬在胸前的金十字架来。这就是耐利的母亲因自己的儿子受了他的保护送给他的。我想我总要把离开都灵的事告诉卡隆的，就爽直地说：

“卡隆，我父亲今年秋季要离开都灵了。父亲问我要去吗，我曾经回答他说同去呢。”

“那么，五年级不能同在一处读书了。”卡隆说。

“不能了。”我答。

卡隆默然无语，只是低了头执笔作画。过了一会儿，仍低了头问：

“你会记着我们四年级的朋友吗？”

“当然会，永远都不会忘记的。特别是忘不了你。谁能把你忘了呢？”我说。

卡隆注视着我，那神情足以表示千言万语，而嘴里却不发一言。他一只手仍用笔作画，另一只手向我伸来，我紧紧地去握他那只大手。这时，先生红着脸进来，欢喜而急促地说：

“不错呢，大家都通过了。后面的同学也希望你们好好地作答，要细心啊，我从没有这样地高兴过。”他说完就急忙出去了，故意装作要摔跤的样子，引我们笑。一向没有笑容的先生突然这样，大家见了都觉得诧(chà)异，教室里反而静穆了起来，虽然有微笑，却没有哄笑的。

不知为什么，见了先生的那种孩子似的动作，我心里又欢喜又悲哀。先生所得的报酬就仅是这瞬间的喜悦。这就是九个月以来用亲切与忍耐所得来的报酬了！因为要得这报酬，先生曾那样长久地劳动，学生生病还要亲自去家中教他们。那样爱护我们、替我们费心的先生，原来只求这样轻微的报酬。

当我将来想到先生时，先生今天的样子，必然同时在我的心中浮现。等我长大的时候，先生必然还健在吧，并且有机会见面吧。那时我一定会对他讲起这件触动我心灵的往事，在先生的白发上深情亲吻！

告　别

（十日）

午后一点，我们又齐聚在学校，等候成绩公布。学校附近挤满了学生的父母们，他们有的等在门口，有的进了教室，连先生的座位旁也都挤满了人。卡隆的父亲，代洛西的母亲，泼来可西、可莱谛的父亲，耐利、克洛西的母亲，“小石匠”的父亲，斯带地的父亲，此外还有许多我不认识的人，全都聚集在教室中。屋里充满了错杂的低语声。

先生一到教室，屋里立刻肃静起来，先生手里拿着成绩表，当场宣读：

“亚巴泰西六十七分，及格。亚尔克尼五十五分，及格。”“小石匠”也及格了，克洛西也及格了。

先生又大声地读道：

“代洛西七十分，及格，一等奖。”

到场的父母们都齐声赞许说：“了不得，了不得，代洛西。”

代洛西披着金发，微笑着朝他母亲看，母亲举手和他打招呼。

卡洛斐、卡隆、格拉勃利亚少年，都及格了，没及格的有三四个人。其中有一个孩子哭了起来，因为他父亲正站在门口比画手势要斥责他。先生和他父亲说：

“不要这样，没有及格并不全是小孩的错，大都由于一时疏忽，他就是这样的。”接着，他又继续念道：

“耐利六十二分，及格。”

耐利的母亲用扇子送飞吻给儿子。斯带地是以六十七分及格的，他听了这好成绩，却连微笑也没有，仍是两拳撑着头一动不动。最后是

华梯尼，他今天穿得很华丽——也及格了。报告完毕，先生立起身来：

“这是我和大家在这教室中最后一次相会了。我们大家在一起过了一年，今天就要分别，我感到很悲伤。”说到这里他停顿了一下，又说：

“在这一年中，我好几次都忍不住发了火，这是我的不好，请原谅我。”

“哪里，哪里！”父母们、学生们齐声说，“哪里！先生没有的事！”

先生继续说：

“请原谅我。下学年你们虽不能和我在一处，但是仍会相见的。无论到了什么时候，你们总在我心里呢。再会了，孩子们！”

先生说完走到我们座位边上来。我们站在椅子上，有的伸手去握先生的手，有的去抓牢先生的衣襟，和先生亲吻的更多。最后，五十个人齐声说：

“再会，先生！多谢先生！愿先生康健，永远不忘我们！”

走出教室的时候，我感到一种悲伤，胸中难过得像有什么东西压迫着。大家都纷纷走了出去，别的教室的学生也像潮水似的向门口涌去。学生和父母们夹杂在一处，或向先生告别，或相互打着招呼。戴红羽毛的女教师被四五个小孩抱住、包围住，几乎要不能呼吸了。孩子们又把“修女”先生的帽子扯破，在她黑服的纽孔里、袋子里乱塞花束。洛佩谛今天也第一次除掉拐杖，大家见了都很高兴。

“那么，再会。到新学年，到十月二十日再会。”随处都听到这样的话。

我们也都互相打招呼。这时，过去的一切不愉快都顿时消减了，向来嫉妒代洛西的华梯尼也张了两手去拥抱代洛西。我对“小石匠”叙别，“小石匠”也做了最后一次鬼脸给我看，我吻了他一次。我去向泼来可西和卡洛斐告别。卡洛斐告诉我说，他不久就要发行最后一次彩票了，还送了我一块略有缺损的陶瓷镇纸。耐利跟着卡隆，很是难舍难分，大家见了那光景很感动，就围在卡隆的身旁。

“再会，卡隆，愿你好。”大家齐声说，有的去抱他，有的去握他的手，都向这位勇敢高尚的少年惜别。卡隆的父亲在旁见了兀(wù)自出神。

我最后在门外抱住了卡隆，把脸贴在他的胸前哭了，卡隆吻了吻我的额头，然后，我就跑到父亲母亲身边去了。父亲问我：“你已和你的朋友告别了吗？”我回答说：“已告别过了。”父亲又说：“如果你从前有做过对不起哪个同学的事，快去谢了罪，请他原谅吧。有这样的人吗？”我回答说：“没有。”

“那么，再会了！”父亲说着向学校做了最后一瞥，声音中充满了感情。

“再会！”母亲也跟着反复说。

我却什么话都说不出了。